Uwe Reiner Röber

mea maxima culpa

Würzburg-Krimi

Uwe Reiner Röber

mea maxima culpa

Würzburg-Krimi

TRIGA – Der Verlag

Bibliografische Information der Deutschen Nationalbibliothek
Die Deutsche Nationalbibliothek verzeichnet diese Publikation in der
Deutschen Nationalbibliografie;
detaillierte bibliografische Daten sind im Internet über
http://dnb.d-nb.de abrufbar.

Die Handlung dieses Romans ist frei erfunden.
Ähnlichkeiten mit lebenden oder verstorbenen Personen wären zufällig
und sind nicht beabsichtigt.
Die verwendeten Ortsnamen, Straßennamen, Werke und alle sonstigen
Bezeichnungen stehen in keinem tatsächlichen Zusammenhang mit
diesem Roman.

1. Auflage 2017

© Copyright beim Autor
Alle Rechte vorbehalten

Herstellung: TRIGA – Der Verlag
Leipziger Straße 2, 63571 Gelnhausen-Roth
www.triga-der-verlag.de

Coverfoto: © martina26 / photocase.de

Druck: Druckservice Spengler, 63486 Bruchköbel
Printed in Germany

ISBN 978-3-95828-131-8 (Print-Ausgabe)
ISBN 978-3-95828-132-5 (eBook-Ausgabe)

Für die beste Ehefrau von allen!
Für Birgit!

»Natürlich hat es schon perfekte Morde gegeben – sonst wüsste man ja etwas von ihnen.«

(Alfred Hitchcock, 1899–1980)

Prolog

Marianne war ein sehr intelligentes und aufgeschlossenes Mädchen, das man bisher noch nie schlecht gelaunt erlebt hatte. Mit ihren langen, blonden Zöpfen und ihren himmelblauen Augen strahlte sie mit der warmen Sommersonne um die Wette. Für ausnahmslos jeden hatte sie ein sanftmütiges Lächeln und immer ein gutes Wort. Annerl, wie die Leute sie auch gerne nannten, war bei ihren Mitschülern ebenso beliebt wie bei ihren Lehrern. Als eine der Besten in ihrer Klasse war sie bei allen auch wegen ihres ausgeprägten Gerechtigkeitssinns hoch angesehen. Sie freute sich nun seit Tagen kolossal auf die bevorstehenden Sommerferien. Die würde sie zum größten Teil bei ihrer geliebten Tante Marga auf deren Bauernhof, nicht weit entfernt von Karlstadt, verbringen. Was für sie immer sehr großen Spaß und viel Spannung bedeutete.

Ganz anders war dagegen ihre nur um zwei Jahre ältere Schwester Luitgard. Auch sie hatte zwei lange, blonde Zöpfe und große blaue Augen, die noch dazu ständig zu lächeln schienen. Mit ihrem Grübchen am Kinn glich sie Marianne rein äußerlich wie ein Ei dem anderen, wie die Leute immer so schön sagten. Luitgard hatte allerdings, im Gegensatz zu ihrer jüngeren Schwester, ein ganz und gar verschlossenes und düsteres Wesen. Sie sah man nie wirklich lachen und hörte sie auch nur äußerst selten etwas sagen. Wenn sie denn überhaupt einmal sprach, war es meistens nichts Positives oder gar Amüsantes. Ganz im Gegenteil! Sie wirkte überaus angsterfüllt auf ihre Mitmenschen, denen sie ausnahmslos nicht über den Weg traute.

Sie durfte die letzten zwei Jahre nicht mehr mit zu Tante Marga in die Ferien fahren, sondern musste zu Hause bleiben und sich um den Haushalt kümmern. Offiziell hieß es, sie wäre der armen Tante zu niedergeschlagen oder, anders ausgedrückt, zu depressiv. Die Tante habe einfach Angst, das Mädchen könne sich womöglich während ihres Aufenthaltes bei ihr etwas antun.

Das war jedoch nicht immer so gewesen. Früher, als sie noch klein waren und ihre Mutter noch lebte, war alles ganz anders. Beide Mädchen sprühten vor purer Lebensfreude. Sie waren nicht nur unzertrennliche Schwestern, sondern darüber hinaus auch die allerbesten Freundinnen. Marianne hatte von der langsam vonstattengehenden negativen Veränderung ihrer geliebten Schwester lange nichts mitbekommen.

Als Marianne dann irgendwann die nachteilige Entwicklung Luitgards doch wahrnahm, glaubte sie, weil es ihr Vater immer behauptete, dass das ganz allein an der völlig natürlichen Entwicklung eines jungen Mädchens zur erwachsenen Frau liegen würde, die die Schwester zurzeit durchmache. Sie bekam schon Alpträume, wenn sie nur daran dachte, dass sie in etwa zwei, drei Jahren auch so weit sein würde.

Um so befremdlicher war es daher, dass nun ausgerechnet die wertgeschätzte und stets frohgemute Marianne neben der Leiche eines älteren Mannes zweifelhaften Rufes aufgefunden wurde. Sie trug eine leichte, über und über mit Blut verschmierte Sommerbluse. In ihrer rechten Hand hielt sie ein langes, scharfes Tranchiermesser, das ebenfalls stark mit dunklem Blut besudelt war. Im Schneidersitz saß sie, fortwährend mit dem Oberkörper wippend, neben dem grauenhaft zugerichteten Leichnam des betagten Mannes. Dieser lag bäuchlings, und was noch schockierender war, völlig unbekleidet auf seinem Bett!

1. Kapitel

Friedrich Sauerhammer wurde von Polizeiobermeister Schorsch Fischer vor dem Mehrparteienhaus in der Seinsheimstraße in Empfang genommen. Das Haus, in dem das Mordopfer die letzten Jahre gelebt hatte und, wie es den Anschein erweckte, nunmehr auch gestorben war.

»'ß Gott, Herr Haubdkommissar«, rief ihm sein uniformierter Kollege schon von Weitem zu und zwirbelte seine Schnurrbartenden. »Der Herr Doggder un ihr junger Kollech, der Müller-Seefried, sinn scho oobe in der Wohnung vom dodn Herrn Reuder. Die kümmern sich grad um des glenne Mädle, des mer nebe der Leich gfunne ham. Oobe im zwedde Schdogg, Herr Sauerhammer, glai uff der rechdn Seide, wenn Se nuff komme. Könne Se gar ned verfehl, gell!«

Der Chefermittler nickte Fischer zu und lief zügig die Treppe hinauf. Dort stand vor der Wohnungstür ein weiterer Polizeibeamter, der alle Hände voll damit zu tun hatte, die neugierigen Hausbewohner daran zu hindern, in die Wohnung einzudringen. Auch er grüßte Sauerhammer höflich und ließ ihn die Wohnungstür passieren.

Als dieser den schmalen Flur betreten hatte, hörte er leise Gesprächsfetzen aus dem Zimmer auf der rechten Seite, dessen Tür nur angelehnt war. Diese Stimmen gehörten zu einem ihm noch gänzlich unbekannten weiblichen Wesen und zu einem seiner Kollegen, dem jungen Kommissar Müller-Seefried.

Der klärte seinen Chef darüber auf, dass eine Frau Gerhard den Toten entdeckt und daraufhin die Polizei informiert habe. Sie war kurz vor zwölf Uhr durch lautes Schreien im Treppenhaus aufgeschreckt worden. Als sie sich davon überzeugen wollte, dass bei ihrem Nachbarn, bei dem es sich um das Opfer handele, alles in Ordnung sei, stand die Wohnungstür weit auf. Sie ging also hinein und fand Herrn Reuter auf seinem Bett liegend vor. Neben ihm saß ein junges Mädchen, das völlig apathisch vor sich hinwimmerte. Diese Kleine, eigentlich noch ein Kind, war ebenfalls mit Blut verschmiert und hielt ein langes Tranchiermesser in der rechten Hand. Der Frau Gerhard sei das Kind in den letzten

Wochen des Öfteren hier bei Ottmar Reuter aufgefallen, als es vor der Wohnungstür darauf wartete, dass sie der alte Mann endlich hereinlassen würde.

Übrigens wäre sie nicht die einzige Jugendliche, die regelmäßig zu dem alten Mann in die Wohnung kam. Seit Jahren gingen unzählige, meist jedoch männliche Jugendliche bei ihm ein und aus. Das Mädchen sei Frau Gerhard bekannt. Also, rein vom Sehen her. Es wohne, wenn sie sich da nicht total täusche, wie sich Frau Gerhard ausgedrückt hätte, in der *Eisenbahnwagen-Siedlung* ganz in der Nähe des Südbahnhofs.

Nach dem Fund habe die Zeugin umgehend das Polizeirevier in der Wittelsbacher Straße verständigt. Woraufhin der werte Herr Kollege Fischer, nachdem er sich erst einmal selbst einen ersten Überblick vor Ort verschafft hatte, das Präsidium informierte. Schließlich handele es sich um ein Tötungsdelikt.

Das Mädchen sei, als er den Tatort betreten habe, noch genauso neben dem Dahingeschiedenen gesessen, wie sie Frau Gerhard eine Stunde zuvor bereits vorgefunden hatte. Im Schneidersitz kauerte sie neben der Leiche, wippte mit ihrem Oberkörper immerzu sachte vor und zurück und gab unverständliche, jammernde Geräusche von sich. Momentan kümmere sich der Arzt, Doktor Streitenberger, um sie. Er selbst glaube, dass sie einen schweren Schock erlitten habe. Wie gesagt, der Herr Doktor untersuche sie noch und würde ihnen seinen Befund sicherlich in Bälde mitteilen.

»Die Marianne ist wirklich ein gutes Mädchen«, sagte Frau Gerhard, als sich der Kriminaler auf den aktuellen Stand der langsam anlaufenden Ermittlungen befand. »Ich kann mir beim besten Willen nicht vorstellen, dass dieses arme Gör irgendetwas mit diesem grausamen Mord zu tun haben sollte!«

Sie sei so ganz anders als diese pickelgesichtigen Halbstarken, die ansonsten immer das Treppenhaus verschmutzten und einen ohrenbetäubenden Lärm verursachten, den sie heutzutage irrigerweise Musik nennen würden. Außerdem wären die meisten von denen rotzbesoffen, wenn sie spät in der Nacht endlich Reuters Wohnung verließen. Das höre man, mal so ganz nebenbei bemerkt, überdeutlich an ihrer hochgradig verwaschenen Aussprache und den vielen anzüglichen Sprüchen, die sie zu solchen Gelegenheiten immerfort von sich gäben. Abscheulich seien diese Kerle.

»Einfach nur abstoßend! Ekelerregend!« Angewidert schüttelte die Frau ihren Kopf.

»Was heißt ›mitten in der Nacht‹ genau?«, hakte Müller-Seefried nach.

»Na ja, in den meisten Fällen ist es schon nach Mitternacht«, meinte Frau Gerhard daraufhin. »Die meisten von denen müssten eigentlich schon ihres geringen Alters wegen um diese Uhrzeit längst im Bett liegen. Wie gesagt, diese Flegel haben weder eine gute Kinderstube noch eine halbwegs brauchbare Erziehung genossen. Ich war einmal in der Schule, die diese Lümmel besuchen, und wollte mich dort bei ihren Lehrern über ihr ungehöriges Benehmen den Bewohnern unseres Hauses gegenüber beschweren. Wissen Sie, was mir da Herr Direktor Wortmann geraten hat?« Ohne überhaupt erst eine Antwort abzuwarten, fuhr sie fort: »Ich solle denen am besten aus dem Weg gehen, hat er zu mir gesagt! Weil ich es ansonsten nämlich mit den Eltern dieser Rotzlöffel zu tun bekommen würde. Und die wären noch weitaus unangenehmer als ihre rotzfreche Brut. Das muss man sich einmal vorstellen! Ich würde mich auf keinen Fall wundern, wenn es einer von denen gewesen wäre. Also, der den Herrn Reuter so grausam ermordet hat, meine ich damit!«

Sie schilderte im weiteren Verlauf dieses Gesprächs einige äußerst unschöne Begebenheiten, die sie mit diesen Jungs bereits erleben musste. Außerdem habe sie, so berichtete sie weiterhin, lange ziemlich große Zweifel daran gehegt, dass sich während der Anwesenheit der Jugendlichen hinter der verschlossenen Tür ihres Nachbarn alles rechtens und vor allem moralisch einwandfrei abspielen würde. Von ihren doch beachtlichen Zweifeln, was die sittlichen und moralischen Werte dieser ekelhaften Burschen betraf, wolle sie gar nicht erst sprechen. Aber schließlich habe ihr die Dame vom Jugendamt hoch und heilig versichert, dass alles in bester Ordnung sei. Sie habe nicht das Geringste zu bemängeln. Diese habe allerdings erst auf ihr hartnäckiges Drängen hin, einmal mit den Jungs und auch mit Herrn Reuter über diese häufigen Besuche gesprochen. Danach habe sie sich nicht weiter um den guten Ruf dieses Hauses und auch nicht um den des armen, alten Mannes gekümmert.

Der Hauptkommissar wollte noch von ihr wissen, wer denn

das Geschrei, das sie in der Nacht im Treppenhaus gehört hatte, verursacht habe. Und ob sie ihm vielleicht die Namen derjenigen nennen könne.

»Das Brimborium wurde von drei dieser unflätigen Burschen verursacht. Die haben sich nämlich lautstark gestritten, als sie Herrn Reuters Wohnung verlassen haben. Namentlich sind die mir aber leider nicht bekannt.«

»Haben Sie vielleicht mitbekommen, um was genau es bei den Streitigkeiten zwischen den Burschen ging?«

»Zwei von denen beschimpften den dritten mit Ausdrücken, die ich beim besten Willen hier nicht wiedergeben kann, weil der ...«. Der armen Frau war es offensichtlich äußerst peinlich, zu wiederholen, was sie gehört hatte. »Weil der wohl besser eine bestimmte Person nicht mitgebracht hätte«, vervollständigte sie dann doch noch halbwegs den angefangenen Satz.

»Wen hätte der besser nicht mitgebracht?«, bohrte Sauerhammer, dem die erhaltene Information doch zu ungenau erschien, hartnäckig nach. »Konnten Sie das vielleicht hören?«

Sie nickte fast unmerklich mit hochrotem Kopf. Dann flüsterte die Frau, der das hochgradig unangenehm war, in seine Richtung: »Der hätte, ich zitiere jetzt dieses saubere Früchtchen, ›*diese Nutte*‹ besser nicht mitbringen sollen.«

***

Auf dem weiträumigen Platz in unmittelbarer Nähe des Südbahnhofs waren etliche Eisenbahnwaggons der ehemaligen Reichsbahn abgestellt. In denen waren ganze Familien untergebracht, weil deren Wohnhäuser am 16. März 1945, jenem unglückseligen Tag Würzburgs, durch Bomber der Royal Air Force vollkommen ausgelöscht, noch nicht wieder aufgebaut waren. Dieses Notquartier sollte, wie es von offizieller Seite hieß, ursprünglich von kurzer Dauer sein. Es gab dessen ungeachtet mehrere Familien, die sich mangels vorhandenen oder aufgrund von vollständig unbewohnbar gewordenen Wohnraums schon seit Jahren mit dieser misslichen Situation abfinden mussten.

Es war einer dieser ausgesprochen schönen Sommertage, an denen die Quecksilbersäule in den Thermometern der Domstadt weit über die Dreißig-Grad-Grenze geklettert war.

In den nur unzureichend oder vorwiegend sogar überhaupt nicht isolierten Waggons war es schon seit Tagen so heiß und stickig, dass es keiner der vielen Bewohner mehr darin aushielt. Die meisten von ihnen, die am Morgen nicht zur Arbeit mussten, saßen vor ihren Behelfsunterkünften und dösten müde vor sich hin. Von Zeit zu Zeit meldete sich von irgendwoher ein hungriger Säugling, der gestillt werden wollte, und unterbrach mit seinem lauten und ungeduldigen Geschrei für einen kurzen Moment die eintönige Stille.

Langsamen Schrittes näherten sich von der Zeppelin Straße zwei Männer dem Platz. Sie fragen sich so nach und nach bei den Bewohnern durch, in welchem Eisenbahnwaggon sie die Familie Steiger finden würden. Bei den beiden Männern, die trotz der großen Hitze korrekt mit Jackett und dezenter Krawatte bekleidet waren, handelte es sich um die Kriminalbeamten Friedrich Sauerhammer und seinen Kollegen Peter Hohner. Das unerwartete Aufkreuzen der Kriminalpolizei in der Wagensiedlung hätte üblicherweise für einen wahren Aufruhr unter den Bewohnern gesorgt. Aber bei der zur Zeit herrschenden Mörderhitze bewegte sich niemand freiwillig nur einen Schritt! Nur, wenn er es unbedingt musste!

Der Hauptkommissar, der einen modischen Strohhut als Schutz gegen die erbarmungslos brennende Sonne trug, nahm diesen ab, um sich damit wenigstens ein klein wenig Luft zuzufächeln.

Erst die dritte Person, die sie ansprachen, teilte ihnen mit, dass sie die Gesuchten kenne und diese hinten im letzten Wagen wohnen würden. Der Mann wusste allerdings nicht, ob die zu Hause wären, da er sie den ganzen Tag noch nicht zu Gesicht bekommen hätte. Was freilich relativ selten vorkäme, da der alte Steiger jeden Tag zu ihnen käme, um die eine oder andere Flasche Bier von ihnen zu schnorren. Man spendiere sie ihm ja gerne, aber sie hätten schließlich auch keinen Geldscheißer. Die jüngere der beiden Töchter sei ja eh schon seit Monaten ständig am Herumscharwenzeln, was offensichtlich daran läge, dass sie die ganzen negativen Charaktereigenschaften ihrer verstorbenen Mutter geerbt haben musste. Diese habe bekanntermaßen wiederholt in ihr gänzlich fremden Betten genächtigt und in keinem einzigen der vielen Fälle war sie beim Aufwachen allein. Nein, sie befand sich immer in männlicher Begleitung! Aber man wolle auf gar keinen Fall etwas Schlechtes über die gute Frau Steiger sagen, schließlich und endlich habe sie seit etwas mehr als zwei Jahren das Zeitliche gesegnet.

Der Chefermittler klopfte an die Tür, als er am letzten Waggon der Reihe, der abseits unter einer hohen, knorrigen Eiche stand, angekommen war.

Nachdem sich auch nach mehrmaligem Klopfen nichts regte, versuchten die beiden Kriminaler durch die Fenster in das Innere des Wagens zu schauen. Die waren allerdings ausnahmslos mit Tüchern verhangen, um die Sonnenstrahlen wenigstens halbwegs daran zu hindern, die Temperaturen im Wageninnern noch weiter in die Höhe zu treiben. Es drang trotz der mittäglichen Stille, die auf dem Platz herrschte, kein Laut zu ihnen heraus. Sie waren deshalb im Begriff, wieder zu gehen und es zu einem späteren Zeitpunkt noch einmal zu versuchen, als die Tür doch noch einen Spaltbreit geöffnet wurde. Das kummervolle Gesicht eines jungen Mädchens war zu erkennen.

Sauerhammer stellte sich und den Kollegen Hohner als Kriminalbeamte vor und fragte das Kind, ob sein Vater auch zu Hause wäre, da sie dringend mit ihm sprechen müssten.

Das blonde Mädel, das einen niedergedrückten und verweinten Eindruck auf die Männer machte, schüttelte zaghaft den Kopf und wollte die Tür wieder schließen. Hohner drückte allerdings gegen das dünne Türblatt und erklärte ihr, dass es wirklich sehr dringend sei, da es vermutlich um ihre Schwester ginge. Was er, wegen der immensen Ähnlichkeit der beiden Mädchen eher vermutete, als dass er es tatsächlich wusste.

»Was ist denn los mit Marianne, also mit meiner kleinen Schwester?«, wollte das Mädchen mit ängstlicher Stimme von ihm wissen und zog dabei die Tür ein klein wenig weiter auf. »Ist ihr etwas zugestoßen? Was ist denn überhaupt passiert? Jetzt sagen Sie doch endlich etwas!«

»Das würden wir dann doch lieber mit deinem Vater besprechen«, hielt ihr Sauerhammer entgegen. »Es ist wirklich außerordentlich wichtig! Also, wo ist dein Vater jetzt?«

»Meinem Vater geht es momentan leider nicht gut. Er verträgt wirklich nicht die kleinste Aufregung! Können Sie mir denn nicht sagen, was geschehen ist?« Sie legte eine Pause ein, fuhr aber mit einer ernsten Miene fort, bevor einer der Kriminaler eine weitere Frage an sie richten konnte. »Meine Mutter ist seit zwei Jahren tot. Ich bin seit Langem diejenige, die sich wirklich um Marianne kümmert! Ich bin seit Jahren der einzige Mensch, dem wirklich etwas an ihrem Wohlbefinden liegt!«

Auf die Frage, was ihrem Vater fehle, dass sie ihn partout nicht stören wolle, druckste sie anfangs noch herum. Einen Moment später räumte sie dann jedoch widerstrebend ein, dass er seit einigen Jahren ein beträchtliches Alkoholproblem habe und im Moment damit beschäftigt sei, sich von einem gewaltigen Rausch zu erholen.

Die Polizisten kamen buchstäblich im allerletzten Augenblick, um den alten Steiger vor dem sicheren Tod zu bewahren. Die Kombination von maßlosem Alkoholgenuss und der ungewöhnlichen, seit Tagen anhaltenden Hitze, war zu viel für seinen maroden Gesundheitszustand. Er lag, eingenässt und bewusstlos, vor seinem Bett. Erbrochenes tropfte vom schmuddeligen Bettlaken auf den schmutzigen Fußboden und verbreitete einen bestialischen Gestank in dem engen Raum. Sein Kreislauf war offenbar vor wenigen Minuten kollabiert. Zum Glück waren die Rettungssanitäter schnell zur Stelle und brachten Steiger, der sich in einem sehr kritischen Zustand befand, auf schnellstem Weg in das Missionsärztliche Institut oben am Mönchberg.

Luitgard, wie das bemitleidenswerte Mädchen hieß, konnte vorerst bei den unmittelbaren Nachbarn unterkommen, bis die für sie zuständigen Stellen des städtischen Jugendamtes entschieden haben würden, was weiterhin mit ihr geschehen solle. Sie hatte außer ihrem kranken Vater und ihrer Tante Marga, die nicht weit von Karlstadt entfernt wohnte, offensichtlich keine weiteren Verwandten, die sich um sie hätten kümmern können.

**

Doktor Streitenberger, der seit vielen Jahren die Rechtsmedizin der Universität Würzburg leitete, stand in seinem weißen Arztkittel an einem Sektionstisch. Auf diesem lag das bedauernswerte Mordopfer, bedeckt mit einem weißen Laken. Der Mediziner erläuterte dem Ermittler anschaulich und gewissenhaft die Ergebnisse seiner umfangreichen Untersuchungen.

»Einundzwanzig Messerstiche«, verkündete er fassungslos. »Die meisten befinden sich im oberen Bereich seines Rückens. Ausnahmslos wurden alle mit sehr großer Wucht, respektive mit einem hohen Kraftaufwand ausgeführt. Beide Lungenflügel, das Herz, die linke Herzkammer, um ganz genau zu sein, wurden regelrecht durchbohrt.« Doktor Streitenberger hatte bei diesen Worten das Laken so weit entfernt, dass sie das eingefallene Gesicht des alten Mannes sehen konnten. »Aber auch Leber und Milz wurden bei dieser brutalen Tat massiv in Mitleidenschaft gezogen, sodass es zu einem enormen Blutverlust binnen weniger Sekunden kam. Die Todesursache waren letztlich die Messerstiche direkt ins Herz. Da war jeder Einzelne für sich gesehen schon tödlich. Bei dem Messer, welches das Mädchen am Tatort noch in ihrer Hand hielt, handelt es sich eindeutig um die Tatwaffe. Die Messerklinge passt von Ausmaß und Beschaffenheit hundertprozentig zu den zahlreich vorhandenen Stichwunden. Der Todeszeitpunkt liegt zwischen fünf und sechs Uhr des heutigen Tages. Ein Kampf zwischen dem Verstorbenen und seinem Mörder hat definitiv nicht stattgefunden. Es gibt nicht die geringsten Abwehrspuren an Reuters Leichnam. Das Mordopfer lag, was man an den Blutspuren auf dem Bettlaken sehr gut erkennen konnte, mehr oder weniger bewegungslos auf dem Bauch. Über den Grund, warum sich Reuter nicht bewegt hat, kann man momentan nur spekulieren, weswegen wir doch besser auf die Laborwerte warten sollten«, schloss der Rechtsmediziner fürs Erste seinen vorläufigen Bericht.

»Wäre ein so zartes Mädchen wie Marianne Steiger überhaupt im Stande gewesen, dem Reuter derartig schwerwiegende Verletzungen beizubringen?«, wunderte sich der in Gedanken versunkene Hauptkommissar.

»Auf keinen Fall!«, verneinte der Mediziner umgehend. »Der Kraftaufwand, der hierfür benötigt wurde, um das Messer so tief in den Körper eindringen zu lassen, und das auch noch einundzwanzig mal hintereinander, übersteigt die körperlichen Möglichkeiten eines gerade mal dreizehnjährigen Mädchens eindeutig um ein Mehrfaches! Noch dazu, da es sich bei Marianne um ein für ihr Alter eher kleines und sehr zierliches Mädchen handelt. Die Einstiche weisen außerdem ein hochgradiges Gewaltpotenzial auf, was wiederum auf eine über lange Zeit angestaute Wut des Täters auf sein Opfer schließen lässt. Doch Mariannes Verhalten während der Entdeckung durch Frau Gerhard weist vielmehr darauf hin, dass sie entweder freiwillig oder, was ich eher vermute, unfreiwillig Zeugin dieser brutalen Tat wurde. Woraufhin das Kind, was mich nicht verwundert, einen sehr schweren Schock erlitt.«

»Demnach müsste sie den Täter also gesehen haben, Hannes, was wiederum bedeuten würde, dass wir eine potentielle Augenzeugin der Mordtat hätten«, warf Sauerhammer, der durch diese Gegebenheit bereits an eine blitzschnelle Aufklärung der Tat dachte, hoffnungsvoll ein.

»Der Schwere des Schocks nach zu urteilen, den sie bei diesem schrecklichen Erlebnis erlitten hat, wovon ich mich vor Ort selbst habe überzeugen können, ist eher davon auszugehen, dass sich das arme Kind erst einmal an gar nichts mehr erinnern wird«, vermutete der Mediziner, der bei dem Gedanken an das bemitleidenswerte Mädchen eine tiefe Sorgenfalte auf seiner glatten Stirn hatte. »Es würde mich schon sehr wundern, wenn sie sich in den kommenden Tagen tatsächlich an irgendetwas den Mord betreffendes erinnern könnte! Nachdem sich der potenzielle Straftäter weiterhin auf freiem Fuß befindet, benötigt die kleine Marianne ab sofort Personenschutz. Rund um die Uhr. Der Mörder wird nach Einschätzung der Lage mit an Sicherheit grenzender Wahrscheinlichkeit Vorbereitungen treffen, um die einzige Augenzeugin seines grauenerregenden Verbrechens an einer Aussage zu hindern!«

»Wenn der Täter tatsächlich wüsste, dass es eine Augenzeugin seiner Tat gibt, hätte er diese bestimmt nicht am Tatort sitzen lassen, sondern gleich gehandelt. Außerdem sitzt Müller-Seefried vor Mariannes Krankenzimmertür und wartet darauf, dass er sie befragen kann«, antwortete der Hauptkommissar dem Rechtsmediziner. »Wir sind also, wie du wieder einmal sehen kannst, auf alle Eventualitäten vorbereitet, mein lieber Hannes.«

***

Kommissar Müller-Seefried saß in der kleinen Wohnküche, in der es stark nach abgestandenem Alkohol und kaltem Zigarettenrauch stank, am Fenster. Das ließ sich zu seinem großen Leidwesen leider nur kippen. Er atmete daher extrem flach durch den Mund, um ja nicht allzu viel von dem üblen Geruch in sich aufnehmen zu müssen. Um seine Beine streifte ein getigerter Kater, dem das linke Auge fehlte. Der hinterließ bei dieser Aktion jede Menge Haare seines stumpfen, ungepflegten Fells an der tadellos gebügelten Hose des noch jungen Kriminalbeamten.

Müller-Seefried sah der Mutter von Franz Keller beim Kartoffelschälen zu. Obwohl sie erst vierzig Jahre alt war, sah die Frau aus, als sei sie bereits Ende fünfzig. Der äußerst preiswerte, in viel zu hohem Maße von der Frau konsumierte Fusel und die unzähligen Glimmstängel, die sie wieder und wieder inhalierte, hatten sie augenscheinlich vorzeitig stark altern lassen. Der überaus ungesunde und unmoralische Lebenswandel, den diese laut ihren Nachbarn zu führen pflegte, hatte außerordentlich zu ihrem unansehnlichen Erscheinungsbild beigetragen. Ihre ungewaschenen Haare, denen man am nachgewachsenen Naturfarbton ansehen konnte, dass sie vor längerer Zeit einmal blondiert worden waren, hingen ihr ins mit vielen Fältchen durchzogene Gesicht.

Der junge Kommissar, der sich langsam wieder etwas erholt hatte, bemerkte das starke Zittern ihrer nicht nur durch harte Arbeit gezeichneten Hände. Heute lag es verstärkt daran, dass sie so früh am Morgen einfach noch nicht genug Alkohol zu sich genommen hatte. Er wunderte sich sehr, dass sie sich bei den fahrigen Bewegungen nicht schon längst in die Finger geschnitten hatte.

»Was wollen Sie eigentlich immer von meinem Buben? Was werfen Sie ihm denn diesmal vor? Was hat er denn angeblich schon wieder angestellt?«, verlangte Frau Keller mit heißerer Stimme von Müller-Seefried zu erfahren und bedachte ihn kurz mit einem vorwurfsvollen Blick. »Unser Franzl ist doch so ein braves Kind, der kann niemandem was Schlimmes antun, selbst, wenn er es wollte. Nicht mal einer Fliege an der Wand! Das ist das bravste Kind, das Sie sich überhaupt vorstellen können. Das sagen übrigens fast alle, die ihn kennen.«

»Wissen Sie eigentlich, dass er sich, zusammen mit ein paar

seiner Freunde, des Öfteren in Herrn Reuters Wohnung aufgehalten hat. Mehrmals sogar bis weit nach Mitternacht! In seinem jugendlichen Alter! Was sagen Sie jetzt, Frau Keller? Das kann Ihnen doch nicht vollkommen egal sein!«

»Na und, Herr Kommissar?«, stellte sie ihm jedoch eine Gegenfrage. »Das ist doch auf jeden Fall besser, als irgendwo in einer Kneipe zu hocken und sich andauernd volllaufen zu lassen oder irgendwelche anderen Dummheiten zu begehen. Meinen Sie nicht auch?« Sie wischte sich ihre ungepflegten Hände an ihrer nicht mehr ganz taufrischen Kittelschürze ab. Der dünne und an manchen Stellen bereits sehr stark abgewetzte Kleiderstoff, der mit einem verblassten Blümchenmuster versehen war, klebte ihr auf der fleckigen, schweißnassen Haut. »Schließlich wird er ja in Kürze auch schon fünfzehn Jahre alt! Soll ich ihn denn in dem Alter noch die ganze Zeit über daheim bei mir in der Küche einsperren?«

»Ich weiß nicht so recht, Frau Keller, ob die vielen Besuche bei Reuter der positiven Entwicklung Ihres Sohnes wirklich dienlich sind«, gab ihr der Kripobeamte daraufhin zu bedenken. »Schließlich handelte es sich bei Herrn Reuter um einen alleinstehenden, älteren Herrn, der einen, sagen wir einfach mal, nicht ganz einwandfreien Leumund besitzt.« Er hoffte, dass sie, ohne dass er ins Detail gehen musste, verstehen würde, um was für eine Art Mann es sich bei Reuter offensichtlich gehandelt hatte.

»Den genießen wir hier bei uns in der Straße doch alle nicht! Was soll's?« Sie griff nach dem halb vollen Päckchen Eckstein, das auf dem schmuddeligen Küchenbuffet lag, entnahm der Packung eine filterlose Zigarette und zündete sie mittels eines Streichholzes an. Nach einem sehr tiefen und, wie es dem Polizeibeamten vorkam, genussvollen Lungenzug, nahm sie den Kochtopf, in dem sich die geschälten Kartoffeln befanden, und stellte ihn auf den Herd. »Außerdem, woher will ein so junger Mensch wie Sie denn eigentlich wissen, was für meinen Franzl gut ist und was nicht? Haben Sie überhaupt schon Kinder in seinem Alter?«

»Was ich Ihnen hiermit sagen will, Frau Keller, ist, dass Herr Ottmar Reuter bereits mehrmalig verdächtigt wurde, Minderjährige, größtenteils männlichen Geschlechts, mit billigem Alkohol gefügig gemacht zu haben. Verstehen Sie, worauf ich hinaus möchte?«

»Ach was!«, schob sie den Einwand mit einer zittrigen Bewegung ihrer Hand einfach beiseite und nahm einen weiteren tiefen Lungenzug. »Das sind doch alles nur bösartige Behauptungen von Leuten, die anderen, nur weil sie nicht so bieder und langweilig sind wie sie selbst, nicht in Ruhe leben lassen können! Unser Junge, der kleine Franzl, raucht doch schon lange und wann er das erste Mal besoffen war, daran kann ich mich schon gar nicht mehr erinnern, so lange ist das inzwischen schon wieder her. Von wegen ›*gefügig gemacht*‹! Der Franzl verträgt schon eine ganze Menge. Er lässt sich auch nicht von alten Männern begrapschen. Ich kenne den Ottmar gut, also Herrn Reuter, sogar sehr gut. Bei ihm braucht man nun wirklich keine Angst zu haben, dass er kleinen Buben an die Wäsche geht. Wirklich nicht. Der will gar nichts von ihnen. Der Ottmar steht auf reife, erfahrene Frauen!« Sie lächelte den Kriminalkommissar vielsagend an. »Wenn die Jungs ab und an mit ihm zusammen feiern«, fuhr sie mit ihrer Erklärung fort, »und der eine oder der andere dieser jungen Burschen dann ein paar Flaschen Bier zu viel trinkt, die er aber so oder so, wenn nicht bei Ottmar, dann eben bei irgendeinem anderen getrunken hätte, kann doch der arme Herr Reuter nichts dafür. Wenn sich zur fortgeschrittenen Stunde, wie ich hier erwähnen möchte, einer von denen dann selbst von dem bei Jugendlichen ihres Alters ständig in der Hose herrschenden Überdrucks befreit, ist Reuter auch schuldlos. An ihm bleibt doch lediglich die ganze Arbeit hängen. Ist er doch derjenige, der jedes Mal den ganzen Dreck aufräumen und obendrein auch noch das Leergut wegbringen muss. Sie glauben doch nicht im Ernst, dass die Lauser ihm dabei helfen. Also, was denken Sie, Herr Kommissar, sehe ich da irgendetwas falsch?«

»Sie, Frau Keller, empfinden das also als völlig normal, dass Reuter mit den minderjährigen Jugendlichen Orgien veranstaltet? Ihnen Alkohol und Zigaretten offeriert und es, was die gutbürgerliche Moral betrifft, auch nicht so ganz genau nimmt? Obwohl doch Ihr erstgeborener Sohn am eigenen Leib davon betroffen ist«, hielt Müller-Seefried der Mutter vor, die den kurzen Stummel ihrer Zigarette in eine Tasse warf, in der sich noch ein Rest kalten Kaffees befand, worauf ein lautes Zischen zu hören war.

»Verhält sich das tatsächlich so? Das kann ich einfach nicht glauben. Und wenn schon! Was hatten wir von unserer Jugend? Krieg hatten wir! Entbehrung und Verzicht waren unsere Begleiter! Obendrein kam die ständige Angst um das bisschen Leben, das doch eigentlich gar keines war. Unsere Kinder sollen es nun besser haben, ihr Leben in vollen Zügen genießen! Es gibt absolut nichts, was mein lieber Junge tut oder jemals getan hätte, was ich, als seine Mutter, auch nur im Geringsten als verwerflich bezeichnen könnte.« Nach einem kurzen Augenblick des Nachdenkens wurde Frau Keller plötzlich bewusst, dass eine entscheidende Frage noch gar nicht gestellt wurde. So fragte sie den jungen Kriminaler: »Was hat der Ottmar jetzt eigentlich meinem armen Franzl angetan? Was ist mit meinem Franz?« Als die aufgebrachte Frau nicht auf der Stelle eine befriedigende Antwort erhielt, ahnte sie bereits, dass sie mit ihrer voreiligen Vermutung völlig falsch lag. Also bohrte Franzls Mutter weiter nach. »Wo ist mein Franzl? Oder ist etwas mit Ottmar geschehen?«

»Herr Reuter ist tot, Frau Keller. Er wurde heute in aller Herrgottsfrühe im Schlafzimmer seiner Wohnung von noch unbekannten Tätern brutal ermordet. Was den momentanen Aufenthaltsort Ihres Sohnes betrifft, hatte ich mir ehrlich gesagt große Hoffnungen gemacht, diesen von Ihnen zu erfahren!«

***

Martin Koch öffnete die Tür zu der Mansardenwohnung in der Parsevalstraße, in der er gemeinsam mit zwei jüngeren Brüdern und seiner Mutter wohnte. Der Elfjährige musste seinen jüngsten Bruder mit beiden Händen festhalten, sonst wäre der, so aufgedreht wie er war, bei dem Versuch, dem Kriminalassistenten entgegenzulaufen, aller Voraussicht nach die Treppe hinuntergefallen. Stefan versuchte mit aller Kraft sich aus dem festen Griff Martins zu lösen, was dieser aber zu verhindern wusste. Erst in dem Moment, in dem der Kleine Peter Hohner sehen und auch hören konnte, beruhigte er sich etwas.

»Hasd du mer was midgebrachd, Ongl Beder?«, rief Stefan dem immer zwei Stufen auf einmal nehmenden Hohner neugierig entgegen. Nachdem dieser die Frage zur vollsten Zufriedenheit des Buben beantwortet hatte, wollte der jedoch Genaueres erfahren.

»Eine Badehose für große Jungs, genau wie ich es dir versprochen habe!« Der groß gewachsene Mann mit den eisgrauen Augen hielt dem Knirps ein kleines, in buntes Papier eingeschlagenes Päckchen entgegen, das mit einer sehr großen Schleife verziert war.

»Sonsd nix?« Stefan war zutiefst enttäuscht. Worauf Martin ihm drohte, dass er die neue Badehose für sich behalten würde, wenn er sich nicht auf der Stelle bei Onkel Peter für sein unhöfliches Betragen entschuldigen und sich für das wunderschöne Geschenk bedanken würde. Dieser vereitelte allerdings Martins gut gemeinten Versuch, seinem kleinen Bruder gute Manieren beizubringen, indem er dem kleinen Blondschopf unter die Arme griff, ihn hochhob und sich mit dem Bub im Kreis drehte, was diesem einen freudigen Jauchzer entlockte.

»Mal sehen, vielleicht gibt es ja doch noch etwas für dich«, stellte Hohner gar eine Überraschung in Aussicht. »Aber vorher sollten wir allmählich hineingehen, sonst denkt eure Mutter noch, wir hätten sie vergessen.

Als die drei in die Küche kamen, stand Frau Koch am neuen Gasherd und rührte in einer Pfanne. Der wacklige Tisch und die vier alten Stühle, die vor ein paar Monaten noch hier standen, hatten einem massiven Holztisch und einer Sitzgruppe mit einer gemütlichen Eckbank Platz gemacht.

»Des Essn brauchd noo en Momend, abba hiehogg könnd er euch scho emal. Wenner euch die Händ gwaschn habd! Also, auf gehds!«, lachte Inge Koch und drehte sich zu den dreien um. Während sie akribisch darüber wachte, dass diese ihre Hände tatsächlich gewaschen und nicht nur angefeuchtet hatten, begrüßte sie Peter mit einem glücklichen Lächeln. Das aber sofort verschwand, als sie das Geschenk sah, das ihr Jüngster soeben auspackte. Sie schimpfte leise mit dem Kriminalassistenten, so dass es ihre Kinder nicht mitbekamen.

»Du gibsd eh scho viel zu viel Geld für uns aus, Beder! Du wäßd doch genau, dass ii des ned will! Wenn du so weider machsd, iss am End voo deim Gehald mehr Monad übrich, als der wahrscheins lieb is!«

»Erstens«, begann der junge Mann ihr zu erklären, »mache ich das sehr gern! Zweitens hat meine Schwester die Badehose aus einem Reststoff selbst genäht. Und drittens hat mein Freund Stefan in ein paar Tagen Geburtstag, da werde ich ihm ja wohl eine kleine Freude machen dürfen, oder?«

»Du machst uns allen andauernd eine Freude nach der anderen!«, erwiderte Inge in einem fast tadellosen Hochdeutsch. »Angefangen hat deine Hilfe bereits mit dem Heizmaterial, ohne dem wir den frostigen Winter kaum überstanden hätten. Jetzt sieh dir doch nur einmal meine Küche an, wie schön die geworden ist! Dass der Kleine trotz der angeblich hoffnungslos überfüllter Kindergärten doch noch einen Platz, auch noch hier ganz in der Nähe, bekommen hat, haben wir auch nur dir zu verdanken. Selbst die Arbeit bei Doktor Rubenbauer hätte ich ohne dein Dazutun mit Sicherheit nicht bekommen. Ich kann das alles nie wieder gutmachen. Selbst wenn ich mich noch so sehr anstrenge.«

»Du kannst ja tatsächlich Hochdeutsch sprechen!«, stellte Peter, nachdem sie ihre Dankesrede beendet hatte, überrascht fest.

»Das macht Mutti immer so, wenn sie verlegen ist«, verriet Martin mit einem breiten Grinsen im Gesicht. »Außerdem glaube ich, dass du dich schleunigst um die Bratkartoffeln kümmern solltest, weil wir sonst Kohle zu Abend essen müssen!«

Inge warf das Küchentuch, das sie in ihrer Hand hielt, nach ihrem ältesten Sohn und forderte ihn auf, sich nützlich zu machen und endlich den Tisch zu decken, bevor er vor lauter Langeweile vorlaute Reden halten würde.

Die Wohnungstür wurde hörbar geöffnet und kurz darauf betrat Thomas, der zweite Sohn Inges, die Küche. Er stellte die Blechmilchkanne, die er mit beiden Händen hielt, vorsichtig auf den Tisch. Peter führte, als er dem Knaben ins Gesicht sah, vorsichtig, so dass es Inge nicht sehen konnte, eine Hand an den Mund und tat so, als ob er sich denselben abwischen würde. Er wollte Thomas diskret darauf hinweisen, dass er Schaum an der Oberlippe hatte.

In dem Moment rief allerdings Martin schon: »Der Thomas hat schon wieder von Onkel Peters Bier getrunken, Mutti!«

»Gar nicht wahr! Ich hab nichts getrunken!«, kam postwendend sein Dementi.

Die Mutter der Buben, die damit beschäftigt war, den Salat zu putzen, fuhr wie von der Tarantel gestochen herum. Sie wollte ihrem zweitältesten Sohn ordentlich die Leviten lesen, als Peter intervenierte. Sie würden dem Armen Unrecht tun, da der Schaum, der wohl der Grund der allgemeinen Aufregung sei, von der Ahoi Brause stamme, die er Tom vorhin gegeben habe. Er als Kriminalbeamter sei eigentlich von Haus aus schon glaubwürdig genug, er wolle aber alle eventuell auftretenden Zweifel restlos beseitigen, weshalb er Beweismaterial sichergestellt habe. Bei diesen Worten langte er mit beiden Händen in die Taschen seiner Hose und förderte eine anschauliche Anzahl von diesen bunten Päckchen zutage.

***

Fünf Jahre zuvor (Juli 1954)

»Glaubst du eigentlich, ich bekomme gar nicht mehr mit, dass hier jede von euch macht, was sie will? Denkt ihr wirklich, ich bin so blöd und merk' nicht, dass ihr mich bloß noch verarscht und andauernd hintergeht? Euch werd' ich's zeigen, ihr verdammten Flittchen! Euren Arsch werde ich euch aufreißen bis zum Hals! Von wegen den ganzen Tag mit diesen jungen Burschen rummachen und sich von jedem, der halbwegs einen hochkriegt, rammeln lassen! Wie die Karnickel! Das werd' ich dir jetzt ganz schnell wieder austreiben, du Luder. Und zwar so, dass du es so schnell nicht wieder vergessen wirst! Das kannst du mir getrost glauben, du Schlampe!«, brüllte Albert Steiger voller Zorn und donnerte seine rechte Faust auf den wackligen Küchentisch, hinter den sich die bedauernswerte Edeltraud, seine Ehefrau, zumindest kurzfristig in Sicherheit bringen konnte. »Und dein ach so vornehmes Fräulein Schwester sowieso! Meint seit Neuestem, sie sei wohl was Besseres als wir, bloß weil sie sich diesem alten Hurenbock Kirchner und seinen schmierigen Kumpanen an den dreckigen Hals geworfen hat! Das ist so was von pervers, dass ich nur noch kotzen könnte! Also, sag's endlich! Wo hast du dämliches Aas dieses Mal meine Flasche Rhöndiesel versteckt? Los, sag's, oder ich verlier' langsam die Geduld! Du weißt hoffentlich genau, was ansonsten passieren wird? Wenn ich meinen Schnaps nicht krieg', werde ich nämlich in Windeseile ungemütlich! Aber das weißt du doch, Edeltraud. Sag bloß nicht, dass du das schon wieder vergessen hast?« Er grinste seine Angetraute hämisch an. »Seit wie lange kannst du dich eigentlich schon wieder schmerzfrei auf deine verdammten vier Buchstaben setzen?«, machte er sich jetzt zu allem Übel auch noch über ihr, erst vor Kurzem noch auf brutalste Weise malträtiertes Gesäß lustig.

»Bitte, Albert, ich weiß doch wirklich nicht, wo dein Schnaps hingekommen sein könnte. Ich habe ihn bestimmt nicht versteckt, ich ganz bestimmt nicht. Das schwöre ich dir, beim Leben unserer Kinder!«, die stark verängstigte Frau zitterte bereits vor grenzenloser Angst vor dem, was ihren bösen Erfahrungen zufolge, nun gleich hier in ihrer Küche stattfinden würde.

Sie brauchte auch gar nicht erst lange zu warten und Steiger löste mit einem schnellen Griff die Metallschnalle seines Ledergürtels. Dann zog er ihn extrem langsam und äußerst genüsslich, Schlaufe für Schlaufe, aus seiner schmutzigen Arbeitshose. »Jetzt, wo du diese beiden durch und durch schamlosen Gören erwähnst, hätte ich jetzt gern mal von dir gewusst, ob sie auch bei deinen hemmungslosen Schweinereien mitmachen? Lassen sie sich auch von jedem dahergelaufenen Taugenichts durchvögeln?«

»Albert!«, rief sie schockiert. »Versündige dich nicht an den Kindern! Ich bitte dich! Was denkst du nur von mir und den Mädchen? Wie kommst du nur auf solch gottlose Gedanken? Das ist doch völlig krank, was du da redest!«

»Wo? Wo ist diese verdammte Schnapsflasche, frage ich dich!« Er legte den Ledergürtel einmal der Länge nach zusammen und schlug sich das harte Leder mehrfach kräftig in die Innenfläche seiner großen, schwieligen Hand, was augenblicklich widerlich klatschende Geräusche verursachte. Die verängstigten Edeltraud noch mehr. »Ich frag' dich bestimmt nicht noch ein paarmal, du verkommenes Stück Dreck, hast du mich verstanden? Sag deinem Ehemann und Herrn endlich, wo du den verfluchten Schnaps versteckt hast, oder du wirst es gleich zutiefst bereuen! Glaube mir, mich zu ärgern, ist keine besonders gute Idee von dir!«

»Glaube mir doch bitte! Ich habe sie nicht weggeräumt und ich weiß auch wirklich nicht, wo diese Flasche hingekommen sein könnte! Bitte, Albert«, bettelte die verzweifelte Frau entgeistert und den Tränen bereits sehr nahe. »Bitte tue es nicht! Bitte!«, flehte sie ihn mit gefalteten Händen vor ihm auf den Knien liegend an.

»Ach, mir könnt ihr also alles antun. Ganz egal, welche Gemeinheiten euch gerade so einfallen! Ich hab' das Maul zu halten und zu machen, was euch so in den Sinn kommt, was? Da hast du dich aber sauber geschnitten, meine Liebste! Du weißt doch ganz genau, was jetzt auf dich zukommt! Ich rate dir, mich nicht noch weiter zu reizen, weil es für dich sonst nur noch schlimmer werden wird! Hast du mich verstanden?« Er hielt den dunkelbraunen Hosengürtel zwischen seinen kräftigen Händen, während er sie nun verächtlich und voller grausamer Vorfreude, auf das, was gleich geschehen würde, angrinste. »Ob du Aas mich verstanden hast?«

»Albert, ich bitte dich von ganzem Herzen, lass mich bitte gehen. Ich besorge dir ganz schnell eine neue Flasche. Eine von der guten Sorte. Eine von deiner Lieblingsmarke, die du so gerne trinkst. Dann geht es dir mit Sicherheit auch gleich wieder viel besser! Versprochen!«

Sie wusste, dass es überhaupt keinen Zweck hatte, ihn weiterhin anzuflehen und auf etwaige Gewissensbisse seinerseits zu hoffen. Durch ihre kraftlos und ängstlich vorgebrachte Bitten, würde sie seine sadistische Ader nur noch weiter anstacheln. Sie kannte diesen Blick leider nur zu gut! Wie oft hatte sie den in letzter Zeit erdulden müssen? Ihr Gatte hatte wieder diesen lüsternen, leicht brutalen Ausdruck in seinen ansonsten ausdruckslosen Augen. Der trat immer nur dann zutage, wenn er kurz davor stand, mit seinem Ledergürtel die nackte, ungeschützte Haut ihres Hinterteils zu misshandeln. Und zwar so lange, bis Edeltraud es nicht mehr aushielt und vor grauenvollen Schmerzen und tief empfundener Scham laut zu schreien begann.

»Auf was wartest du noch? Los, ruf die Mädchen! Sie sollen sehen, was ihnen blüht, wenn sie so werden wie du oder deine versaute Schwester! Das wäre doch gelacht, wenn ich in diesen Saustall nicht wieder Zucht und Ordnung bringen würde!«, schrie er sie ungehalten an. »Also, wird's vielleicht bald?«

»Bitte, Albert, nicht wieder vor den Kindern. Bitte lass wenigstens sie gehen! Ich mache alles, was du willst, aber schicke bitte die Kinder hinaus!«

»Jetzt leg dich schon über den Stuhl und zieh deinen verdammten Rock hoch!«, befahl er ihr mit gefährlich ruhiger Stimme. »Treib's bloß nicht zu weit, du Dreckstück!« Dann rief Steiger mit einem kräftigen Befehlston selbst nach den beiden Töchtern. Die Mädchen betraten augenblicklich mit tief gesenktem Kopf und verängstigtem Blick den Raum. Steigers Ehefrau gab ihren letzten Widerstand auf und machte letztendlich das, was ihr Gatte ihr befohlen hatte. Schließlich würde ihr ja auch gar nichts anderes übrig bleiben. Sie nahm, wie viele Frauen in der gleichen Situation, ihr Schicksal als Gottes Fügung. Irgendetwas wird sie in ihrem bisherigen Leben schon verbrochen haben, so dachte sie in diesen Momenten für sich, was eine Züchtigung dieser Art rechtfertigen würde. Gänzlich ohne Grund würde ihr Ehemann ihr das schließlich nicht antun! Völlig entkräftet und ohne jegliche Gegenwehr, fügte sie sich dem abartigen Willen ihres Gatten.

***

2. Kapitel

In der Einrichtung des Jugendamtes der Stadt Würzburg, in welche Marianne am Abend zuvor gebracht worden war, warteten Sauerhammer und eine weibliche Kollegin der Schutzpolizei darauf, endlich mit ihr sprechen zu können.

Marianne habe, seit sie hier untergebracht wurde, noch kein einziges Wort gesprochen. Weder mit den Mitarbeiterinnen des Heims noch mit den übrigen Mädchen, die sich zur Zeit hier aufhielten. Auch der Gemeindeschwester, die sie am gestrigen Nachmittag noch untersuchte, habe sie die Antworten auf deren Fragen beharrlich verweigert, berichtete Frau Schulz besorgt.

»Eigentlich macht die Marianne nicht gerade einen verstockten Eindruck auf mich. Ganz im Gegenteil! Ich vermute sogar, dass es sich bei ihr ansonsten eher um ein besonders aufgeschlossenes Mädchen handelt. Ganz offensichtlich hat sie einen schweren Schock erlitten. Einen äußerst schweren Schock befürchte ich. Das arme Kind«, mutmaßte die Leiterin des städtischen Kinderheimes mit besorgter Miene.

»Wir würden es jetzt aber trotzdem gerne einmal selbst mit ihr versuchen«, erwiderte ein noch immer sehr geduldiger Fritz Sauerhammer der erfahrenen Erzieherin. »Vielleicht haben wir heute Morgen, aus welchem Grund auch immer, einfach mehr Glück bei dem Mädchen als Sie. Im Moment sind ihre Erinnerungen an die Tat noch sehr präsent, was sich jedoch sehr schnell ändert. Gegebenenfalls kann sie uns einen wichtigen Hinweis geben, der zur baldigen Aufklärung der Tat entscheidend beiträgt.«

Frau Schulz zog darauf missmutig beide Schulterblätter in die Höhe und gab sehr zögerlich, nachdem sie einen Augenblick über Sauerhammers Worte nachgedacht hatte, ihr Einverständnis zu dem Vorhaben. Allerdings bestand sie darauf, bei der Befragung des Kindes persönlich anwesend zu sein, was dem Hauptkommissar nur recht war. Als sich die Heimleiterin nun anschickte, das bemitleidenswerte Mädchen holen zu lassen, schlug der Kripobeamte vor, sich lieber wie ganz normale Besucher zu ihr zu begeben, als sie, aus der Sichtweise des Kindes gesehen, ›vorführen‹ zu lassen.

So saßen sie alsbald in dem großen Saal, in dem sich die vielen Heimkinder sammelten. Die meisten von ihnen waren Kriegswaisen. Von hier aus machten sie sich, begleitet von zwei Nonnen, auf den Weg in die Kapelle, um dort an der morgendlichen Andacht teilzunehmen. Frau Schulz hielt Marianne zurück, als sich die Kinder auf den Weg machten, und stellte sie dem Kriminalbeamten und seiner Begleiterin vor.

Das eingeschüchterte Kind knickste artig und sah anschließend starr auf den Fußboden, beziehungsweise auf ihre nach innen gedrehten Fußspitzen. Die Erzieherin forderte sie nun energisch auf, die Fragen, die der Herr Kommissar an sie habe, wahrheitsgetreu zu beantworten und nichts hinzuzufügen und auch ja nichts wegzulassen, worauf sich das unglückliche Kind nur noch weiter in sich zurückzog. Erst als Sauerhammer, der vor ihr in die Hocke ging, um mit ihr auf Augenhöhe zu kommunizieren, von seiner eigenen kleinen Tochter erzählte, sah sie ihm scheu und abwartend in die Augen. Als er ihr vorschlug, sich bei dem herrlichen Wetter mit ihm und den beiden Frauen doch draußen im Garten zu unterhalten, stimmte sie überraschenderweise geschwind mit einem leichten Nicken ihres Kopfes zu.

Etwas später saßen sie also zu viert unter einer Schatten spendenden Linde. Der Hauptkommissar begann, ihr behutsam die ersten Fragen zu stellen, die ihr Verhältnis zu dem Mordopfer betrafen.

Sie sei die vergangenen Monate einige Male bei Ottmar gewesen, erzählte sie zögerlich. Jedoch immer in Begleitung. Nicht ein einziges Mal war sie allein bei ihm, beteuerte sie, mit einem zaghaften Blick auf die Erzieherin. Auf die Frage, wer noch mit ihr gemeinsam Herrn Reuter besucht habe, antwortete sie ausweichend, dass es sich hierbei lediglich um ein paar Freunde von ihr gehandelt habe. Auch bei der Frage, warum sie eigentlich den alten Mann aufsuchten, hielt sie sich eher bedeckt und schob die Jungs vor, die sie ja nur mitgenommen hätten, weil sie sich zuvor zum Spielen mit ihr getroffen hätten. Etwas Sonderbares habe sie bei ihren Aufenthalten in Reuters Wohnung allerdings nicht bemerkt. Außer vielleicht, dass immer wieder mal einer der Jungs mit Ottmar alleine im Zimmer nebenan verschwunden sei. Es habe allerdings nie viel länger als eine halbe Stunde gedauert und sie seien beide gut gelaunt wieder zu ihnen zurückgekehrt. Sie und die anderen Kinder hätten zwischenzeitlich Afri Cola und Erdnusslocken vertilgt, während sie Schwarzer Peter oder etwas in der Art gespielt hätten. Das, so berichtete sie mit geröteten Wangen, rechne sie dem alten Reuter hoch an. Also, dass er ihnen Cola und Erdnussflips spendierte. Schließlich habe er auch nicht übermäßig viel Geld zum Leben! Nein, sagte sie, als sie gefragt wurde, sie sei immer das einzige Mädchen in der Gruppe gewesen, alle übrigen Kinder, die ihn mit ihr zusammen aufsuchten, waren Buben.

»Das hast du bis hierhin sehr gut gemacht, Marianne«, lobte Sauerhammer das Mädchen. »War doch auch gar nicht so schwer, oder? Nun bräuchte ich aber noch den einen oder anderen Namen der Jungen, mit denen du gemeinsam bei Ottmar warst.«

Nach längerem Überdenken der Sachlage, nannte sie dem Kriminalbeamten zu guter Letzt zwei der Jungs namentlich und fügte an, dass die ihm bestimmt Namen von weiteren Buben nennen könnten, falls er es bei seinen Befragungen nur geschickt genug anstellen würde. Fritz Sauerhammer versprach es dem Mädchen mit einem ernsten Blick. Dem Mädchen noch einmal aufmunternd zunickend verließ er das Kinderheim.

Frau Schulz wollte, nachdem sie Marianne zu den anderen Kindern geschickt hatte, noch von dem Hauptkommissar wissen, wie es mit dem bedauernswerten Mädchen denn nun weitergehen würde. Schließlich und endlich sei, wie ja sicherlich jeder wüsste, das städtische Kinderheim auch ohne Marianne leider Gottes schon mehr als übervoll! Habe sie denn nicht auch eine Tante gar nicht mal so weit weg von hier?

***

Ronald war ein pickelgesichtiger, übergewichtiger Junge, der vor Kurzem erst seinen vierzehnten Geburtstag gefeiert hatte. Er war einer der beiden Jungs, die Marianne erwähnt hatte. Dass er sich noch immer mitten im Stimmbruch befand, machte ihn für die Mädchen seines Alters nun auch nicht gerade viel attraktiver. In dem feudalen Wohnzimmer seiner Eltern lümmelte er, seinen mächtigen Oberkörper weit zurückgelehnt und die Beine lässig übereinandergeschlagen, in einem der bequemen Sessel. In den Sesseln ihm gegenüber saßen die Kommissare Friedrich Sauerhammer und Erhard Müller-Seefried. Der Junge schaute gelangweilt von einem zum anderen.

»Wie ich Ihnen schon sagte, kenne ich keinen Ottmar Reuter. Den Namen habe ich noch nie gehört! Demnach war ich logischerweise auch nie in seiner Wohnung! Wozu auch?« Der arrogante Knabe sah sie siegessicher durch seine mit dicken Gläsern bestückte schwarze Hornbrille an. »Es gefällt mir hier im Hause meiner Eltern ausgesprochen gut«, fügte er mit einer schrill klingender Stimme an. »Es gibt also keinen Grund, mich nach etwas anderem umzusehen! Schon gar nicht im Umfeld einer Mietskaserne!«

»War das nun alles, was Sie von meinem Sohn zum jetzigen Zeitpunkt wissen wollten, Herr Hauptkommissar?«, fragte Herr Klüpfel, seines Zeichens Notar und Vater des Buben, mit schneidender Stimme. »Wenn das nämlich der Fall sein sollte, würde ich ihn gerne zurück auf sein Zimmer schicken. Er ist inzwischen emotional extrem angespannt. Rein psychisch gesehen hat ihn das Gespräch mit Ihnen viel mehr mitgenommen, als es für einen Außenstehenden den Anschein haben mag.«

»Es gibt einen glaubwürdigen Zeugen, der genau das Gegenteil von dem behauptet, was ihr werter Sohn eben zu Protokoll gegeben hat, Herr Doktor Klüpfel!«, gab ihm Sauerhammer zu bedenken, worauf der Junge im Handumdrehen seine lässige Körperhaltung aufgab und mit vor Schreck weit geöffneten Augen zu seinem Vater schaute.

»Nun, Ronald«, ergriff Müller-Seefried schnell das Wort. »Was sagst du zu diesem Vorwurf? Du weißt doch sicherlich, dass du vor Gericht vereidigt werden kannst? Bedenke also bitte, dass das durchaus sehr unliebsame Folgen für dich haben kann, wenn du uns nicht die ganze Wahrheit sagst!«

Der im Vorfeld noch überaus selbstbewusste Knabe, verlor nun seine rosige Gesichtsfarbe und atmete tief ein, um dem Kriminalbeamten zu antworten, als sein erboster Vater unwirsch in das Wortgefecht eingriff. »Jetzt reicht es aber, meine Herrn! Unterstehen Sie sich, meinen Buben auch nur noch ein einziges Mal einschüchtern zu wollen! Das würde für Sie auf dem schnellsten Weg eine Dienstaufsichtsbeschwerde nach sich ziehen, die sich gewaschen haben dürfte. Nichts wird er Ihnen dazu sagen, da das, was Ihr sogenannter ›glaubwürdiger Zeuge‹ behauptet, auch nicht im Allergeringsten der Wahrheit entspricht! Wer soll das überhaupt sein, ihr ominöser Zeuge? Den werde ich sehr schnell vor Gericht bringen, wenn er nicht sofort aufhört, dermaßen unglaubliche Gerüchte über meinen unschuldigen Sohn in die Welt zu setzt!«

»Das tut im Moment nichts zur Sache, Herr Doktor.« Zu Ronald gewandt fuhr der junge Kommissar fort: »Möchtest du dir deine Aussage nicht lieber noch einmal durch den Kopf gehen lassen? Wir bekommen es so oder so heraus, mit wem du gemeinsam in der Wohnung des Ermordeten warst!«

»Nichts kann mein Sohn und nichts wird mein Sohn seiner bereits getätigten Aussage anfügen! Falls Sie tatsächlich jemanden aufgetrieben haben sollten, der solche Unwahrheiten verbreitet, steht Aussage gegen Aussage. Wem wird das hohe Gericht, Ihrer Meinung nach, wohl eher geneigt sein zu glauben? Dem unbescholtenen Sohn eines ehrenwerten Notars des hiesigen Amtsgerichts oder der komplett vernachlässigten Tochter eines völlig heruntergekommenen und stadtbekannten Trunkenboldes? Lassen wir es doch einfach darauf ankommen! Was halten Sie von meinem Vorschlag, Herr Kommissar?«

»Es wird mir eine große Freude bereiten, Ihnen aufzeigen zu dürfen, dass die ansässige Gerichtsbarkeit nicht so viel Wert auf die Herkunft eines Zeugen als vielmehr auf den Wahrheitsgehalt seiner Aussage legt. Erst recht, wenn selbige einwandfrei nachgewiesen wird«, übernahm Sauerhammer das Antworten.

»Das werden wir sehen«, parierte Doktor Klüpfel mit einem siegesgewissen Lächeln. »Das werden wir wahrlich sehen, wer von uns Recht bekommt.«

»Das werden Sie, verehrter Herr Doktor!«, prophezeite ihm Sauerhammer. »Aber eine Frage habe ich vorweg dann doch noch an Sie. Woher wissen Sie eigentlich, dass es sich bei meinem Zeugen um ein Mädchen handelt? Weder ich selbst, noch mein junger Kollege, haben das Ihnen gegenüber auch nur mit einem einzigen Wort erwähnt!«

»Mein lieber Herr Sauerhammer, das pfeifen doch bereits die Spatzen von den Dächern. Solcher Art Neuigkeiten verbreiten sich schneller in unserer schönen Stadt, als Sie oder ich auch nur ›Piep‹ sagen können!«, grinste der Jurist seinen Widersacher herablassend an. »Für den Fall, dass Sie tatsächlich einen winzigen Augenblick lang darüber nachgedacht haben sollten, mir aus diesem Wissen einen Strick drehen zu wollen, muss ich Sie allerdings schwer enttäuschen. Dass es sich bei der sogenannten ›glaubwürdigen Zeugin‹ um die kleine Marianne, die Tochter des alten Steigers vom Südbahnhof handelt, weiß inzwischen doch ohnehin schon die halbe Stadt!«

***

»Mit wem spreche ich?«, rief Friedrich Sauerhammer mehr als genervt in den aus schwarzem Bakelit bestehenden Hörer seines Tischtelefons W28, das noch von der ehemaligen Reichspost stammte. Einem wahren Wunder der Technik.

Obwohl er sich sein anderes Ohr mit einem Finger zuhielt, konnte er die Stimme, die vom anderen Ende der Leitung kam, kaum hören, geschweige den verstehen. »Gute Frau, könnten Sie vielleicht ein klein wenig lauter sprechen? Unter Umständen kann ich Sie dann besser verstehen!« Mit einem frischen Stofftaschentuch tupfte er sich die zahlreichen Schweißperlen von seiner hohen Stirn. Zum einen war es jetzt zu dieser frühen Mittagszeit schon ausgesprochen heiß in Würzburg, zum anderen regte ihn die Frau am Telefon dermaßen auf. Sie brachte es einfach nicht fertig, den Apparat so zu bedienen, dass er sie auch verstehen konnte. Noch nicht einmal ansatzweise! Man merkte sofort, dass sie keinen eigenen Anschluss besaß und ihr daher der Umgang mit einer solch sensiblen Apparatur fehlte. Sie benutzte, wenn es so wie heute unbedingt sein musste, den Fernsprechapparat des freundlichen Kolonialwarenhändlers, der seinen Laden nicht weit entfernt in ihrer Straße hatte.

»Führen Sie die Sprechmuschel bitte noch näher an Ihren Mund!«, riet er ihr zum wiederholten Male und schüttelte dabei völlig verzweifelt den Kopf.

»Maggarede Schdeicher am Abbarad«, schrie ihm die Tante der beiden Mädchen mit einer solchen Lautstärke ins Ohr, dass er beinahe den Hörer hätte fallen lassen. »Wer schbrichd?«

Der Kriminalhauptkommissar erklärte ihr, unterbrochen durch zahlreiche Zwischenfragen ihrerseits, wer er sei, und berichtete ihr in kurzen Zügen über die am Vortag stattgefundenen Ereignisse. Dieses Unterfangen gestaltete sich zum großen Leidwesen Sauerhammers, tatsächlich noch sehr viel schwieriger, als er zuerst angenommen hatte.

»Was ham Se grad gsachd? Mei Bruder is umbrachd worn? – Nee? – Ah, en annern hads derwischd? Na, Godd sei Dangg abba aa, gell! Ii bin fei jedzd ganz schö verschroggn! Muss ii Ihne mal so sach!«

»Verehrte Frau Steiger, das bringt uns beim besten Willen auch nicht das geringste Stückchen weiter, wenn Sie sich nicht an meine Anweisungen halten! Ich verstehe überhaupt nichts! Kein einziges Wort! Sie verstehen mich, wenn überhaupt auch nur zur Hälfte! Geben Sie mir doch bitte einmal Ihren netten Nachbarn, den habe ich vorhin akustisch sehr gut aufnehmen können! Der wird Ihnen gerne, im Anschluss an unser Telefonat, dann alles Weitere erklären! Auf Wiederhören, Frau Steiger!«

Herr Michel, der Inhaber des Ladens von Gegenüber, übernahm nun mit einer Miene, die besagte »Hätten Sie mich mal gleich an den Apparat gelassen«, die Gewalt über seinen Telefonapparat. Er hörte Sauerhammers Schilderungen aufmerksam zu. Als dieser zum Schluss des Gesprächs auf das Thema kam, wie, beziehungsweise wo Frau Steiger am besten befragt werden könne, bot sich der hilfsbereite Mann augenblicklich an, sie im Laufe des nächsten Tages nach Würzburg zu bringen. Er habe dort sowieso noch etwas mit einem seiner Großhändler zu besprechen, da böte sich diese Gelegenheit doch sozusagen ganz von alleine an. Ob und wenn ja, wann Marianne zu Frau Steiger kommen könne, wisse er zum jetzigen Zeitpunkt nicht. Vorübergehend könne er sich zwar den Aufenthalt des Mädchens bei seiner Tante vorstellen. Ob diese jedoch in der Lage sein würde, ein Kind mit einem derartig traumatischen Erlebnis dauerhaft bei sich zu Hause aufnehmen zu können, müsse wohl gemeinsam mit der für das Mädchen zuständigen Mitarbeiterin des Jugendamts geklärt werden.

»Gut, Herr Michel, dann verbleiben wir so! Bis Morgen also und noch einmal recht herzlichen Dank für Ihr großzügiges Angebot«, beendete Sauerhammer schließlich das Telefongespräch.

Jetzt brauchte er unbedingt ein paar Schritte an der frischen Luft. Er nahm seinen Strohhut und legte sein Jackett sorgfältig über seinen linken Arm. Dann machte er sich mit großen Schritten auf den, Weg das Präsidium so schnell wie möglich zu verlassen.

Vor dem Haupteingang des neuen, imposanten Gebäudes wollte er sich noch eine seiner geliebten Peter Stuyvesant anzünden, die er aber dummerweise nicht sofort fand. Das war ein verhängnisvoller Fehler seinerseits. Denn genau dieser kleine Moment reichte aus, um ungewollt auf seinen Vorgesetzten Kriminalrat Hans Frieder Langenlüdegge zu treffen.

Dieser setzte ihn ausgiebig über seine immensen gesundheitlichen Leiden, die er der extremen und andauernden Hitze zu verdanken habe, in Kenntnis. Als Sauerhammer diesbezüglich auf dem neuesten Stand gebracht war, forderte ihn ›LaLü‹, wie er von seinen Mitarbeitern heimlich genannt wurde, auf, ihn nun wiederum auf den aktuellen Kenntnisstand in Sachen ›Mordfall Ottmar Reuter‹ zu bringen.

»Am besde wird's sei, wenn Se glei mid nuff in mei Büro komme! Da erzähln Se mer dann alles, bei ennere gudn Dasse Kaffee! Hamm Se eichndlich scho en möchliche Däder im Fisier, Herr Sauerhammer? Könne mer denn Morche dene Bressefuzzis scho en Schdrafdäder bräsendier?«

»Selbstverständlich, Herr Kriminalrat. Im Moment kümmere ich mich bereits, mangels Arbeitsauslastung, um die Aufklärung des Falles ›Hänsel und Gretel‹! Ich untersuche das mysteriöse Ableben der alten Hexe!«, entgegnete ihm ein durch und durch missgelaunter Hauptkommissar.

***

Im Sprechzimmer des jungen Arztes saßen Frau Schulz vom Jugendamt und die kleine Marianne Steiger dem Mediziner an dessen Schreibtisch gegenüber. Währenddessen wartete die freundlich lächelnde Sprechstundenhilfe an der Tür darauf, das arme Ding in das Untersuchungszimmer zu bringen und für die bevorstehende medizinische Begutachtung vorzubereiten.

Friedrich Sauerhammer stand mit dem Rücken zur Wand an den Fenstersims gelehnt. Er forderte den Arzt eindrücklich dazu auf, alle Auffälligkeiten am Körper des Mädchens mittels seines Fotoapparats, den er extra zu diesem Zweck von zu Hause mitgebracht hatte, zu dokumentieren. Von den dienstlich gelieferten Kameras hielt er nicht allzu viel. Zu oft konnte man entscheidende Details nicht auf den entwickelnden Bilden erkennen! Demonstrativ zeigte er deshalb auf die neueste Agfa Silette, Baujahr 1958, die er auf den Schreibtisch des Mediziners gelegt hatte.

Er konnte sich zwar nicht erklären, warum, aber für einen vom Landgericht beauftragten Sachverständigen für ein so komplexes Thema wie unzüchtige Handlungen mit Kindern erschien ihm der Mediziner dann doch erheblich zu jung. Aus diesem Grund war der Arzt seiner Meinung nach zwangsläufig auch viel zu unerfahren für ein solch sensibles Unterfangen.

Doktor Friedhelm Servatius, der es mit diesem Vorurteil leider schon zu oft zu tun hatte, wies ihn jedoch leicht verschnupft darauf hin, dass er sich mit dieser Ansicht im Irrtum befände. Nicht nur die Würzburger Universitätsklinik würde eine solch richterlich angeordnete Begutachtung dieser Art nicht zum ersten Mal durchführen, sondern auch er habe bereits persönlich mehrere dieser armen Kinder untersucht.

»Nur, um weitere Fragen ihrerseits meine Sachkompetenz betreffend gleich im Kein zu ersticken, möchte ich noch anmerken, dass bis jetzt nicht eines meiner Gutachten von einem Gericht verworfen wurde!«, beendete Servatius mit strengem Blick seinen Kurzvortrag.

»Dann bin ich aber beruhigt, verehrter Herr Doktor!«, musste Sauerhammer unbedingt noch anmerken. Hierbei setzte er demonstrativ ein gequältes Lächeln auf.

»Das freut mich sehr, Herr Hauptkommissar. Dann kann ich mich jetzt endlich meiner Arbeit widmen, schließlich habe ich meine Zeit auch nicht gestohlen!« Zu dem Mädchen gewandt fuhr er fort: »Nun sei bitte so lieb, Marianne, und gehe mit der Schwester Ilse hinüber in das Untersuchungszimmer. Sie wird dir dort alles erklären und während der ganzen Zeit bei dir bleiben. Du musst also wirklich keine Angst haben! Sie passt gut auf dich auf!« Er lächelte freundlich und nickte ihr aufmunternd zu. »Versprochen!«

Als Schwester Ilse mit Marianne an der Hand den Raum verlassen hatte, wollte Doktor Servatius von Sauerhammer wissen, ob es einen bestimmten Verdacht gebe und er gezielt nach entsprechenden Beweisen oder ob er eher allgemein nach Hinweisen von körperlicher Misshandlung suchen solle.

Der Kriminalbeamte klärte den Mediziner darüber auf, dass es sich bei dem bedauernswerten Mädchen aller Wahrscheinlichkeit nach um ein Opfer von sexueller Misshandlung handele. Höchst wahrscheinlich wäre sie sogar über einen längeren Zeitraum hinweg missbraucht worden. Der Arzt im Kinderheim habe tags zuvor zumindest keine Hinweise finden können, die auf Schläge oder andere körperlicher Quälerei hingewiesen hätten. Der Hauptkommissar merkte noch an, dass er das aber eigentlich wissen müsste. Vorausgesetzt natürlich, er habe sich den richterlichen Beschluss, den er bereits gestern Nachmittag für ihn habe abgeben lassen, gründlich durchgesehen.

Ohne auf den offen vorgebrachten Vorwurf zu reagieren, wollte der Doktor wissen, wer aus der Familie denn unter dem Verdacht stünde, dem Kind etwas derartig Perverses angetan zu haben. Schließlich kämen laut Kriminalstatistik in zwei Dritteln der Fälle von Unzucht mit Kindern die Täter aus den eigenen Familien und deren engerem Umfeld. Zu neunzig Prozent seien sie den Opfern zumindest bekannt.

Der Kriminaler stutzte erst einen Moment, dann winkte er jedoch ab. Der einzige für diese abscheuliche Tat in Frage kommende Angehörige sei aus ›alkoholtechnischen‹ Gründen dazu höchstwahrscheinlich gar nicht mehr in der Lage. Nein, es sei doch eher so, dass er einen weitläufigen Bekannten des Mädchens, so eine Art ›guter Onkel‹, im Auge habe.

»Dann bleibt es sozusagen also doch in der ›Familie‹!«, erwiderte Servatius trocken und begab sich in den Untersuchungsraum.

Als der Arzt nach einer gefühlten Ewigkeit in sein Sprechzimmer zurückkehrte, machte er ein sehr ernstes Gesicht. Als er sich mit müden Bewegungen hinter seinem Schreibtisch in den Sessel fallen ließ, sagte er, dass er trotz all der negativen Erkenntnissen, wenigstens eine gute Nachricht mitgebracht habe. Bei dem Mädchen lasse sich tatsächlich keinerlei Anzeichen auf einen körperlichen oder auf einen erst kürzlich stattgefundenen sexuellen Missbrauch nachweisen. Zumindest sei sie in den vergangenen vierzehn Tagen nicht Opfer solcher brutalen Straftaten geworden.

»Was bedeutet?«, hakte Friedrich Sauerhammer wissbegierig nach und zog seine Augenbrauen gespannt nach oben.

»Was bedeutet, dass an Mariannes Körper keine frischen Spuren von Gewalt nachzuweisen sind. Was allerdings unwiderrufliche Rückschlüsse auf schwere sexuelle Übergriffe zulässt, sind ältere Verletzungen im Genitalbereich und die Tatsache, dass das Kind keine Jungfrau mehr ist. Und das bereits seit längerer Zeit nicht mehr!« Angewidert schüttelte er sich. »Sie hatte über einen größeren Zeitraum hinweg regelmäßig Geschlechtsverkehr! Welcher gewissenlose Teufel tut das bloß einem so jungen und wehrlosen Mädchen an?«

»Von welchem Zeitfenster ihres Martyriums müssen wir in etwa ausgehen?«, wollte der ebenfalls tief betroffene Kommissar wissen.

»Auf jeden Fall sprechen wir hierbei von mehreren Wochen! Wahrscheinlich aber sogar von einem bis zu einem halben Jahr andauerndem Missbrauch«, zog Doktor Servatius nun Rückschlüsse aus seinen Untersuchungsergebnissen.

***

Heute saßen nicht nur Frau Keller und Kommissar Müller-Seefried in der engen Küche, in der sie sich gestern über Franz, Frau Kellers Sohn, unterhalten hatten. Jetzt saß dieser mit am Tisch. Auf dem befand sich eine Pfütze aus einem billigen Branntweinverschnitt, die aus einem umgekippten Glas stammte. Zwei leere Weinflaschen und ein überquellender Aschenbecher standen daneben. Der penetrante Geruch nach billigem Alkohol und kaltem Zigarettenrauch machte dem Kriminalkommissar wieder deutlich zu schaffen. Erschwerend kam noch dazu, dass das Fenster hinaus in den Hof heute fest geschlossen war und es offensichtlich noch niemand für notwendig erachtet hatte, den engen Raum einmal richtig durchzulüften.

»Ob Sie das nun wahrhaben wollen oder nicht, Frau Keller, ändert nichts an der Tatsache, dass Franz ein besonders wichtiger Zeuge im Mordfall Reuter ist! Wir müssen unbedingt wissen, ob es außer dem Toten noch weitere Männer gab, die sich mehr oder weniger regelmäßig in der Unterkunft des Opfers aufhielten. Um den Mord an Herrn Reuter aufklären zu können, müssen wir weiterhin wissen, was in seiner Wohnung so alles geschah. So hoch war seine Rente nun wirklich nicht, als dass er als reiner Wohltäter der Jugendlichen hätte auftreten können. Eine Gegenleistung, welcher Art auch immer, wird er wohl dafür gewollt haben. Zumindest weitere Namen der Kinder, mit denen ihr Franzl in der Wohnung in engeren Kontakt gekommen ist, wären wichtig für unsere Ermittlungen.«

»Da war überhaupt nichts, was Sie interessieren könnte! Mein Franzl hat mit Ottmars Tod nichts zu tun! Wie oft soll ich Ihnen das denn noch sagen?« Frau Keller, die noch unfrisiert und nur mit einem leichten Morgenmantel bekleidet war, an dem zwei Knöpfe fehlten, schrie den Kriminaler an: »Warum muss denn ausgerechnet immer mein Sohn so ein total verkommener Bengel sein, wie Sie immer behaupten? Nur weil mein Ehemann als Krüppel aus dem Krieg zurückkehrte und wir kleine und arme Leute sind?«

Sie nahm einen kräftigen Schluck aus einem Glas, von dem Müller-Seefried überzeugt war, dass die durchsichtige Flüssigkeit, die darin enthalten war, kein Leitungswasser war. Frau Keller schüttelte sich und verzog ihr Gesicht, als habe sie in eine extrem saure Zitrone gebissen, dann fuhr sie mit gemäßigter Stimme fort: »Das war doch alles absolut harmlos. Kindereien! Mehr war da wirklich nicht! Zumindest dann, wenn mein Franzl bei Ottmar war. Das stimmt doch, Franzl, oder nicht? Nichts, wofür er sich schämen müsste! Ist doch so?«

»Das lassen Sie ihn doch bitte selbst erzählen. So klein ist er ja nun auch nicht mehr«, schlug der Kommissar vor, »dass er nicht für sich selbst sprechen könnte!«

»Du willst doch sicher genau wie ich, dass Ottmars Mörder gefasst wird?«, meldete sich der Junge zum ersten Mal zu Wort. »Stimmt doch, Mama, oder nicht?«

Seine Mutter sah ihn mit einem furchtsamen Blick an, dann nickte sie. Zuerst noch etwas zögerlich, dann aber energisch. »Also gut, Franzl, dann beantworte in Gottes Namen alle Fragen, die der Herr Kommissar an dich hat.« Zu dem Kriminalbeamten gewandt sagte sie: »Ich hoffe, Sie wissen unser keinesfalls selbstverständliches Entgegenkommen auch zu schätzen. Es wäre schön von Ihnen, wenn Sie meinen kleinen Buben aus irgendwelchen Schweinereien, die eventuell gelaufen sind und möglicherweise erst noch ans Tageslicht kommen, heraushalten würden.«

»Ich will sehen, was ich für ihn tun kann«, versprach darauf Müller-Seefried der besorgten Mutter. »Aber erst muss er mir endlich auf meine Fragen antworten.«

»Also, dann fangen Sie an!«, forderte Franzls Mutter und schlug ihre Beine übereinander, während sie sich mit zittrigen Fingern eine Zigarette anzündete. Dabei rutschte der Morgenmantel zur Seite, so dass ihre nackten Beine zum Vorschein kamen. Sie unternahm in der Tat den Versuch, den um Jahre jüngeren Kommissar aufreizend anzulächeln. Die Stelle an ihrem Schlafrock, an der die beiden Knöpfe fehlten, klaffte bei jeder Bewegung weit auseinander und legte zu Müller-Seefrieds großem Missfallen weitere nackte Haut frei. Sein ungutes Gefühl verstärkte sich noch mehr, als er mit großer Bestürzung feststellen musste, dass der Anblick seiner halb nackten Mutter den Jungen nicht im Geringsten in Verlegenheit zu bringen schien! Der Kriminaler vermutete stark, dass der Jüngling einen solchen intimen Anblick bereits seit Langem gewohnt war.

Müller-Seefried schnappte sich den Buben und ging mit ihm, unter dem Vorwand, sich ungestört mit ihm unterhalten zu müssen, hinunter in den großen Innenhof. Dort sog er erst einmal die frische Luft tief in seine Lungenflügel.

Anfänglich druckste Franz noch ein wenig herum. Dann begann er nach und nach flüssiger zu berichten. Er gab ohne Umschweife zu, bei Reuter Zigaretten und Alkohol konsumiert zu haben. Er räumte schließlich auch ein, dass nicht nur Jungs anwesend gewesen seien, sondern auch das eine oder andere Mädchen. Das sei aber nicht allzu oft vorgekommen. Auch die hätten gerne mal ein Bier oder etwas Ähnliches getrunken.

Ja, so bestätigte er nach mehrmaliger Nachfrage durch den Kommissar, eines der Mädchen sei die kleine Marianne gewesen. Es stimme auch, dass zur vorgerückten Stunde Ottmar immer wieder einmal mit einem der Burschen im Nebenzimmer verschwunden sei. Was da hinter verschlossener Tür allerdings vor sich gegangen war, wisse er beim besten Willen nicht. Keines der Kinder habe jemals auch nur ein Wort darüber verloren.

»Ich war nie mit Reuter in diesem Zimmer! Marianne schon. Ronald auch! Der konnte es jedes Mal kaum erwarten. Dem ging es meistens gar nicht schnell genug«, berichtete Franzl.

»Ronald?«, wollte der Kriminaler wissen. »Ronald Klüpfel etwa? Der Sohn des Herrn Notars?«

»Genau der, dieser Lackaffe!«

»Das gibt es doch nicht! Uns gegenüber hat der doch glatt behauptet, noch nie in Reuters Domizil gewesen zu sein. Mehr noch! Er beteuerte sogar, den Mann überhaupt nicht zu kennen!«

»Das glaube ich gerne«, bekräftigte Franzl die Worte des Ermittlers. »Der hat ja auch fürchterliche Angst davor, dass sein Vater etwas von dem erfährt, was er bei Ottmar so alles getrieben hat. Der würde ihn kurzerhand in eines dieser teuren Internate abschieben. Ich habe zum großen Glück keine Probleme dieser Art. Sie haben meine Mutter ja eben erlebt. Sie ist nun wirklich kein Kind von großer Traurigkeit. Sie sagte immer zu mir, solange es mir Spaß machen würde und der Ottmar nichts dagegen hätte, was wir in seiner Wohnung machen würden, solle ich mich ruhig weiterhin amüsieren!«

***

Fünf Jahre zuvor (September 1954)

Dieses Mal gab es erst gar kein langwieriges Vorgeplänkel. Albert Steiger holte mit der rechten Faust aus und schlug sie völlig überraschend für alle und mit brachialer Gewalt seiner verzweifelten Ehefrau mitten ins Gesicht. Diese fiel augenblicklich mitsamt dem Küchenstuhl, auf dem sie saß, einen mühsam unterdrückten Schmerzschrei ausstoßend, nach hinten um. Dabei schlug sie mit ihrem Hinterkopf ungebremst an die Küchenwand. Ihr lief dunkelrotes Blut aus der schmalen Nase. Darüber hinaus schien sie sich bei dem Sturz zu allem Übel auch noch eine Platzwunde an ihrem Hinterkopf zugezogen zu haben. An der Küchenwand hinter ihr waren eindeutige Spuren zu erkennen, die von ihrem Blut stammten.

Luitgard sprang nach einem kurzen Moment des Entsetzens auf, um ihrer armen Mutter beizustehen. Sie hatte diese noch nicht erreicht, als sie die Furcht einflößende Stimme ihres Vaters innehalten ließ. »Hinsetzen!«, schrie er sie an. »Hab' ich dir erlaubt, vom Tisch aufzustehen? Sofort setzt du dich wieder zurück auf deinen Platz!«

»Aber Mutti blutet doch! Wir müssen ihr unbedingt helfen! Los, Marianne, jetzt komm schon und pack mit an!« Luitgard hatte sich derweil neben die bewusstlose Edeltraud gekniet. Sie warf einen Hilfe suchenden Blick zu ihrer jüngeren Schwester, die sich jedoch nicht vom Fleck rührte. »Na, los! Auf was wartest du denn noch? Nun komm endlich und hilf mir!«

»Ich sagte ›hinsetzen‹! Auf der Stelle! Ansonsten wirst du jetzt gleich dein blaues Wunder erleben, mein Fräulein!« Albert Steiger bedachte seine ältere Tochter mit einem eiskalten Blick. Mit dem Zeigefinger deutete er auf den Stuhl, auf dem sie gerade noch gesessen hatte. »Du setzt dich sofort wieder da hin, oder ich verpass' dir eine solche Tracht Prügel, wie du sie in deinem ganzen Leben noch nie bekommen hast! Hast du mich verstanden?«

»Mama ist verletzt! Sie blutet! Sie braucht unbedingt einen Arzt!«, hielt das verstörte Mädchen völlig entsetzt ihrem Vater vor.

»Jetzt reicht's!«, schrie Steiger wutentbrannt. Mit einem schnellen Schritt war er bei seiner älteren Tochter und packte sie an ihren langen, blonden Zöpfen. Er zog sie gewaltsam zu ihrem Stuhl zurück und drückte die völlig verängstigte Luitgard auf die Sitzfläche nieder. »Das hast du dir selbst zu zuschreiben! Also beschwere dich nachher bloß nicht bei mir, wenn es eine ordentliche Tracht Prügel setzt!«

Als sie dennoch versuchte wieder aufzustehen, um der verletzten Edeltraud zu helfen, schlug ihr Steiger so heftig mit der flachen Hand gegen die Brust, dass sie zusammensackte und schmerzhaft nach Atem ringend auf der Sitzfläche des Stuhls landete. Ungläubig starrte sie am ganzen Körper zitternd ihren Vater an. Der beugte sich inzwischen zu seiner Ehefrau hinunter. Da sich diese aber nicht rührte, stieß er sie mit der Schuhspitze an. Nachdem sie sich daraufhin immer noch nicht bewegte, trat er fester zu. Sie stöhnte unter starken Schmerzen auf. Steiger verlor erst die Geduld mit ihr und dann die Beherrschung. Er nahm sie grob an den Hüften und zog sie mitleidlos zu seinem Stuhl. Dort angekommen, warf er sie, ohne Rücksicht auf ihre Verletzungen zu nehmen, bäuchlings über die Sitzfläche. Da sie auch nach extrem laut vorgebrachten Verwünschungen kein Lebenszeichen von sich gab, verlangte er von Luitgard den Rock ihrer Mutter nach oben zu schieben. Währenddessen zog er seinen Ledergürtel Schlaufe für Schlaufe aus dem Hosenbund. Seine ältere Tochter konnte sich vor Schmerzen in der Brust und panischer Angst nicht rühren. Bevor der Vater jetzt vollkommen ausrasten konnte, sprang Marianne auf und streifte mit zitternden Fingern den Rock der Mutter über deren Gesäß weit nach oben.

»Und jetzt das verfluchte Höschen runter! Wie oft muss ich das noch sagen? Na los, wird's vielleicht bald? Du weißt doch ganz genau, wie das hier läuft!« Marianne kam leider nicht schnell genug dazu, die Anweisung ihres Vater in die Tat umzusetzen. Der hatte bereits mit der anderen Hand in Edeltrauds Höschenbund gegriffen und es mit einem sehr kräftigen Ruck von ihrem Leib gerissen. Anschließend hörte man es schon geräuschvoll klatschen. Das Leder zischte erst mit einem pfeifenden Ton durch die Luft und traf im Anschluss daran schmerzhaft auf Edeltrauds zarte Haut. Dort hinterließ das Leder dunkelrote und schmerzvolle Striemen. Nach dem dritten Hieb begann der Tyrann erst leise, dann mit jedem Schlag lauter zu stöhnen. Je heftiger er nach Atem rang, desto schneller und härter kamen die darauffolgenden Schläge. Nach jedem Hieb sah er triumphierend in die Ecke, in die sich die beiden Mädchen mittlerweile furchtsam zurückgezogen hatten. Wenn diese, weil sie das Elend ihrer geliebten Mutter nicht mehr mit anschauen konnten, ihre Augen schlossen oder sich gar von dem grausamen Anblick abwandten, wurden sie durch ihren Erzeuger äußerst lautstark dazu aufgefordert, sofort wieder ihre Aufmerksamkeit auf den Ort des Geschehens und vor allem auf ihre Mutter zu richten. Was Marianne, zu ihrer eigenen Verwunderung und im Gegensatz zu ihrer älteren Schwester, auch ohne großes Zögern bereitwillig tat!

Am Ende einer solchen Prozedur nahm Steiger seine Ehefrau für gewöhnlich immer tröstend in seine Arme, drückte sie fest an seinen Körper und erklärte ihr gespielt liebevoll, dass alles, was er ihr antat, antun musste, einzig und allein zu ihrem Besten geschehe. Außerdem wisse sie doch nicht erst seit gestern, dass sie und ausnahmslos sie, sein ›großes, *braves Mädchen*‹ sei! Worauf sie sich in der Regel für ihre vielen Fehler bei ihm entschuldigte.

An diesem Tag beließ er es jedoch dabei, dass die beiden Mädchen ihr beim Säubern der Wunden und anschließend beim Verbinden derselben helfen durften. Der jüngeren Tochter lief dabei zum wiederholten Mal während der letzten zwanzig Minuten ein wohliger Schauer über den Rücken, was das Mädchen im ersten Moment noch mehr verwirrte.

Sie sollten sich das eben Erlebte gut hinter ihre dreckigen Ohren schreiben, empfahl der Vater seinen Töchtern noch einmal eindringlich. Dann würden sie sich in ihrem zukünftig Leben mit an Sicherheit grenzender Wahrscheinlichkeit jede Menge schmerzhafter Erfahrungen ersparen.

Daraufhin machte er sich gut gelaunt auf den Weg in seine Stammkneipe, in der seine hübsche Schwägerin schon sehnsüchtig auf ihn wartete. Von dort würde er heute nicht so schnell zurückkehren. Auf gar keinen Fall!

3. Kapitel

Der Straßenbahnschaffner, der am Ende des hinteren Wagens saß, ließ sein obligatorisches ›Die Fahrkadden biddschön‹ ertönen, als Fritz Sauerhammer und der junge Kriminalassistent Peter Hohner die Straßenbahn bestiegen.

»Aha, die Gribbo gibd sich aa widder emal die Ehre«, begrüßte er die beiden Kriminaler, als er den Hauptkommissar erkannte. »Ham se heud Ihrn Schdiffd midgebrachd, ja? Der muss ja, so wie er aussiehd, aa emal naus an die frische Lufd, gell? Der is ja scho ganz weiß im Gsichd, der Ärmsde. Ma könnd ja fasd meen, dass er in Buddermilch gfalln wär! Odder had Ihr Midabeider bloß zu lang Urlaub im Dunnl gmachd?«, hierbei verzog er keine Miene. »Also, die Herrn, än richdich schöne Daach wünsch ii Ihne noo un viel Glügg bei der Ganovnjachd, gell!«, anschließend forderte er die beiden Kriminalkommissare mit einer ausholenden Handbewegung indirekt zum Weitergehen auf, um den wartenden Fahrgästen das Einsteigen zu ermöglichen. Der Straßenbahnführer, der an der Stirnseite der Trambahn saß, rief gereizt: »In die Midde durchgeh! Jedzd gehd hald endlich bis zur Midde durch! Ihr haled noo en ganzn Verkehr uff, Saggzemend noo emal! Mir ham doch eh scho widder mehrere Minudn Verschbähdung!«

Die Herren Sauerhammer und Hohner suchten sich eine freie Sitzbank und setzten sich, während sich die Straßenbahn unter heftigem Rütteln und Geratter wieder in Bewegung setzte. Sie unterhielten sich über den laufenden Fall, während sie ihren Weg vom Polizeipräsidium in der Augustinerstraße, am Vierröhrenbrunnen und am Rathaus vorbei, die Domstraße hoch bis zum Kiliansdom zurücklegten. Von dort aus ging es weiter über die Schönbornstraße und dem Dominikanerplatz entlang, bis sie in die Julius-Promenade einbogen und vor dem Julius-Spital ihr erstes Zwischenziel erreicht hatten.

Hier nutzten sie die Gelegenheit und legten beim Julius-Spital-Bäck einen Zwischenstopp ein, um dort je zwei Butterhörnchen zu kaufen. Sie vertilgten das Gebäck im Garten des Julius-Spitals auf einer Bank sitzend. Zum Abschluss der unverhofften Pause zündete sich der Ältere der beiden eine seiner geliebten

Zigaretten an. Er lehnte sich gemütlich auf der harten Sitzbank zurück, um mit seinem Mitarbeiter das weitere Vorgehen zu besprechen.

Er kam jedoch nicht mehr dazu, sein Vorhaben in die Tat umzusetzen, denn urplötzlich stand ein bekanntes Mitglied der hiesigen Presse vor den beiden Kriminalkommissaren.

Herr Riemann, Redakteur beim Main-Journal, nahm unaufgefordert neben Sauerhammer Platz. Umständlich zog er seine dünnen Lederhandschuhe, bei denen allerdings alle Finger fehlten, aus. Der jüngere der Kripobeamten wunderte sich nicht schlecht. Handschuhe bei dieser Hitze und dann auch noch ohne Finger!

»Morchn, Fritz«, begann er, ohne Hohner eines einzigen Blickes zu würdigen. Du klärst doch den Mord am alten Reuter auf, oder irre ich mich da? Falls ja, also wenn du an diesem Fall arbeitest, hätte ich ein paar interessante Fragen an dich.«

»Nein, da irrst du dich nicht. Du weißt aber nicht erst seit gestern, dass ich dir über einen laufenden Fall keine Auskunft geben darf. Und dir auch gar nicht geben will, Robert!«, mahnte der erfahrene Kriminaler. »Darf ich dir bei dieser Gelegenheit meinen Mitarbeiter, Kriminalassistent Peter Hohner, vorstellen?«

»Angenehm«, antwortete Riemann, ohne Hohner dabei anzusehen.

»Es geht mir in erster Linie gar nicht mal so sehr darum, Informationen von dir zu erhalten. Viel eher wüsste ich so einiges, was dein Interesse den alten Reuter betreffend hervorrufen könnte! Worauf du dich mir gegenüber vielleicht ein wenig zuvorkommend zeigen könntest, was den Informationsfluss betrifft. Wenn du den Mordfall aber gar nicht lösen möchtest, was ich nach deiner unüberlegten Äußerung stark annehme, bin ich auch schon wieder ganz schnell verschwunden«, erwiderte der Zeitungsmann und stand auf.

»Nicht so schnell, lieber Freund und Kupferstecher!«, knurrte Sauerhammer etwas miesepetrig. »Erst mal schnell hierher kommen und große Töne spuken und dann ebenso schnell wieder verschwinden wollen, ohne etwas gesagt zu haben! So etwas liebe ich ja geradezu, wie du weißt! Wenn deine angeblich so wertvollen Informationen mir wirklich weiterhelfen sollten, was ich noch gar nicht so richtig glauben kann, bist du der Erste, der informiert wird, sobald es spruchreife Ergebnisse im Fall Ottmar Reuter gibt!« Sauerhammer sah den Redakteur fragend an.

Nach einem kurzen Augenblick des Abwägens nickte der betont langsam mit dem Kopf und sagte: »Heute Nachmittag, so zwischen vier und fünf Uhr in meinem Büro im Main-Journal«. Dann war er, trotz seiner ausgeprägten Statur unerwartet schnell verschwunden.

»Was war das denn jetzt für ein komischer Kauz?«, wollte der Assistent von seinem Vorgesetzten wissen. »Der hat heute Morgen wohl einen Zirkusclown gefrühstückt?«

»Das war ›2R mal zwo‹! An ihn muss man sich zugegebenermaßen erst mal gewöhnt haben, dann ist er aber im Großen und Ganzen recht in Ordnung. Vor allem seine Verbindungen, die er quer durch die ganze Stadt und in alle Kreise unterhält, können einem manchmal sehr nützlich sein.«

»›2R mal 2‹? Was soll das denn bedeuten?«

»Der Name dieses Mannes lautet Roland Riemann und von Beruf ist er der ›rollende Reporter‹. Rollend, weil er immer mit einem Motorroller unterwegs ist, sagen die einen. Die anderen behaupten wiederum, dass es eher an seiner nicht allzu geringen Körperfülle liegen würde! Jeweils zwei R. Da er bei jeder passenden Gelegenheit betont, dass er als junger Mann eigentlich Mathematik hatte studieren wollen, heißt er bei seinen Freunden ›2 R mal 2‹!«

**

Luitgard saß bei schon brütender Hitze vor ihrem Waggon auf einer Gartenbank. Vor ihr auf dem alten Tisch stand ein Korb mit frisch gewaschener Wäsche. Sie legte die einzelnen Kleidungsstücke peinlich genau zusammen und stapelte sie zu mehreren kleinen Türmchen.

»Bei diesen starken Sonnenstrahlen darf man sie nicht so lange auf der Leine hängen lassen wie üblich, wissen Sie, Herr Kommissar? Ansonsten werden die einzelnen Wäschestücke von der Sonne nämlich ganz schnell ausgebleicht!«, erklärte das Mädchen dem jüngeren Kripobeamten mit ernster Stimme. Er und Fräulein Moll waren gekommen, um sich natürlich auch nach Luitgards

Wohlbefinden zu erkundigen. Sie wollten aber in erster Linie mit dem fleißigen Mädchen über ihre kleine Schwester sprechen.

»Heute Mittag muss ich dem Papa wieder frische Sachen ins Krankenhaus bringen, weil er sonst nichts mehr zum Anziehen hat! Leider hat er ja nicht so viele Kleider.«

»Du bist sehr tüchtig, Luitgard, das muss ich einfach mal so sagen«, lobte sie die heute Kommissar Müller-Seefried begleitende Polizeiobermeisterin Moll. »Wie ich hörte, kümmerst du dich nicht nur sehr liebevoll um den Haushalt, nebenbei ziehst du auch noch deine kleine Schwester auf! Alle Achtung! Das ist gar nicht so einfach, denke ich!«

»Da muss ich meiner Kollegin beipflichten. Das machst du wirklich alles sehr gut, obwohl du ja selbst noch zur Schule gehst!«, zollte auch der Kriminaler dem Mädchen seine Hochachtung. »Wir sollen dir übrigens viele liebe Grüße von deiner Schwester Marianne ausrichten. Ihr geht es bereits ein ganz großes Stück besser als noch vor zwei Tagen! Frau Schulz sagt, dass du sie vielleicht schon am kommenden Wochenende einmal besuchen darfst.«

»Das wäre sehr schön!«, freute sich das Mädchen. »Annerl wird sich dort im Waisenhaus bestimmt ganz verlassen und einsam vorkommen. Sie tut mir so unendlich leid!«

»Da musst du dir nun überhaupt keine Gedanken machen! Deine Schwester befindet sich in außergewöhnlich guten Händen. Außerdem ist sie mit fünf weiteren Mädchen ihres Alters in einem Zimmer untergebracht, da wird es ihr bestimmt nicht so schnell langweilig. Wie geht es denn dir momentan? Erzähle mal! Hast du dich von dem Schrecken inzwischen schon ein wenig erholen können?«

»Es geht so. Die Frau Weber ist sehr nett und kümmert sich sehr liebevoll um mich. Das bin ich ja seit ewigen Zeiten nicht mehr gewohnt! Seit dem frühen Tod meiner armen Mama, hat so etwas niemand mehr für mich getan!«, antwortet sie scheu lächelnd. »Keiner hat extra für mich einen Schokoladenpudding gekocht, nur weil ich den für mein Leben gerne esse! Oder mich einfach nur einmal in den Arm genommen und mich gedrückt! Oder mich getröstet, wenn ich traurig war. Sie hat mir sogar ein neues Kleid genäht und meine alten Sachen, die ich nicht richtig ausgebessert hatte, alle miteinander überarbeitet! Die sehen jetzt aus, als wären sie nagelneu!«

»Deine Tante Margarethe kommt später noch aus Karlstadt zu uns«, wechselt Müller-Seefried das Thema. »Herr Michel, ihr Nachbar, ist so freundlich und bringt sie mit seinem Auto her. Sie würde dich liebend gerne mit zu sich nach Hause nehmen, sagte sie uns am Telefon. Selbstverständlich käme Marianne, sobald sie das Waisenhaus verlassen darf, dann auch zu euch! Was hältst du von ihrem Vorschlag?«

»Das wäre schon gut, aber wer kümmert sich dann um Papa? Und außerdem sollen wir doch jetzt bald eine richtige Wohnung bekommen. Das hat uns der freundliche Mann auf dem Wohnungsamt ganz fest versprochen. Dann gibt es noch jede Menge für mich zu tun, wissen Sie? Ich kann doch jetzt nicht weg und den Papa im Stich lassen! Das kann ich wirklich nicht!«

»Du kannst aber auch nicht die ganze Zeit über bei den Webers bleiben, die haben ja kaum Platz genug für sich selbst. Außerdem ziehen sie in Kürze auch in eine neue Wohnung.«

»Ich weiß«, sagte Luitgard enttäuscht. »Irgendwie wird es schon weitergehen, oder?«

»Bestimmt! Alles wird wieder gut, glaube mir!«, versuchte sie Fräulein Moll zu trösten. »Wir würden gerne mit dir über Marianne sprechen. Was denkst du, wäre das möglich?«

Auf diese Frage nickte sie nur zögerlich mit dem Kopf. Es war ihr bei diesem Thema, was leicht zu erkennen war, nicht besonders wohl in ihrer Haut. »Was wollen Sie von mir wissen, Herr Kommissar?«, fragte sie mit kaum hörbarer Stimme und richtete ihren Blick auf Müller-Seefried.

»Du weißt vielleicht, dass deine Schwester sehr oft bei Herrn Reuter in der Seinsheimstraße war? Was wollte sie dort bei ihm?«

Luitgard berichtete, dass ihre Schwester nur zu Reuter gegangen sei, weil ihre Freunde sich immer wieder dort trafen. Sie hättenn dort gespielt und sogar Cola trinken dürfen und Knabberzeug bekommen. Auf die Frage, warum der ältere Mann so großzügig zu den Kindern gewesen wäre und ob er vielleicht eine Gegenleistung dafür verlangt hätte, antwortete sie, dass sie davon nichts wisse. Auch auf die Fragen Müller-Seefrieds, ob ihre Schwester ihr erzählt habe, dass Reuter immer wieder einmal für eine halbe

Stunde mit dem einen oder anderen Jungen verschwunden sei, und was die während ihrer Abwesenheit gemacht hätten, schüttelte sie wiederum verneinend den Kopf. »Da habe ich nicht die geringste Ahnung, tut mir leid!«

»Hast du in den vergangenen Wochen oder Monaten eine Veränderung im Verhalten deiner kleinen Schwester festgestellt? War sie vielleicht irgendwie anders als sonst? Überlege jetzt bitte ganz genau!«

»Was meinen Sie mit ›anders‹?«

»Hatte sie etwa Angst vor irgendjemandem? Egal ob fremd oder bekannt. Oder hatte sie vielleicht sogar Alpträume und hat im Schlaf gesprochen? Hat sie dir etwas anvertraut, was du nicht weitererzählen darfst und unbedingt für dich behalten sollst? Das du nicht einmal dem Papa oder der Tante verraten darfst? Unter gar keinen Umständen. Oder, dass ihr sogar etwas sehr Schlimmes angetan wurde? Irgendetwas in der Art vielleicht? Ist dir diesbezüglich etwas aufgefallen?«

Auch hierauf kam nur ein zögerliches Kopfschütteln von dem Mädchen. Sie hatte die Arbeit mit der Wäsche zwischenzeitlich eingestellt und blickte traurig in den fast leeren Wäschekorb.

»Papa sagte in letzter Zeit immer, dass sie nun langsam auch in die Pubertät käme. Sie wäre dann auch sein großes Mädchen. So wie ich. Das gefiel ihr, wie ich annehme, überhaupt nicht!«

***

Margarethe Steiger war nicht nur eine Frau mit großem Herz und einem immer freundlichen Wesen, sie hatte auch einen starken Willen. Dieser ließ nicht zu, dass sie, wenn sie sich erst einmal zu etwas entschlossen hatte, dieses dann nicht auch zu einem guten Ende bringen würde. Man konnte ihr förmlich ansehen, dass sie es kaum noch erwarten konnte, auf ihren gefassten Plan nun endlich Taten folgen zu lassen.

»'ß Gott. Da bin ii, junger Mann«, begrüßte sie Sauerhammer forsch mit einem für eine Frau im fortgeschrittenen Alter ungewöhnlich kräftigen Handschlag. Sie sah ihm währenddessen mit einem freundlichen Lächeln in die Augen. »Maggarede Schdeicher.« Sie blickte sich kurz im Büro um und fuhr fort: » Wo sinn se denn, die Mädli? Ii hab fei ned so viel Zeid, dass ii ewich lang auf se ward könnd! Wenn der Herr Michl sei Gschäfdli erledichd had, hold er mi glei widder ab! Der muss ja nacherd sein Ladn widder uffmach! Sonsd verdiend der ja nix! Also, wo sinn se?«

Der Hauptkommissar erklärte ihr geduldig, dass sich Marianne immer noch auf der Krankenstation des Waisenhauses befände und sie sicherlich auch noch eine ganze Weile dort bleiben müsse. Luitgard sei jedoch auf dem Weg hierher ins Präsidium. Es könne bestimmt nicht mehr lange dauern, bis sie einträfe. Er selbst würde jetzt die Zeit gerne nutzen und sich mit ihr über die Mädchen unterhalten. Es gäbe da nämlich eine ganze Reihe an Fragen, auf die er sehr schnell Antworten benötigen würde. Zu Beginn, so sagte er, interessiere er sich beispielsweise brennend dafür, ob sie in der vergangenen Zeit gravierende Veränderungen an Mariannes Wesen habe feststellen können. Sie verneinte die Frage und fügte an, dass sie das Mädchen seit Ostern auch nicht mehr gesehen habe, und da auch nur ganz kurz. Da habe ihr ja schließlich auch gar nichts auffallen können.

»Ich dachte nicht nur an die letzten paar Wochen, sondern an die vergangenen Monate. Nehmen wir doch einmal das letzte halbe Jahr, Frau Steiger. Ist Ihnen in dieser Zeit etwas Ungewöhnliches an Ihrer Nichte aufgefallen? Ganz egal, was es auch sei!«, präzisierte der Hauptkommissar seine Frage.

»Nä, da fälld mer nix ei! Des Mädle war wie immer. Immer fröhlich, immer guud glaund un für jedn Schbass zu ham! Abba, warum frachn Se mich des eichndlich? Was solln sich bei meim Annerl geännerd hab im ledzde Jahr? Wie komme Se denn da druff?«

»Frau Steiger, Sie müssen jetzt stark sein! Das, was ich Ihnen mitteilen muss, ist sicher nicht so einfach für Sie zu verstehen oder gar zu verarbeiten. Ich kann es Ihnen aber leider Gottes nicht ersparen. Sie müssen bedenken, dass es für Marianne selbst um ein Vielfaches schlimmer ist. Damit sie diese schrecklichen Erlebnisse jemals verarbeiten kann, ist es immens wichtig, denjenigen, der ihr das angetan hat, zu finden und vor Gericht zu bringen.

»Ii komm aus der Landwirtschafd un nid aus der Glosderschul!«, beruhigte sie den besorgten Kommissar. »Mi haud nix so schnell um! Also, raus mid der Schbrach, was had mer dem Kind agedahn?«

»Irgendjemand hat an ihr, wie es in unserem Strafgesetzbuch so lapidar heißt, unzüchtige Handlungen durchgeführt«, versuchte Sauerhammer ihr mit Bedacht zu erklären, was das bedauernswerte Kind alles durchmachen musste.

Mariannes Tante verlor von einer Sekunde auf die andere ihre gesunde Gesichtsfarbe zur Gänze und ein heftiges Zittern durchströmte ihren Körper. Sie wankte kurzfristig sehr bedenklich und Sauerhammer befürchtete schon, dass die stattliche Frau der Länge nach hinfallen könnte. Kurz darauf hatte sie sich ebenso schnell wieder gesammelt. Im Anschluss daran war sie fast wieder die alte.

»Wie weid issn der Däder bei seine Schanddadn gangn?«, verlangte die Tante, der trotz der Willensstärke, die sie ausstrahlte, das Entsetzen noch ins Gesicht geschrieben stand, von dem Kommissar zu erfahren.

»Bis zum Äußersten. Leider«, beantwortete der die Frage wahrheitsgemäß. »Dies geschah leider Gottes auch nicht nur einmal!«

»Wissn Se wenichsdns scho, welcher Lumb ihr des alles agedahn had?« Jetzt konnte sie nur unter sehr großer Mühe ihre Tränen zurückhalten.

Der Kriminaler schüttelte verneinend den Kopf. »Ich verspreche Ihnen aber, dass wir den Täter auf alle Fälle zur Rechenschaft ziehen werden! Er wird für sehr lange Zeit hinter Gitter wandern! Damit das eintrifft, müssen Sie mir aber erst noch einige Fragen beantworten, Frau Steiger!«

»Also, Herr Haubdkommissar, jedzd fange Se scho aa!«

***

Die Kripobeamten fuhren von der Juliuspromenade aus mit der Straßenbahn der Linie 2 erst den Kranenkai hoch und anschließend über die Friedensbrücke hinüber in die Zellerau. Dort stiegen sie nur wenige Minuten später in der Frankfurter Straße an der Haltestelle ›Hartmannstraße‹ aus. In dieser Gegend konnte man leider nur allzu genau die verheerenden Auswirkungen des letzten Weltkriegs auf die Stadt sehen. Hier konnte man sie nicht nur sehen, man konnte sie regelrecht spüren! Die meisten Mietshäuser, die vor dem Krieg hier gestanden hatten, waren zerbombt und bis jetzt noch nicht wieder aufgebaut. So lange Zeit nach Kriegsende! Hie und da hatten sich indessen eine Reihe ehemalige Bewohner, mehr recht als schlecht in den Kellern dieser trostlosen Ruinen einquartiert. Ganze Familien wohnten auf ein paar wenigen Quadratmetern. Sauerhammer zählte in dem düsteren Kellerflur fünf marode Türen auf jeder Seite des Ganges. Außer ein paar gemauerten Zwischenwänden, die von dem einstigen Mehrfamilienhaus noch übriggeblieben waren, bestand der Rest größtenteils aus behelfsmäßig verkleideten Holzverschlägen. Diese Wohnungen waren demnach aus den ehemaligen Kohlekellern der früheren Hausbewohner entstanden.

Vor einer solchen notdürftig hergerichteten Kellerwohnung standen nun die Herren Sauerhammer und Hohner. Letzterer klopfte vorsichtig an die Tür, die aus ein paar dünnen Brettern zusammengenagelt war. Er befürchtete, dass sie bei der leichtesten Berührung seines Fingers zusammenbrechen würde. Nach einer kurzen Weile wurde die behelfsmäßige Wohnungstür ein kleines Stück beiseite geschoben und die Gesichter zweier Kinder wurden in dem offenen Spalt sichtbar. Es handelte sich bei ihnen augenscheinlich um Zwillingsbrüder. Sie hatten für ihr geringes Alter sehr melancholisch anmutende Gesichtszüge.

Auf die Frage Sauerhammers, ob auch ihr Vater zu Hause wäre, schüttelten sie nur die Köpfe. Die Mutter würde noch im Bett liegen, berichteten sie gleichzeitig, schließlich sei es wieder einmal eine sehr anstrengende Nacht für sie gewesen.

In diesem Moment wurde die Wohnungstür ein weiteres Stück geöffnet. Eine etwa 30-jährige Frau schaute genervt über die Köpfe ihrer Buben hinweg zu den Kriminalkommissaren heraus. Sie machte einen noch schläfrigen Eindruck auf sie. Ihr kurzes, braunes Haar war völlig zerzaust und das ansonsten adrette Gesicht ungeschminkt.

»Wer sind Sie und was wollen Sie um diese unchristliche Zeit von uns?«, wollte die Frau von den Herren wissen. »Ich bin erst vor kurzer Zeit ins Bett gekommen und daher noch sehr müde! Es wäre daher wirklich sehr schön von Ihnen, wenn Sie nun langsam mal zur Sache kämen!«

»Nun, Frau Bechthold, die Sache ist die, dass wir uns unbedingt und auch äußerst dringend mit ihren beiden Jungs unterhalten müssen. Sie können unter Umständen einen erheblichen Beitrag zur Klärung eines schweren Verbrechens leisten, welches wir gerade bearbeiten«, klärte sie der ältere der Kommissare in kurzen Worten auf.

»Das ist doch völliger Schwachsinn! Was sollten die beiden schon wissen, was Ihnen weiterhelfen könnte? Ohne meinen Mann dürfen die Ihnen sowieso nichts sagen. Am besten wäre es, wenn Sie um die Mittagszeit wiederkommen würden.«

»Hören Sie, es ist wirklich immens wichtig, dass wir uns schnellstmöglich mit den Buben unterhalten können. Es dauert auch nicht lange. Im Anschluss daran können Sie sich auch sofort wieder hinlegen. Ansonsten müsste ich Sie leider ...!«

»Was müssten Sie sonst leider?«, hörten sie eine tiefe Männerstimme aus dem Raum hinter der Tür, die in diesem Moment gänzlich geöffnet wurde. »Wollen Sie etwa einer wehrlosen Frau drohen?«

»Natürlich nicht! Ich wollte Ihrer Gattin nur zu verstehen geben, dass Sie ansonsten mit den Kindern zu uns ins Präsidium kommen müsste. Falls wir uns jedoch hier bei Ihnen mit den beiden unterhalten könnten, wäre es um einiges einfacher. Obendrein wäre es auch Zeit sparender. Sowohl für Sie als auch für uns!«

»Das klang eben aber noch ganz anders in meinen Ohren Außerdem ist Frau Bechthold mitnichten meine Ehefrau!«, widersprach der Angesprochene mit einem leicht amerikanischen Akzent.

Sauerhammer und Hohner sahen überrascht auf das Bild, das sich ihnen bot. Im Vordergrund standen dicht aneinander gedrängt die Zwillinge mit schüchtern gesenkten Köpfen. Hinter ihnen sah man ihre Mutter, bekleidet mit einem luftigen Negligee und passenden Pantoffeln. Neben ihr, den rechten Arm fest auf ihre Schulter gelegt, stand ein hochgewachsener Mann mit einem gut trainierten Körper und kurzen, schwarzen Haaren. Im sympathischen Gesicht trug er einen dünnen Oberlippenbart. Sein Alter schätzte Sauerhammer auf Anfang fünfzig. Bekleidet war er mit einer diesen kurzen Baumwollunterhosen, mit dem unglaublich modernen Eingriff.

»Ich schlage vor, Sie kommen einfach heute Mittag wieder, wenn auch Herr Bechthold zu Hause ist. Schließlich ist er der Hausherr und Vater der Buben«, unterbreitete er den Kriminalern einen Vorschlag.

»Sie schlagen überhaupt nichts vor!«, konterte Sauerhammer. An die Frau des Hauses gewandt fuhr er fort: »Sie und Ihre Söhne kommen morgen um 15.00 Uhr zu uns auf das Polizeipräsidium!« Dann drehte er sich wieder zurück zu dem Unterhosenträger und bestellte ihn auf 16.00 Uhr ein.

»Nur interessehalber: Da Sie, wie Sie eben selbst sagten, nicht der Gatte der verehrten Frau Bechthold sind, ist Ihr, ich sage jetzt einfach einmal, extrem salopper Kleidungsstil sicherlich den inzwischen bei uns herrschenden hohen Außentemperaturen geschuldet?«

»Yes, of course! Aber selbstverständlich! Wo denken Sie eigentlich hin, mein lieber Herr Kommissar?«, antwortete der Gefragte, der sich nach Außen hin sehr schuldbewusst gab. Er schüttelte wegen des versteckten Vorwurfes den Kopf und verschwand fröhlich vor sich hinschmunzelnd augenblicklich aus dem Gesichtsfeld der Kriminalbeamten.

»Nimm bitte von dem Herrn die Personalien auf, Peter!«, wies Sauerhammer seinen jungen Kollegen an. Dann ging er mit schnellen Schritten zurück an die frische Luft.

**

Im Foyer des Polizeipräsidiums kam Doktor Klüpfel, der von einem Bekannten begleitet wurde, den Herren Sauerhammer und Hohner entgegen. Die waren im Begriff, soeben Feierabend zu machen. Als sie nur noch ein paar Schritte voneinander entfernt waren, fiel dem Hauptkommissar eine noch offene Frage ein, auf die er gerne eine Antwort gehabt hätte.

»Auf ein Wort, Herr Doktor!«, sprach er den Notar an. »Ich hätte noch kurz etwas mit Ihnen zu besprechen.«

Dieser antwortete schnippisch, dass er, wie man eigentlich leicht erkennen könne, momentan gar keine Zeit habe. Sein Bekannter, den Sauerhammer von diversen Festnahmen noch aus der Zeit kannte, als er frisch zur Kripo gekommen war, habe einen

Anspruch darauf, dass er sich voll und ganz auf seine Angelegenheiten konzentrieren würde. Am besten sei es wohl, dass sich der Herr Kriminaler einen Termin für ein ausführliches Gespräch von seiner Sekretärin geben lasse.

»Ich benötige kein ausführliches Gespräch. Das, was ich Ihnen zu sagen habe, dauert nur einen winzigen Augenblick. Außerdem bin ich überzeugt davon, dass Herr Burger vollstes Verständnis dafür aufbringen wird, dass Sie mir kurz eine Frage beantworten!«

Nachdem besagter Burger zustimmend mit dem Kopf genickt hatte, blieb nun dem Doktor nichts anderes mehr übrig, als klein beizugeben. »Also, um was geht es? Fassen Sie sich aber bitte kurz! Wie gesagt, wir haben es eilig!«

»Woher kennen Sie eigentlich Herrn Albert Steiger so gut, dass Sie wissen, dass die kleine Marianne seine Tochter ist?«

»Das geht Sie doch überhaupt nichts an, von wem ich meine Informationen beziehe!«, echauffierte sich der Notar.

»Ich wusste bisher nicht, dass Sie in denselben edlen Kreisen verkehren, in denen auch unser Mordopfer verkehrte. Das ist für die Zukunft allerdings gut zu wissen!«

***

In dem überaus kleinen und noch dazu stark verqualmten Büro des ›rollenden Reporters‹ des Main-Journals in der Plattnerstraße, öffnete Sauerhammer eben das Fenster. Er wollte, ungeachtet der übermäßigen Hitze, die draußen immer noch herrschte, wenigstens halbwegs saubere Luft hereinlassen. Da betrat durch die offene Tür Roland Riemann den Raum.

»Pünktlich wie die Maurer, Fritz! Und immer auf deine Gesundheit bedacht! So und nicht anders kenne ich dich!«, lachte der.

»Was man von dir ja nicht gerade behaupten kann, Roland! Wie kannst du bei diesem schrecklichen Mief auch nur einen klaren Gedanken fassen? Das wird mir ein ewiges Rätsel bleiben!«

Nachdem sie das geklärt hatten, wollte der Kriminaler wissen, ob Riemann, wie am Morgen so vollmundig angekündigt, tatsächlich etwas zur Klärung des Falles beitragen könne. Er zündete sich eine seiner Zigaretten an und setzte sich abwartend auf das Fensterbrett des weit geöffneten Fensters.

Sein Freund Roland wollte zuvor jedoch den Vorteil, den er seinen Kollegen anderer Zeitungen gegenüber für seine Informationen haben wollte, in trockene Tücher gebracht haben.

Der Zeitungsmann, der die Ärmel seines weißen Hemdes hochgekrempelt und die dunklen Hosenträger leger an beiden Seiten herunterhängen hatte, ließ sich mit einem lauten Seufzer auf seinen Bürostuhl sinken. Als sich die beiden auf ein für ihn annehmbares Ergebnis geeinigt hatten, schenkte der Redakteur jedem ein Glas Wein ein. Er nahm einen großen Schluck, dann begann er zu berichten.

Er habe vor Kurzem in Reuters Nachbarhaus recherchiert und sei dabei auf äußerst mysteriöse Dinge gestoßen. Es ging in dem Fall um einen Hehler, der größere Mengen an Diebesgut angeblich in seiner Wohnung gelagert haben sollte. Bei seiner Wohnstätte handelte es sich aber nur um zwei relativ kleine Zimmer, eine noch kleinere Küche und ein winziges Bad. Es bestand logischerweise nicht die geringste Möglichkeit, auf diesem engen Raum auch nur ansatzweise heiße Ware in einem größeren Umfang zu verstecken. Daher wunderte es ihn auch nicht, dass die Polizei trotz größter Bemühungen nicht fündig wurde. Die Beamten standen kurz davor, den Fall ad acta zu legen.

Zwei Tage später beobachtete er zufällig, wie im Nachbarhaus, ein Eckhaus, dessen Eingang in der Nebenstraße lag, zwei Männer mehrere große Pakete in das Haus trugen. Obwohl er geraume Zeit abwartete, kam keiner von ihnen wieder heraus. Daher war er gerade schon dabei, seine Beobachtungen zu beenden, als plötzlich die Männer überraschend wieder auftauchten. Allerdings kamen sie ums Eck. Sie hatten den Wohnblock, vermutlich um eventuelle Beobachter zu täuschen, durch das angrenzende Gebäude verlassen. Pakete hatten sie keine mehr bei sich.

»Du bist, wenn ich dich richtig verstehe, also der Meinung, dass es in Reuters Wohnung auch so einen ›unsichtbaren Ausgang‹ geben könnte?«, mutmaßte Sauerhammer und legte seine hohe Stirn in Falten.

»Nicht nur einen geheimen Ausgang! Ein geheimes Zimmer! Warum sollte es so einen Raum bei Reuter nicht auch geben?«, stellte sein Freund verwundert eine Gegenfrage. »Schließlich stand Ottmar Reuter bereits mehrfach unter dem dringenden Verdacht, unzüchtige Handlungen an und mit Kindern begangen zu haben. Man konnte ihm jedoch nie auch nur das Geringste nachweisen. Auch, weil man in seiner Wohnung nie Indizien fand, die auf eine solche Straftat hätten hinweisen können.«

»Warum hätte Reuter einen solchen Aufwand betreiben sollen? Die meisten Kinder kamen, dafür gibt es mehrere glaubhafte Zeugen, ganz normal über das Treppenhaus des Gebäudes in der Seinsheimstraße. Sie sind des Öfteren durch ihr lautes, ruhestörendes Verhalten, das sie dabei an den Tag legten, bei den anderen Mietern negativ aufgefallen. Von einem zweiten Zugang der Wohnung habe ich bisher von keinem Zeugen gehört.«

»Vielleicht haben die Bewohner wirklich nichts von einem weiteren Eingang mitbekommen. Der Lärm im Treppenhaus, den die Kinder verursacht haben, könnte aber durchaus auch beabsichtigt gewesen sein«, gab Roland seinem Freund mit einem bedeutungsvollen Blick zu bedenken und schenkte dabei die Weingläser nach.

»Wozu?«

»Um die ehrenwerten Mitbewohner von ganz anderen Dingen abzulenken, vielleicht? Schlimmeres als ein paar betrunkene und lärmende Kinder, die das Treppenhaus verschmutzen und die nächtliche Ruhe störten. Wer weiß, für was der alte Reuter jenes geheimnisvolle Gemach so alles nutzte? Vielleicht sollten andere Geräusche überlagert werden? Möglich wäre das schon, oder nicht?«

»Heutzutage ist prinzipiell alles möglich!«, stellte Sauerhammer nachdenklich fest.

***

Fünf Jahre zuvor (Oktober 1954)

Steiger kam morgens völlig betrunken, jedoch überraschend gut gelaunt nach Hause. Er summte eine aktuell am laufenden Band im Radio gesendete Schlagermelodie vor sich hin. Von Zeit zu Zeit nahm er einen kräftigen Schluck aus einer Schnapsflasche.

»Was ist mit Frühstück?«, brauste er urplötzlich auf. »Was ist los? Krieg' ich heute vielleicht keins? Das wird ja immer toller bei uns!«

»Ich wusste ja nicht, wann du heimkommen würdest! Wie hätte

ich dein Essen denn so lange warmhalten sollen?«, versuchte sich Edeltraud vor ihrem Ehemann zu rechtfertigen.

»Hör bloß auf zu flennen, sonst werd ich ganz schnell stinkig! Also, jetzt bin ich da, dann könntest du doch jetzt damit anfangen, mir mein Frühstück zu machen! Wird's vielleicht bald?«

Edeltraud bemühte sich nach besten Kräften, aber genau die verließen sie in den vergangenen Wochen immer häufiger. Mit zitternden Händen servierte sie ihrem Ehemann Kaffee, weich gekochte Eier, Butter und Brot.

Alberts Miene verfinsterte sich bei dem Anblick schlagartig. Kräftig schlug er mit der Faust auf den Tisch und brüllte sie voller Wut an: »Wo ist das Salz für die Eier, du dumme Kuh? Wie oft muss ich dir das noch erklären? Kannst du dir denn gar nichts merken?«

Eilfertig holte sie ihm das gewünschte Salz. Als ob der Ärger nicht schon genug für sie wäre, bekam sie jetzt auch noch schreckliche Schmerzen im Oberbauch! Ihr wurde schwindelig und alles drehte sich vor ihren Augen. Sie konnte sich nur noch mit größter Mühe auf den Beinen halten.

Nach dem ihr Mann widerwillig das erste Ei geköpft hatte, schleuderte er es mit voller Wucht gegen die Küchenwand. Das zweite folgte unbesehen.

»Bist du wirklich zu doof, ein Ei so zu kochen, dass man es auch essen kann? Wie oft muss ich dir das denn noch erklären? Ich wünsche weich gekochte Eier zum Frühstück! Verstehst du? Weich gekocht!« Als er sich halbwegs beruhigt hatte, goss er sich eine Tasse Kaffee ein, wobei er hysterisch zu lachen begann. »Was soll das denn sein? Kaffee? Dass ich nicht lache! Kannst du blindes Huhn denn überhaupt irgendetwas?«, fügte er, inzwischen gefährlich leise, an. »Nicht dass du dir einbildest, ich will noch irgendetwas, aber es würde mich dann doch interessieren, wo eigentlich meine Pfälzer Leberwurst geblieben ist?«

In Edeltraud mobilisierten sich die allerletzten Kräfte zu einem Gegenangriff. »Wenn du nicht ausnahmslos das bisschen Geld, das du verdienst, in die Kneipe tragen und dort sinnlos versaufen würdest, könnte ich für ein gutes Frühstück sorgen! Aber ohne Geld bekommst du auf Dauer auch von dem freundlichsten Metzger keine Wurst mehr! Wo warst du denn wieder die ganze Nacht über? Saufen mit den Kumpels! Ist in deiner Lohntüte überhaupt noch etwas?«, schrie sie ihn verzweifelt an. »Wovon sollen wir leben, wenn du keinen Pfennig mehr mit nach Hause bringst? Im ganzen Viertel habe ich bereits anschreiben lassen. Uns gibt keiner mehr was auf Kredit!«

Wegen der schweren Bauchkrämpfe, die sie nun zusätzlich quälten, spürte sie den brennenden Schmerz auf ihrer rechten Wange kaum. Ihr Ehemann hatte ihr eine schallende Ohrfeige verpasst. Brutal riss er sie an ihren Haaren und schleuderte sie gegen den Küchentisch, der bedenklich wackelte. Sie blieb mit dem Oberkörper auf der Tischplatte liegen und hielt schützend ihre Arme über den Kopf.

»Natürlich gehe ich in die Kneipe, um zu saufen! Schließlich ist es mein schwer verdientes Geld, das ich versaufe! Nicht deines! Das geht dich also gar nichts an! Warum sollte ich wegen dir überhaupt noch nach Hause kommen? Sieh dich doch mal im Spiegel an? Im Bett läuft ja auch schon lange nichts mehr! Es würde mich eine Menge Überwindung kosten, dich auch nur im Dunkeln zu besteigen! Also, warum sollte ich das tun?«

Er nahm einen großen Schluck aus seiner Schnapsflasche, worauf er laut rülpste. »Und weißt du, warum ich noch so gerne in die Kneipe gehe? Weil dort dein ehrenwertes Fräulein Schwester bedient. Die ist weder so hässlich und schon gar nicht so prüde wie du! Die treibt es ständig mit irgendeinem von uns. Und, was soll ich dir sagen? Sie fickt schon verdammt gut, diese Schlampe! Besser, als du es jemals konntest! Man merkt ihr halt an, dass sie großen Spaß am Vögeln hat. Sie ist ein richtiges Naturtalent auf diesem Gebiet. So ganz anders als du.«

Er riss ihr mit einem kräftigen Ruck ihr dünnes Kleid entzwei und mit einem weiteren das Höschen vom Leib. Dann drängte er sich rücksichtslos von hinten zwischen ihre Beine. Als es ihm endlich gelungen war, mit zitternden Fingern die Knöpfe seiner Hose zu öffnen, verging er sich auf brutalste Weise an der mittlerweile vor extrem starken Schmerzen völlig widerstandslos daliegenden Edeltraud.

Was Steiger in seiner gnadenlosen Grausamkeit allerdings nicht bemerkte, war die Tatsache, dass sein verabscheuungswürdiges Handeln von einer seiner beiden Töchter aufmerksam beobachtet wurde.

4. Kapitel

Polizeiobermeister Fischer klopfte an die Bürotür und wartete einen Moment, in der Hoffnung dass Sauerhammer ihn hereinrufen würde. Da dies gleichwohl nicht geschah, klopfte er erneut gegen die Tür. Dieses Mal allerdings bedeutend energischer als zuvor. Jedoch die markige Stimme des Herrn Hauptkommissars ertönte leider immer noch nicht. Der erfahrene Obermeister wunderte sich nicht schlecht darüber, da er den Kriminaler doch vor wenigen Minuten selbst dabei beobachtet hatte, wie dieser sein Büro betreten hatte.

»Wahrscheins iss er jedzd zu allem Überfluss aa noo daub worn, unser hoch verehrder Herr Haubdkommissar!«, erklärte er mit einem fidelen Lächeln im Gesicht dem neben ihm wartenden älteren Ehepaar.

»Was heißt hier ›auch noch taub‹, Herr Fischer? An welch einem Gebrechen leidet er denn sonst noch?«, erkundigte sich der besorgte Mann und sah mit bestürzter Miene zu seiner Frau.

»Na ja, manchmal siehd er scho aa ä wenich schlechd. Er is hald aa nimmer der allerjüngsde! Neulich häd er mi fasd übern Haufn grennd, gell! Dabei bin ii doch gar ned zum übersehn!«

Während die Eheleute verstört miteinander tuschelten, startete der Polizist einen neuen Versuch. Nur benutzte er statt des gekrümmten Zeigefingers, die geballte Faust. Es hallte augenblicklich wie schwerer Donnerschlag den langen Flur entlang. Die älteren Herrschaften wichen wie vor den Kopf geschlagen ein paar Meter zurück. Fischer presste sein rechtes Ohr gegen die Bürotür, um eventuell ein Geräusch zu registrieren, das ihm verraten würde, dass sich der Gesuchte doch in seinem Büro aufhielt. Aber nichts! Absolut gar nichts war durch die Tür zu hören.

Der ältere Herr wandte sich nun wieder dem uniformierten Polizeibeamten zu und erkundigte sich bei dem, ob der Hauptkommissar, wenn er tatsächlich in seinem Tun dermaßen eingeschränkt sei, wie er es eben angedeutet habe, denn überhaupt der Richtige sei, um den schrecklichen Mord an dem armen Herrn Reuter aufzuklären.

Herr Fischer hatte bereits eine passende Antwort parat, als

ihm Kriminalrat Langenlüdegge unversehens von hinten auf die Schulter tippte.

»Sachn Se mal, Fischer«, echauffierte sich der Chef der Würzburger Kripo da über alle Maßen. »Was hamsn dene beglachnswerdn Leud jetzt bloß widder für Schauermärchn über unsern Herrn Sauerhammer uffgedischd, dass die glei so ä schlechde Meinung voo dem ham?« Das Gesicht des Kriminalrats leuchtete inzwischen wie eine reife Tomate. »Des hörd sich jedzd fei uff, gell!? Ansonsdn könne Se fei was erleb, des …!«

»Nix, überhaubd nix, Herr Griminalrad! Was könnd ii scho Schlechds übern Herrn Haubdkommissar gsachd hab?«, stammelte Fischer verlegen, wobei er seine Schultern nach oben zog und eine Miene aufsetzte, die unter gar keinen Umständen unschuldiger hätte wirken können, worüber sich das ältere Ehepaar erneut sehr empörte.

»So? Nix ham Se ihne gsachd? Ii hoff ja schwer für Sie, dass Se mi jedzd endlich verschdanne ham, Fischer! Ansonsdn werd ii fei jedzd langsam emal ganz schnell exdrem komisch! Des saach ii Ihne jedzd hier und heud zum alleralleredzde mal! Ansonsdn rechln Se an der Residenz widder en Verkehr!«

»Ii wess ja ned, dass die Leud heudzudaach so überhaubd kenn Schbass mehr verschdehn«, wunderte sich Fischer kopfschüttelnd und entfernte sich wortlos.

»Wir wollten eigentlich zu Herrn Hauptkommissar Sauerhammer, er scheint allerdings nicht anwesend zu sein«, hörte man die Frau das erste Mal das Wort ergreifen.

»Verzeihen Sie bitte, Herr Kriminalrat«, unterbrach sie ihr Mann. »Wir haben uns Ihnen noch gar nicht vorgestellt.« Er lupfte kurz seinen leichten Sommerhut und erklärte seinem Gegenüber, dass sie das Ehepaar Walz wären. Er und seine liebe Gattin seien, beziehungsweise waren, quasi Nachbarn des verstorbenen Herrn Reuter, des Mordopfers. Sie bewohnten eine Wohnung genau gegenüber der des Verstorbenen. Das ließ sie zwangsläufig, wenn sie sich zum Beispiel bei schönem Wetter auf ihrem hübschen Balkon aufhielten, Augenzeuge mehrerer ausgesprochen seltsamer, um nicht zu sagen, außerordentlich befremdlicher Begebenheiten werden. Einige dieser unschönen Ereignisse führten sie im Übrigen heute schlussendlich zu dem für den Fall verantwortlichen Ermittler hierher in das Polizeipräsidium. Der sei aber, wie er schon erwähnte, leider Gottes in seinem Büro nicht anzutreffen. Was bedeutete, dass sie den ganzen weiten Weg nun noch ein weiteres Mal zurücklegen müssten. Das würde ihnen in ihrem bereits stark fortgeschrittenen Alter jedoch keineswegs leichtfallen. Möglicherweise könnten sie sich diese unnötige Anstrengung am Ende aber doch noch sparen. »Könnten Sie uns nicht auch weiterhelfen?«, erkundigte er sich nun hoffnungsvoll bei Langenlüdegge.

Nachdem sich der Kriminalrat davon überzeugt hatte, dass sich sein Kollege tatsächlich nicht an seinem Arbeitsplatz aufhielt, bat er das ältere Ehepaar, mit ihm in sein Büro zu kommen. Das, was er von den beiden zu hören bekam, versetzte den guten LaLü augenblicklich in geschäftige Betriebsamkeit.

***

In der Versbacher Straße Nummer 3, in dem dort 1955 entstandenem Neubau des Instituts für Rechtsmedizin, hatten sich Doktor Streitenberger und die Kommissare Sauerhammer und Hohner um den Sektionstisch versammelt, auf dem Ottmar Reuter lag. Der Mediziner befreite den Kopf und den Oberkörper des Leichnams von dem weißen Laken, mit dem er vollkommen bedeckt war.

»Ich habe Herrn Reuter gestern Abend erneut unter die Lupe genommen«, begann der Mediziner seine Untersuchungsergebnisse vorzutragen, »nachdem sich dir die Frage stellte, Fritz, ob er, rein organisch gesehen, zu sexuellen Handlungen beziehungsweise Misshandlungen an der kleinen Marianne Steiger fähig gewesen wäre. Meinen Schwerpunkt habe ich in erster Linie auf seine äußeren und inneren Geschlechtsorgane gerichtet.«

»Das Resultat ist wie ausgefallen, Hannes?«, wurde der Rechtsmediziner von dem ungeduldigen Sauerhammer unterbrochen.

»Ich hätte euch die Quintessenz meiner Arbeit aber schon gerne genauer erklärt«, erwiderte der Hüne leicht pikiert. »Vor allem, mein verehrter Friedrich, weil die Ursache, die zu meiner endgültigen Diagnose führt, nicht alltäglich vorkommt!« Streitenberger war eindeutig beleidigt, was man daran erkennen konnte, dass er seinen Freund mit vollem Taufnamen ansprach.

»Ich weiß deine hervorragenden Leistungen wirklich zu schätzen, Hannes. Ich habe auch zugegebenermaßen bereits sehr viel von dir und vor allem von deinen Vorträgen gelernt. Aber jetzt im Moment, geht es mir schlicht und einfach nur um die eine Frage: Wäre Reuter zu so einer Tat fähig gewesen? Ja oder nein?«

»Aufgrund einer sehr schweren Verletzung im Genitalbereich, die Reuter vor mehreren Jahren mit einem Schlachtermesser zugefügt wurde, kann ich eine unzweifelhafte Aussage machen.« Der Doktor räusperte sich und warf den ihm gegenüber stehenden Kriminalern einen strengen Blick zu. Erst als er völlig davon überzeugt war, sie nun gebührend für ihr despektierliches Benehmen ihm gegenüber bestraft zu haben, fuhr er, ohne auch nur ein einziges Mal von ihnen unterbrochen worden zu sein, mit seiner Erklärung fort: »Das Ergebnis meiner umfangreichen Untersuchungen besagt, dass Ottmar Reuter als Vergewaltiger der kleinen Marianne Steiger zweifelsohne nicht in Betracht kommt!«

»Eine, und sei es eine noch so winzige, Möglichkeit, dass er es trotzdem getan haben könnte, besteht mit Bestimmtheit nicht?«, versuchte es Friedrich Sauerhammer ein letztes Mal.

»Nein! Er war es definitiv nicht. Er kann es aus zweierlei Gründen nicht gewesen sein. Den ersten, die schweren Verletzungen seiner äußeren sowie inneren Geschlechtsorgane, habe ich bereits erwähnt. Hinzu kommt eine starke Abhängigkeit von Alkohol und sogenannten Barbituraten. Genaueres steht in meinem Bericht. Den könnt ihr euch in einer stillen Stunde, wenn ihr einmal mehr Zeit habt als heute, zu Gemüte führen!«

»Ein Irrtum ist vollkommen ausgeschlossen?«, erdreistete sich tatsächlich ein mutiger Kriminalassistent Hohner zu fragen.

»Falls dir noch irgendetwas an unserer Freundschaft liegen sollte, mein lieber Friedrich, dann solltest du dich jetzt ganz schnell auf deinen Nachhauseweg machen!« Der Rechtsmediziner würdigte Hohner keines Blickes, als er fortfuhr: »Und dass du mir ja nicht vergisst, diese ... Kreatur mitzunehmen!«

***

»Was soll der Kerl sein?« Kommissar Müller-Seefried fühlte sich wie vor den Kopf geschlagen. »Ein amerikanischer Oberst, sagen

Sie? Ein ganz hohes Tier bei den Amis? Hier bei uns in Würzburg? Was macht so ein feiner Pinkel nur bei Frau Bechthold in der Zellerau? In diesem düsteren Kellerloch! Da gibt es doch bestimmt jede Menge Orte, die für ein romantisches Rendezvous besser geeignet wären, möchte ich meinen!«

»Genau des hab ii Ihne doch grad ersd groß und breid erklärd!«, bestätigte Kriminalrat Langenlüdegge und schnaufte tief ein. »Den vornehmn Herrn uffs Bräsidium vorlad werd fei gar ned einfach wern! Des sach ich euch! Außerdem is die Bechdhold aa nur ä weidläufiche Bekannde vom Herrn Obersd, sachd er wenichsdns! Die Fraa war früher ä mal als Sägredärin für ihn dädich, odder so was in der Ard.«

»Deswegen standen die beiden plötzlich halb nackt in der Wohnungstür? Weil sie sich praktisch gar nicht kennen! Also nur als ehemaliger Arbeitgeber und ehemalige Arbeitnehmerin?«

›LaLü‹, der nicht wusste, was er darauf antworten sollte, zog seine schmalen Schultern hoch.

»Wir haben schon ganz andere Kaliber vorgeladen«, erinnerte Sauerhammer die beiden anderen an gemeinsam gelöste Mordfälle in der Vergangenheit. »Mit denen sind wir auch fertiggeworden. Das wäre ja noch schöner! Schließlich herrscht seit nunmehr fast fünfzehn Jahren Frieden in unserem Land! Die Zeit der Militärregierung gehört in Bayern und auch in Würzburg schon lange der Vergangenheit an. Seit zehn Jahren, um genau zu sein. Dieser feine Pinkel soll sich bloß nicht so aufplustern! Schließlich geht es hier um Mord! Was soll uns also daran hindern, nicht auch mit Colonel Mathew B. McMalaghan fertigzuwerden?«

»Möchliche biladerale Verwigglunge hads der Herr Schdaadssägredär Huber aus Münchn gnennd! Die Gründe, die uns vielleichd hindern könndn, meend er damid. Mir solle bloß kenn ›vo denne Großkobfede da oobe verärcher! Uff gar kenn Fall! ›Un dass Se mer fei ja Fingerschbidznggfühl walldn lassn, verehrder Langenlüdegge‹, had der doch dadsächlich zu mer gsachd! Wenn der scho so anfängd, dess hessd fei gar nix Guuds! ›Un halde Se unner alle Umschdänd Ihr Kavallerie im Zaum!‹ Damid had der Huber hunnerd brozendich Sie gmeend, Sauerhammer! Also, aller höggsde Disgredzion! Un dass Se mer ja kenn voo denne verärchern, wenn ii biddn dürfd, meine Herrn!«

»Das kann doch wohl nicht wahr sein! Wie sollen wir unter solch widrigen Umständen unsere Ermittlungsarbeit machen? Das ist doch völlig unmöglich! So überführen wir unseren Mörder auf gar keinen Fall! Jedenfalls nicht mehr in diesem Leben!«

»Schnell, had der Huber zu mer gsachd! Also, den Fall solln Se ganz schnell zu End bring. ›Un dass Se mer die Sach ja ohne unnödiche Bresseberichde un vor allem ganz unauffällich un ohne großes Damm Damm uffklärn!‹ Also, wie gedenge Se jedzd weider vorzugehn, Herr Haubdkommissar?«

»Da muss ich jetzt erst gründlich darüber nachdenken. Ich gebe Ihnen später Bescheid! Versprochen, Herr Kriminalrat!«

»Sie informiern mich über jedn einzlnen Ihrer Schridde, Sauerhammer, ham Se mich da verschdanne? Un zwar zeidnah, un vor allem, des sach ii Ihne abba nur emal, bevor Se den jeweilichn Schridd gedan ham!«, ermahnte ihn der Kripochef mit ernster Mine. »Na ja, Sie machn des scho, gell!« Er nickte seinem Chefermittler zu und drehte sich zur Tür, um das Büro zu verlassen. »Jedzd häd Ii doch fasd vergessn Ihne zu sachn, dass Ii Sie um 19:00 Uhr im ›Stachel‹ erward. Kee Angsd, Sauerhammer, Sie sinn nadürlich mei Gasd!«

»Habe ich da etwas verpasst? Hat der Kriminalrat heute Geburtstag, dass er einfach so unter der Woche eine Einladung ausspricht?«, wunderte sich Hohner, als der Vorgesetzte den Raum endgültig verlassen hatte. »Und dann auch noch in den ›Stachel‹!«

»Ist beim ›LaLü‹ am Ende der Wohlstand ausgebrochen? Oder leidet er seit Neuestem unter Alzheimer? Der hat jetzt glatt vergessen, dass er der geizigste Unterfranke ist, den es je gegeben hat.«

»Und den es je geben wird!«, schob Sauerhammer noch einen nach.

»Wie geht es denn nun weiter, Fritz? Das können wir doch so nicht einfach hinnehmen!«, kam Müller-Seefried auf das eigentliche Problem zurück, ohne auf Hohners Frage einzugehen. »Also sprich, was machen wir als Nächstes? «

»Das ist doch ganz einfach! Wenn der ehrenwerte Herr Oberst partout nicht zu uns kommen möchte, dann statten wir ihm eben einen Höflichkeitsbesuch ab, Erhard!«, klärte Sauerhammer seinen Mitarbeiter auf. »Überraschen wir ihn geradewegs in seinem Headquarter!« Er nahm seine leichte Leinenjacke und den Strohhut vom Kleiderständer und hielt anschließend seinem jüngeren Kollegen demonstrativ die Bürotür auf. »Brauchst du erst noch eine schriftliche Einladung, oder kommst du aus freiem Willen mit nach ›Amerika‹?« Zu dem Kriminalassistenten gewandt fuhr er fort: »Sie machen sich bitte schön mit dem Kollegen Fischer zwischenzeitlich auf die Suche nach dem mysteriösen Raum in Reuters Wohnung!«

***

Vor dem Haupttor der amerikanischen Leighton Barracks in der Rottendorfer Straße saß Sauerhammer neben Müller-Seefried auf dem Beifahrersitz von dessen privatem Kraftfahrzeug. Einem Ford Thunderbird, Baujahr 1958. Der junge Kommissar, dem die Warterei allmählich auf die Nerven ging, trat von Zeit zu Zeit auf das Gaspedal seines Wagens, worauf der 4,8 Liter Motor seine 212 Pferdestärken aufheulen ließ.

Vor dem rot-weiß-gestreiften Schlagbaum hatte sich eine Schlange von etwa zehn Fahrzeugen gebildet. Sie wurde und wurde einfach nicht kürzer, sodass sich der junge Kommissar genötigt fühlte, einmal nach dem Rechten zu sehen. Er schlängelte sich an den wartenden Autos vorbei, bis er vor dem GI stand, der die Schranke betätigte. Er freute sich darauf, dem großen, farbigen Soldaten in dessen Muttersprache zu erklären, dass er Polizeibeamter sei und unverzüglich Zutritt haben müsse. Bass erstaunt war er allerdings, als ihm der Uniformierte mit den auf Hochglanz polierten Stiefeln und dem nicht weniger glänzendem Stahlhelm, in einwandfreiem Deutsch erklärte, dass es hier der Reihe nach gehe und es keine Ausnahmen gäbe. Für wen auch immer! Worauf sich Müller-Seefried zu dem in der Nähe befindlichen Wachlokal begeben wollte, um sich bei dem wachhabenden Unteroffizier über die schlechte Behandlung, die ihm hier widerfuhr, zu beschweren. So weit kam er allerdings erst gar nicht. Plötzlich standen nämlich, wie aus dem Boden geschossen, zwei weitere bewaffnete Armeeangehörige vor ihm. Die versperrten ihm nicht nur den Weg, sondern ließen ihn auch unmissverständlich wissen, dass es für die deutsche Polizei auch keine Ausnahme gäbe.

»Das hätte ich dir gleich sagen können, Erhard«, begrüßte ihn Sauerhammer, als er wieder bei seinem Wagen angekommen war. »Das bringt nichts, außer, dass wir, wenn wir endlich dran sind, nur noch mehr Zeit verlieren, weil die uns dann um so gründlicher überprüfen werden!«

Und so geschah es auch. Zuerst wurden die Ausweise und Fahrzeugpapiere ganz genau unter die Lupe genomen. Dann wurde das halbe Fahrzeug zerlegt, um sicherzustellen, dass nichts Verbotenes eingeschmuggelt würde. Im Anschluss daran wurde der Wachhabende, ein baumlanger Sergeant, ein echter Südstaatler, hinzugezogen, welcher mit den Dienstausweisen der Kriminaler für einige Zeit im Wachlokal verschwand. Nach einer gefühlten Ewigkeit bekamen die beiden ihre Ausweise zurück und danach auch die Erlaubnis, das Kasernenareal zu betreten. Eine Wegbeschreibung bekamen sie jedoch nicht.

Irgendwann hatten sie es trotzdem geschafft, tatsächlich im Vorzimmer des Colonels zu stehen. In dem großen, von viel Licht durchfluteten Raum, saßen ein junger Captain, der die Ärmel seines Uniformhemdes hochgekrempelt hatte. Genussvoll inhalierte er den Rauch seiner Lucky Strike. Ein Sergeant first class mit einer untersetzten Statur und Glatze telefonierte lautstark mit der Instandsetzung. Wenn es Müller-Seefried richtig verstanden hatte, ging es um den Dienstwagen des Colonels. Zwei zivile Sekretärinnen mittleren Alters vervollständigten das Bild. Ohne die eintretenden Kommissare wahrzunehmen, tippten sie weiterhin eifrig in ihre Schreibmaschinen.

Als der Sergeant sein Telefonat beendet hatte, erkundigte er sich bei den zwei Kriminalern nach deren Begehren. Er ließ ein freundliches Lachen hören, nachdem der jüngere Kommissar erklärt hatte, dass sie mit Colonel McMalaghan sprechen müssten. Die Frage, ob sie einen Termin mit dem stellvertretenden Kommandeur hätten, verneinte Sauerhammer mit dem Hinweis, dass sie keinen bräuchten. Worauf auch der Captain erst denKopf schüttelte und dann zu lachen begann.

In dem Moment betrat McMalaghan den Raum und wollte wissen, was den nun mit seinem Dienstwagen sei. Wenn er nicht zu spät kommen wolle, müsse er nun langsam los.

»Heute ist Ihr Glückstag, Herr Oberst«, meldete sich Sauer-

hammer zu Wort. »Erstens fährt mein junger Kollege hier einen Ford Thunderbird und zweitens wollten wir gerade in die Stadt hinunterfahren. Wenn Sie möchten, nehmen wir Sie gerne mit! Es wäre uns eine Ehre!«
Während der Captain lautstark intervenierte und der Sergeant nun noch lauter lachte, nahm der Colonel das Angebot dankend an.

***

»Ii gläbs eefach ned! Irchndwo muss die blöde Dür doch sei! Wie will'n der sonsd in des Verschdegg nei komme sei?«, wunderte sich Fischer lautstark und wischte sich den Schweiß von der Stirn. Dass heute ausgerechnet er, und gerade bei dieser mörderischen Hitze, Kriminalassistent Hohner begleiten musste, ärgerte ihn sehr. Schließlich gab es jede Menge jüngere Kollegen, die auf der sogenannten Karriereleiter, warum wusste keiner so hundertprozentig, an ihm vorübergezogen waren. Die könnten doch auch einmal was Produktives tun und den jungen Herrn Kommissar eskortieren. Aber nein, wie sollte es auch anders sein? Immer und immer wieder zog er den schwarzen Peter!

»Also, ich bin am Ende meiner Vorstellungskraft angelangt. Wo sollen wir denn noch suchen, Schorsch? Es muss diesen Eingang hier in dieser Wohnung geben! Wie soll Reuter ansonsten in diesen ominösen Raum gekommen sein?«

»Voo der, voo der annern Seide angrenzndn Wohnung, vielleichd?«

»Das ist völliger Blödsinn, Schorsch! Das Mädchen sagte doch aus, dass der alte Reuter immer direkt von seiner Wohnung aus mit den jeweiligen Jungs verschwunden sei! Da kann er ja wohl schlecht vorher erst in das Nachbarhaus gelaufen sein, oder?«

»Vielleichd is es aa bloß so ä Hirngschbinsd vo dem ›Rollndn Reborder‹! Der siehd öffdersch ämal den heiliche Geisd erschein! Wennsd verschdehsd, was ii damid saach will?«

»Da hilft alles Lamentieren nicht! Wenn wir beim ›alten Friedrich‹ nicht in Ungnade fallen wollen, sollten wir ganz schnell diesen Eingang finden! Also, Schorsch schauen wir noch einmal auf den Bauplan dieses Hauses! Am Ende haben wir gerade das Offensichtliche übersehen!«

So begannen sie zum wiederholten Mal, die in Frage kommenden Wände mit einem Hammer Zentimeter für Zentimeter abzuklopfen. Sie konnten aber trotz ihrer Bemühungen keinen Hohlraum entdecken. Auf ein Neues steckten sie ihre Köpfe über der Bauzeichnung zusammen. Nachdem sich Hohner mit dem großen Papier in der Hand mehrfach um seine eigene Achse gedreht hatte, rief er nach Fischer, der in der Küche seine umfangreiche Brotzeit ausgepackt hatte und soeben im Begriff war, nun endlich seine ihm bereits seit geraumer Zeit zustehende Pause einzulegen.

»Wie viele Kamine hat die Wohnung unter dieser hier, Schorsch?«, fragte er mit einem Gesichtsausdruck, als hätte er das Rad neu erfunden.

»Na, zwee Schdügg hab ii gsenn. Gläb ii wenichsdns!«, antwortete darauf der Polizeiobermeister schwer verständlich. Er hatte sich, hungrig wie er war, ein besonders großes Stück Stadtwurst in den Mund gesteckt. Ein weiteres hielt er noch in der rechten Hand, bereit, es sofort nachzuschieben, falls erst einmal wieder etwas Platz in seinem Mund wäre.

»Und? Die Wohnung über uns! Wie viele Kamine hat die?«

»Na, wenn ii jedzd ned ganz verblöded bin, had die a zwee Schdügg! Wieso solldn die aa mehr oder wenicher hab, als em Reuder seine?«, wunderte sich Fischer sehr über diese Fragen.

»Drum eben, Schorsch! Warum sollte sie auch? Was mich jetzt aber schon ein wenig irritiert ist die Tatsache, dass ausgerechnet diese Wohnung hier, in der wir gerade stehen, einen Schornstein mehr hat als all die anderen. Was sagt uns das, Schorsch?«

»Dass die Bause, obwohl grad ersd begonne, jedzd scho widder rum is?«

»Genau, Schorsch! Ganz genauso ist es!«

Nachdem sie endlich herausgefunden hatten, wo sie aller Wahrscheinlichkeit nach den gesuchten Eingang finden würden, war es nur noch eine Frage der Zeit, bis sie jenen geheimnisvollen Raum betreten würden.

Keine halbe Stunde später hatten sie die Öffnung, die die Kriminaler in den ominösen Raum führen sollte, entdeckt. Eine weitere Stunde dauerte es, bis sie den Öffnungsmechanismus enträtselt hatten. Als der junge Kommissar letzten Endes auf einen verdeckten Knopf drückte, begann die Mechanik lautstark zu arbeiten. Während sie Geräusche hörten, die vermutlich von mehreren ineinandergreifenden Zahnräder verursacht wurden, drehte sich eine Wand des überzähligen Kamins nach innen. Fischer schaltete seine große Taschenlampe an und hielt diese in die dunkle, beinahe mannshohe Öffnung. Er konnte jedoch so gut wie nichts erkennen, da sich nicht weit von dem Eingang entfernt, eine schwarze Mauer befand. Nachdem sich der Kriminalassistent einen Stuhl geschnappt hatte, den er sogleich im Eingang postierte, damit sich die Geheimtür nicht aus Versehen von alleine schließen würde, gab er dem älteren Polizisten einen freundschaftlichen Klaps auf die Schulter und sagte unmissverständlich:»Du gehst voran, Schorsch! Ich habe heute Abend nämlich noch was Wichtiges vor!«

***

›LaLü‹ drehte, wie jeder im Präsidium wusste, ganz gern eine Runde durch die Räumlichkeiten seiner Mitarbeiter, um sich von ihnen auf den neuesten Stand ihrer Ermittlungen bringen zu lassen, bevor er zum verdienten Feierabend überging. Allerdings tat er dies zum Leidwesen der meisten Kripomitarbeiter in letzter Zeit immer häufiger kurz vor Dienstschluss.

Aus diesem Grund saß er nun an Sauerhammers Schreibtisch, während dieser am weit geöffneten Fenster stand und genüsslich seine obligatorische Feierabendzigarette rauchte.

»Die Befragung der beiden Bechthold-Buben erbrachte leider wenig Neues. Nichts, was wir nicht schon seit dem Gespräch mit dem Klüpfels Roland wussten! Eines der älteren Kinder hatte sie einmal mitgenommen, da haben sie nicht viel gesehen oder gehört«, berichtete der Hauptkommissar.»Die meisten Kinder widersprechen sich gegenseitig und keiner von denen sagt uns auch nur annähernd die Wahrheit. Von diesen Burschen erfahren wir nichts, was wir nicht eh schon wissen. Aus dem einfachen Grund, weil sie von dem, was wir dem alten Reuter zuerst unterstellt haben, tatsächlich gar keine Vorstellung haben. Die haben auch nicht den geringsten Schimmer von dem, was Marianne angetan wurde. Wir wissen ja selbst noch nicht einmal, ob das eine Verbrechen tatsächlich mit dem anderen in einer direkten Verbindung steht. Aber vom braven Kellers Franzl, den sich Erhard ja noch mal persönlich vorgenommen hatte, kam tatsächlich ein entscheidender Hinweis, der uns sicher weiterhelfen wird! Der gab nämlich an, dass Ronald Klüpfel nicht nur in Reuters Wohnung, sondern auch in besagtem Raum war. Das ergibt vielleicht einen neuen Ansatz, den wir morgen gleich in der Frühe aufgreifen sollten!«

»Emal ganz langsam mid dene jungn Pferde, Sauerhammer«, bremste LaLü dessen Euphorie! »Ganz umesonsd warn Ihre Bemühunge so ja aa widder ned! Grad was den glenne Glübfl agehd, ham Se fei jedzd scho ordendlich was bewechd, Herr Haubdkommissar!« Der Kriminalrat setzte ein verschmitztes Lächeln auf. »Sein aldn Herrn ham Se fei ned unerheblich verschreggd! Der had sich heud bidderbös über Sie bei mir beschwerd! Der will mid derer Sach bardu ned in Verbindung gebrachd wär! Ums Veregge ned!«

»Weiterhin haben wir herausgefunden, dass es in besagtem Haus nicht nur eine Wohnung gibt, die einen weiteren Zugang vom Nachbarhaus hat. Ideal für jedermann, der unerkannt in das Gebäude gelangen möchte! Bei Ottmar Reuters Unterkunft ist es ebenso. Eventuell waren die vielen lärmenden Kinder nur so eine Art Ablenkungsmanöver!«, fuhr Sauerhammer unbeirrt weiter fort.

»Ablengungsmanöwer? Für was? Was hädd der Reuder in so em verborchene Raum denn mach soll, was er ned aa in em Zimmer seinerer eichene Wohnung hädd mach könn?«, gab der Kriminalrat zu bedenken. »Obwohl, wenn mer bedengn, was des Ehepaar Walz alles zu berichdn ghabd had? Des erklärd dann fei scho des enne odder annere! Iss'n eichndlich der grandiche Fischer scho widder vom Amdsgerichd zurügg komme?«

»Was macht unser Fischer denn vor Gericht? Ist er schon wieder mit seinem Moped bei Rot über die Ampel gefahren? – Und wer sind in Gottes Namen die Eheleute Walz? Was haben die mit unserem Fall zu tun?«

In diesem Moment wurde an die Bürotür geklopft und der bereits vermisste Polizeiobermeister betrat mit hochrotem Gesicht den Raum. Er nahm mit einer müden Handbewegung die Dienstmütze vom Kopf und wischte sich mit einem Taschentuch den munter rinnenden Schweiß vom Gesicht.

»Als sei die Suche nach em verschwunnene Zimmer ned scho anschdrengnd gnuch gwesn! Mei lieber Scholli, war des vielleichd en Aggd!«, stöhnte Fischer und ließ sich regelrecht auf den Stuhl vor Sauerhammers Schreibtisch fallen. »Mir dun vielleichd mei Füß weh! Uff em Grichd war förmlich die Hölle los! So was von ennere Heggdig had mer da no überhaubd ned gsenn! Die ganze Sesselfurzer – badong Herr Griminalrad –, die sinn urblödzlich, fasd wie durch so ä Wunner, ausnahmsweis alle in reche Bewechung komme. Der vührnehme Herr Schdaadsanwald delefonierd ganz uffgrechd mid em verehrde Herrn Oberschdadsanwald. Derselbe kommd dann kurz druff höchsdbersönlich und in voller Größ zum ersdere in sei Büro nei gschlabbd. Zusamme delefoniern die sauberen Brüder dann aa noo mid em Herrn Amdsrichder. Welcher wiederum die zwee kurzer Hand nach ihrm Delefonad unverzüchlich ins Büro vom Herrn Amdsgerichdsbräsidendn beschdelld. Da scheind mer enner abba scho richdich hefdich ins berüchdichde Wesbnnesd gschdoche zu ham!«

»Hab ii s ned grad ersd gsachd? Orndndlich durchenanner gwirbld ham Se die, Sauerhammer! Reschbeggd!«, freute sich ›LaLü‹.

Erneut wurde an die Bürotür geklopft. Diesmal war es Fräulein Gerda, die leicht lispelnde Sekretärin des obersten Polizisten Würzburgs. Sie nickte zur Begrüßung nervös in die Runde und flüsterte anschließend dem Kriminalrat ins Ohr, dass ihn der Herr Polizeipräsident zügig erwarte. »Sofort!«, zitierte sie ihren Chef aus Versehen etwas lauter als gewollt, worüber sie selbst erschrak. »Ohne unnötige Verschnaufpausen einzulegen«, fuhr sie wieder leiser fort.

»Was ist mit dem Ehepaar Walz, Herr Kriminalrat? Was hat es mit dem auf sich?«, probierte es Sauerhammer erneut.

»Der Herr Bräsidend erwarded mich, wie Se ja vielleichd grad midbekomme ham? Es Fräulein Gerda war ja ned grad besonders disgred!« ›LaLü‹ bedachte die Frau mit der stets tadellos sitzenden Dauerwelle und dem dunkelblauen, schnörkellosen Kleid, das auf das Lobenswerteste gebügelt war und exakt eine Hand breit unterhalb ihrer Knie endete, mit einem vorwurfsvollen Blick. Worauf sie auf der Stelle errötete. »Se müsse sich leider no ä bissele in Geduld üb, Herr Sauerhammer. Abba glei heud Abnd im Schdachl, erzähl ii Ihne alles in Ruh, verschbrochn!«

Fünf Jahre zuvor (Dezember 1954)

Heidi, Edeltrauds Schwester, hatte mit ihren beiden Nichten in der Stadt einen Einkaufsbummel gemacht. Sie hatte vor einiger Zeit jedem der Mädchen ein neues Kleid in Aussicht gestellt. Dieses großzügige Versprechen konnte Heidi, dank ihres neuerlich doch reichlich fließenden Trinkgeldes, heute erfüllen. In der Abteilung für Damenoberbekleidung wurden sie im Kaufhaus Neckermann in der Schönbornstraße fündig. Die drei machten sich einen Riesenspaß daraus, mehrmals mit dem Aufzug alle Stockwerke rauf und runter zu fahren. Sie überboten sich dabei gegenseitig, den ernst dreinblickenden Aufzugführer mit den ausgefallensten Grimassen zum Lachen zu bringen. Obendrein gab es zum Abschluss im Café Kies in der Kaiserstraße noch ein Stückchen leckeren Kuchen und eine heiße Schokolade für jede der jungen Damen.

Wieder zu Hause angekommen, führten sie ihre neue Garderobe sogleich ihrer Mutter vor, die sich sehr für ihre Töchter freute. Einfach so bekamen diese schließlich keine neuen Sachen! So veranstalteten sie immer noch sehr gut gelaunt für ihrer Mutter eine wahre Modenschau. Andererseits ärgerte sie sich gleichzeitig auch darüber, dass es ausgerechnet ihre Schwester Heidi war, von der die neuen Kleider stammten. Edeltraud war auf 180! Innerlich stand sie nur ganz kurz vor einer gewaltigen Explosion! Als Heidi dann auch für sie ein Geschenk aus ihrer großen Tasche zog, verfinsterte sich Edeltrauds Miene um eine weitere Nuance.

»Nun nimm es doch endlich und packe es wenigstens aus!«, verlangte Heidi voller Ungeduld und streckte ihre rechte Hand, die das Päckchen hielt, ihrer Schwester entgegen. »Es ist nur eine Kleinigkeit, aber ich denke du freust dich trotzdem darüber! Du würdest mir eine sehr große Freude bereiten, wenn du es dir wenigstens ein einziges Mal ansehen würdest! Schließlich ist doch bald Weihnachten!«

»Ich will nichts von dir und meine Töchter auch nicht!«, schrie diese jedoch völlig aufgebracht. »Sofort zieht ihr diese Fummel aus und gebt sie eurer Tante zurück! Wir brauchen keine Almosen! Und von der schon zweimal nicht! Habt ihr mich verstanden?«

»Aber, Edeltraud, so beruhige dich doch endlich wieder!«, versuchte Heidi besänftigend auf sie einzuwirken. »Sieh doch nur einmal, wie sehr sich die zwei über die neuen Kleidchen freuen! Ich habe doch sonst niemanden, dem ich von Zeit zu Zeit eine Freude machen könnte!«

»Ich glaube, es reicht, dass du meinem Mann andauernd eine Freude bereitest, wie er mich kürzlich erst mit stolz geschwellter Brust wissen ließ! Du scheinst die Attraktion in eurer Kneipe zu sein, zumindest was die Befriedigung der männlichen Gäste betrifft! Dass du dich nicht in Grund und Boden schämst! Meine eigene Schwester! Eine Hure, die noch nicht einmal vor ihrem Schwager haltmacht! Meinem Ehemann und dem Vater dieser Kinder! Willst du, dass meine Töchter genau so missraten wie du? Willst du das? Nur weil du keine eigenen Kinder bekommen kannst?«

»Jetzt schlägt es aber dreizehn!«, echauffierte sich Heidi. »Kannst du diese alten Geschichten nicht endlich ruhen lassen? Ich war doch damals noch so jung und unerfahren. Ich wusste doch nicht, dass ich dir damit so schrecklich weh tun würde! Außerdem war ich es ja nicht alleine, wie du dich sicherlich noch erinnern kannst? Dein, ach so lieber Klaus war nur allzu schnell bereit, mit mir in die Kiste zu steigen! Ich musste ihn nicht erst lange überzeugen!«

»Wofür dich der liebe Gott auf der Stelle bestraft hat! Diese misslungene Abtreibung damals ist nämlich der wahre Grund, warum du keine Kinder mehr bekommen kannst! Und jetzt gönnst du mir deshalb meine Mädchen nicht!«

»Du bist so gemein und selbstgerecht! Dabei weiß ich nicht einmal, worauf du dir etwas einbildest! Sieh dich doch an! Vor lauter Gehässigkeit siehst du aus wie eine alte, ausgetrocknete Zitrone! Es ist also kein allzu großes Wunder, dass dein Mann fremdgeht! Ob er das mit mir macht oder mit einer anderen, ist doch völlig gleich!«

»Du warst als junges Mädchen schon ein durch und durch verdorbenes Aas und hast dich im Laufe der Zeit kein bisschen geändert! Verschwinde endlich aus meinem Leben und lass mich für immer in Ruhe!«

»Es wird höchste Zeit für mich zu gehen, schließlich wartet dein lieber Gatte darauf, dass ich für ihn die Beine breit mache!«

***

5. Kapitel

An diesem Morgen tagte der ›Krisenrat‹ in Sauerhammers Büro. Der bestand logischerweise aus ihm selbst, Erhard Müller-Seefried und dem jungen Peter Hohner. Aber auch Fischer war anwesend. Er war gerade im Begriff, das Büro zu verlassen, da sich die Kriminalkommissare zu ihrer an jedem Morgen stattfindenden Besprechung sammelten. Als aber der ›alte Fritz‹ zu ihm sagte, dass er doch bitte wieder Platz nehmen solle, da er ja schließlich mit zum Team gehöre, war er ›stolz wie Bolle‹.

»Das, was ich euch nun zu sagen habe, ist unter keinen Umständen für fremde Ohren bestimmt! Es verlässt also kein einziges Wort unseres Gesprächs diesen Raum! Ist das klar?«, fragte der Chefermittler und sah jedem Einzelnen der Runde in die Augen, während sie ihm durch Kopfnicken zu verstehen gaben, dass sie ihn verstanden hätten. Er ermahnte seine Mitarbeiter aufs Neue, ja nichts, von dem, was nun besprochen würde, nach draußen dringen zu lassen.

»Dass mich Kriminalrat Langenlüdegge gestern nicht aus purer Freundschaft zum Abendessen eingeladen hatte, war mir natürlich schon klar. Noch dazu in die älteste Gaststätte Würzburgs! In der saßen bereits Götz von Berlichingen, der Reichsritter Florian Geyer aus Giebelstadt und darüber hinaus Tillmann Riemenschneider. Das muss man sich erst einmal durch den Kopf gehen lassen! Mit dem, was sich dann aber alles in der Florian-Geyer-Stube des Gasthofes ereignete, hatte ich in meinen kühnsten Träumen nicht gerechnet«, schilderte Fritz Sauerhammer den Beginn des ereignisreichen Abends. Er berichtete weiterhin, dass er vom Oberrat noch vor der Vorspeise über einen Vorgang in Kenntnis gesetzt wurde, der zumindest als im höchstem Maße befremdlich zu bezeichnen sei. Der habe nämlich zuerst einen Anruf von Doktor Klüpfel erhalten, in dem der ihn eindringlich darum bat, dafür zu sorgen, dass sein Sohn aus dem Fall Reuter herausgehalten würde. Der Dreck, den Sauerhammer völlig unnötig aufwühle, würde letztendlich nur wieder die Polizei und die Staatsanwaltschaft treffen. Das unnötige Herumgewühle in diesem Sumpf würde schließlich keinem so wirklich helfen! Obendrein wäre Ottmar Reuters Tod nun wirklich kein großer Verlust für die Menschheit. Er, der Kriminalrat, würde sozusagen eine gute Tat vollbringen, wenn er Sauerhammer ein weiteres Vorgehen in diese Richtung rigoros untersagen würde.

Schließlich sei der Täter überführt und habe zwischenzeitlich den brutalen Mord auch schon gestanden. Wenn der gesundheitlich erst wieder in der Lage dazu wäre, würde man ihn schnellstens vor Gericht stellen und seiner gerechten Strafe zuführen!

»Was haddn der ›LaLü‹ dem Glübfl dann dadruff gsachd?«, wollte Fischer, der den Ausführungen Friedrichs mit offenem Mund gefolgt war, mit weit geöffneten Augen wissen.

»Der hat dem feinen Herrn Notar unmissverständlich mitgeteilt, dass für ihn dieses Gespräch nie stattgefunden habe. Auf weitere Maßnahmen verzichte er jedoch nur, weil der Klüpfel schon so lange mit ihm bekannt sei und sich ihm gegenüber bisher immer korrekt verhalten habe!«

»Also, Leud gibds fei, die gibds gar ned!«, äußerte Fischer auf seine ganz spezielle Art seinen Unmut über das eben Gehörte. »Was verschbrichdn der sich bloß davoo?«

»Ist mir da irgendetwas entgangen?«, stellte Müller-Seefried eine rhetorische Frage. »Wer soll den Mord an Reuter bereits gestanden haben?«

»Sehr gute Frage, Erhard. Dazu komme ich gleich«, antwortete Sauerhammer.

Im Laufe des gestrigen Nachmittags, erläuterte er weiter, wurde dann ›LaLü‹ ins Büro des Polizeipräsidenten zitiert. »Da waren wir ja dabei! Erinnert ihr euch? Ohne dass man ihn aufgefordert hätte, über das Ergebnis der laufenden Ermittlungen Stellung zu nehmen, warf ihm der Polizeipräsident tatsächlich vor, Arbeitskraftverschwendung zu betreiben. Er solle bitte schön damit aufhören, weiterhin in dieser schmutzigen Brühe herumzustochern, wurde er ermahnt! So richtig befremdlich aber empfand ›LaLü‹ weiterhin die Tatsache, dass der Herr Oberstaatsanwalt bei diesem Gespräch persönlich anwesend war, ohne auch nur ein einziges Wort an ihn zu richten.

Auf seine Nachfrage, wer denn der Täter sei und wie es dazu käme, dass er, als Chef der Kriminalpolizei, nichts davon wisse, dass dieser angeblich schon ein Geständnis abgelegt habe, wurde ihm mitgeteilt, das es sich um den Vater des armen Mädchens handelte, das von Reuter auf das Schlimmste missbraucht worden sei.«

»Der versoffne Schdeicher soll den Reuder umgebrachd hab?« Fischer drehte nervös an seiner Schnorre. »Des gläbsd doch selber ned! Da lech ii abba alle zwee Händ ins Feuer!«

»Das hat sich der Kriminalrat doch bestimmt nicht gefallen lassen, oder?«, hakte Hohner, der auch nicht recht wusste, wie er sich das alles erklären solle, nach. »Das kann ich mir selbst beim besten Willen nicht vorstellen!«

»Natürlich wollte er widersprechen und den Sachverhalt erklären, allerdings wurde er vom Präsidenten daran gehindert. Außerdem warnte der ›LaLü‹ davor, ihn zu ernsten Maßnahmen ihm gegenüber zu zwingen. Der Fall sei geklärt und abgehakt und würde in Kürze abgeschlossen. Basta!«

Während Hauptgang und Dessert sei plötzlich der ›Rollende Reporter‹ bei ihnen am Tisch aufgetaucht, fuhr Sauerhammer fort. Dieser entschuldigte sich für sein Zuspätkommen mit der Begründung, dass er sich kurzfristig erst noch mit einem Informanten habe treffen müssen. Dieser Informant habe tatsächlich geliefert, berichtete Riemann dem Kriminalrat und ließ diesen einen kurzen Blick in seine Aktenmappe werfen.

»Wenig später verließen wir den Gasthof, um das Material in Riemanns Büro genauer zu sichten. Wir machten uns zu Fuß auf den Weg von der Gressengasse zur Plattnerstraße. Als wir von der Langgasse in die Domstraße einbogen, sahen wir am Vierröhrenbrunnen eine dunkle Limousine stehen. Der Chauffeur lehnte entspannt an der Fahrertür und rauchte. Als sich drei Gestalten im Dunkeln dem Wagen näherten, warf er seine Zigarette auf den Boden und trat sie mit seinem rechten Fuß aus. Dann riss er förmlich die Tür zum Fond auf, um die hohen Herren einsteigen zu lassen. Hierbei handelte es sich eindeutig um den Herrn Oberstaatsanwalt, den Richter Neuhaus und Doktor Klüpfel. Letzterer gab dem Fahrer beim Einsteigen noch Instruktionen bezüglich des Ziels der Fahrt. Kurz darauf setzte sich die teure Limousine in Gang und fuhr mit Karacho über die Alte Mainbrücke davon.«

***

Ronald Klüpfel saß wie ein begossener Pudel auf seinem neumodischen Drehstuhl. Vor ihm lagen sauber ausgerichtet sein Englisch-Buch und sein aufgeschlagenes Vokabelheft. Außerdem befanden sich ein Glas mit gekühltem Eistee und ein Teller mit frisch gebackenen Keksen auf dem Mahagonitisch. Das große Fenster, vor dem der Schreibtisch wegen der guten Lichtverhältnisse stand, war sperrangelweit geöffnet. Der übergewichtige Knabe sah völlig in seine eigenen Gedanken versunken in den parkähnlichen Garten hinaus, während er auf dem Ende seines Füllfederhalters herumkaute. Er war gerade im Begriff, seine Englisch-Hausaufgaben zu erledigen.

»Du hast es sehr gut erwischt mit deinem Zuhause, Ronald, wenn ich mich hier in deinem Zimmer so umsehe! Respekt! Ich kenne viele Kinder in deinem Alter, die dich um diesen Luxus beneiden würden. Das kannst du mir glauben«, begann Hohner seine Befragung des Jungen. Er hatte sich bei Gericht extra nach dem Terminplan von Ronalds Vater erkundigt, um mit dem Jungen alleine und in Ruhe sprechen zu können.

Die Frau des Hauses ließ sich nach nur wenigen Minuten entschuldigen. Sie müsse unbedingt mit dem Hausmädchen die nötigen Einkäufe besprechen. Ein Friseurtermin musste auch noch gemacht werden. Außerdem käme in einer Stunde die Schneiderin zur Anprobe des neuen Abendkleides. In so einem großen Haushalt, wie den ihren, gäbe es leider auch immer viel zu tun! So hatte der Kriminalassistent die von ihm gewünschte Situation im Hause Klüpfel tatsächlich auch so angetroffen. Jetzt konnte er den Jungen in Ruhe befragen.

»Hast du die letzten Tage dazu genutzt, noch einmal darüber nachzudenken, ob du mir nicht vielleicht doch etwas zu Ottmar Reuter und dessen mysteriösem Tod sagen möchtest?«

»Eigentlich ist ja alles gesagt. Das hat doch auch mein Vater Ihnen und Ihrem Chef gegenüber bereits mehrfach und, wie ich meine, auch mehr als deutlich erwähnt«, gab der Junge mit einem überheblichen Grinsen im Gesicht zu bedenken. »Und außerdem wüsste ich auch beim besten Willen nicht, was ich Ihnen noch zu dieser Sache sagen sollte. Ich habe damit nicht das Geringste zu tun!«

»Du kennst doch den Kellers Franz, oder?«, versuchte es der Kriminaler jetzt von einer ganz anderen Seite aus.

»Ja, aber was hat der den mit alldem zu tun?« Ronald sah skeptisch zu dem jungen Kriminalbeamten.

»Die Brüder Peter und Paul Bechthold willst du wohl aber nicht kennen? Es ist jedoch sehr seltsam, dass dich alle drei in Reuters Wohnung gesehen haben. Ich an deiner Stelle würde nicht mehr lange fackeln, sondern endlich mit der ganzen Wahrheit herausrücken. Wir können dich und deinen Herrn Vater auch gerne zusammen ins Präsidium einbestellen. Willst du das allen Ernstes? Du weißt doch sicher, wie dein Herr Vater über diesen Vorfall denkt?«

»Ja, das weiß ich nur zu gut. Und nein, das möchte ich natürlich nicht! Ich hatte schon mehr als genug Ärger wegen diesem blöden Reuter«, gestand Doktor Klüpfels Sprössling nun ein und zuckte im selben Moment auch schon erschrocken zusammen. »Also, nicht wie Sie jetzt denken, Herr Hohner. Ich habe wirklich nichts mit …! Wirklich!«

»Schon gut. Gib dir keine Mühe. Wir wissen ja sowieso, dass du auch zu den Kindern gehörst, die mehr oder weniger regelmäßig bei Reuter waren«, nahm ihm der Kriminaler den restlichen Wind aus den Segeln. »Erzähle mir lieber, was passierte, wenn du mit Herrn Reuter dessen Wohnung verlassen hattest. Was geschah in dem geheimen Zimmer?«

»Ich weiß nicht, was Sie meinen! Von einem geheimen Zimmer weiß ich schon zweimal nichts!«, echauffierte sich Ronald, der einen roten Kopf bekam. »Die lügen alle miteinander! Allesamt Lügenbolde, wie sie im Buche stehen!«, legte er nach einer Pause los. »Darüber muss man sich auch gar nicht wundern, wenn man einmal bedenkt, aus welchen Familien die stammen. Glauben Sie denen kein Wort! Mein Vater wird dieses Geschmeiß in der Luft zerreißen!«

»Die haben unabhängig voneinander nahezu identische Angaben über eure gemeinsamen Besuche in der Seinsheimstraße gemacht. Auch was du oder die Marianne alles in diesem geheimen Raum erlebten. Also, Ronald! Raus mit der Sprache! Was hat sich dort abgespielt?«, bluffte der Kriminalassistent.

»Wenn Sie doch von Peter und Paul bereits erfahren haben, wer von uns alles in dem Zimmer war, dann wissen Sie von denen mit Sicherheit auch, was sich dort abgespielt hat. Schließlich sind die auch mehrfach mit Ottmar in dem Raum gewesen. Von mir erfahren Sie ab sofort auf jeden Fall kein einziges Wort mehr! Da können Sie machen, was Sie wollen! Ich habe meiner bisherigen Aussage nichts mehr hinzuzufügen.«

»Für den Moment will ich auch gar nicht mehr von dir wissen, Ronald! Du hast mir bereits weit mehr geholfen, als ich mir von diesem Besuch bei dir erhofft habe. Im Gegenzug helfe ich aber jetzt auch dir. Ich werde unsere kleine Konversation deinem Vater gegenüber mit keinem Wort erwähnen! Geht das für dich so in Ordnung?«

»Mmh«, machte der Knabe, dem ein zentnerschwerer Last von seinen Schultern zu fallen schien. »Danke.«

Als Hohner beim Verlassen des Hauses in der Diele auf Frau Klüpfel traf, war diese überrascht, dass er sie so schnell wieder allein lassen wollte. Sie habe extra für ihn Bohnenkaffee aufsetzen und Sahne für den Apfelkuchen schlagen lassen! Da wäre es sicherlich nicht zu viel von ihm verlangt, dass er ihr nun eine halbe Stunde seiner zweifelsohne kostbaren Zeit schenken würde! Was den jungen Hohner spätestens bei dem Wort ›Apfelkuchen‹ dazu veranlasste, die so nett vorgebrachte Einladung auf Anhieb anzunehmen!

***

Marianne hatte ein schlichtes, taubengraues Kleid an, wie es hier im Hause von allen Heimkindern getragen wurde. Darüber trug sie eine weiße Schürze, die gestärkt und akkurat gebügelt war. An ihren Füßen hatte sie schwarze Riemensandalen. Die langen, blonden Haare waren zu zwei Zöpfen geflochten. Frau Schulz hatte sie bereits in ihr Büro kommen lassen und überprüfte noch einmal mit einem schnellen, strengen Blick das Aussehen Mariannes. Mit spitzen Fingern entfernte sie ein Haar vom Kragen des Kleides. Dann forderte die Heimleiterin das Mädchen auf, Platz in der Sitzgruppe zu nehmen, die sich an dem großen Fenster befand. Ansonsten möge sie sich ruhig verhalten, bis die Herrschaften von der Polizei kämen.

Kurze Zeit später betrat Sauerhammer, der an diesem Morgen wieder von der Polizeibeamtin begleitet wurde, die auch bei dem ersten Besuch schon mit ihm hier war, den Raum. Fräulein Moll, wie die Polizeibeamtin hieß, hatte im Auftrag von Sauerhammer ein Jugendbuch für Marianne mitgebracht, worüber die sich sehr freute. Nach der allgemeinen Begrüßung schlug der Kommissar vor, sich doch wieder in dem schönen Garten zu unterhalten, was Frau Schulz und Marianne gerne annahmen.

So saßen sie wieder unter der Schatten spendenden Linde und genossen die selbst gemachte Zitronenlimonade, die Frau Schulz mit hinaus in den gepflegten Garten genommen hatte. Nach einigen belanglosen Sätzen erkundigte sich Sauerhammer höflich nach dem Wohlbefinden des Mädchens. Er erfuhr von der Heimleiterin, dass Marianne laut Doktor Krause, dem für das Kinderheim zuständigen Kinderarzt, bereits kleine Fortschritte, was die Bewältigung ihres Traumas betraf, machen würde.

Fräulein Moll wollte das Mädchen behutsam auf das kommende Gespräch vorbereiten, als diese von sich aus die Geschehnisse in der Seinsheimstraße ansprach.

»Sie sind sicherlich gekommen, um mich zu befragen«, mutmaßte Marianne. »Ich hatte inzwischen genügend Zeit, über alles in Ruhe nachzudenken. Ferner habe ich daran gearbeitet, mich an den exakten Ablauf des besagten Morgens zu erinnern. Also, Herr Kommissar stellen Sie bitte Ihre Fragen! Ich werde sie so gut ich kann beantworten!«

Der Hauptkommissar, der von dem logischen Vorgehen des Kindes überrascht war, wollte wissen, wann genau sie Reuters Wohnung an jenem Tag, an dem er ermordet wurde, betreten hatte.

»Das war so gegen acht Uhr. Vielleicht ein klein wenig später. Ich kam vom Bäcker, wo ich frische Brötchen gekauft hatte.«

»Brötchen? Warum kaufst du Brötchen für Reuter? Außerdem: Hättest du um diese Uhrzeit nicht in der Schule sein sollen?«

»Ja, schon. An diesem Tag habe ich aber die Schule geschwänzt! Ich wollte den Tag lieber mit Ottmar verbringen. Ihm ging es nämlich nicht besonders gut. Er hatte den Tag zuvor Besuch von zwei merkwürdigen Männern erhalten. Sie führten ein langes und intensives Gespräch. Von da an war er dann ganz komisch. Irgendwie wirkte er ab diesem Zeitpunkt traurig und enttäuscht auf mich. Und Angst hatte er auf einmal! Sehr große Angst! Vor was auch immer.«

»Hat das außer dir noch jemand mitbekommen?«

»Ja. Der Franz war zu dem Zeitpunkt noch da. Der hat die Männer sicherlich auch gesehen. Auf alle Fälle hat der das auch mitgekriegt.«

»Gut, Marianne. Dem Ottmar ging es also nicht gut, sagtest du. Wie ging es an diesem Morgen weiter?«

»Ich wollte ihn einfach nur aufmuntern und war überzeugt davon, dass dies natürlich am besten mit einem wirklich guten Frühstück funktionieren würde.«

»Was du nicht alles weißt«, staunte der Kripobeamte. »Du hast also Frühstück gemacht. Und dann? Was passierte dann?«

»Ich wollte Ottmar wecken und ging deshalb in sein Schlafzimmer. Da lag er auf seinem Bett. Er war völlig nackt und lag auf dem Bauch. In seinem Rücken steckte ein großes Messer. Ich wusste auf der Stelle, dass er tot war. Er hat mir auf einmal so unsäglich leid getan. Ich wollte ihn trösten und legte mich deshalb zu ihm ins Bett und nahm ihn in den Arm. Schließlich war er immer gut zu uns Kindern gewesen. Irgendwann zog ich dann das Messer einfach aus seinem Rücken, weil ich dachte, dass er dann weniger Schmerzen haben würde. Was, wie ich natürlich auch weiß, gar nicht stimmt! Aber so war es nun einmal.«

»Als du Herrn Reuter fandest, war es erst kurz nach acht Uhr«, formulierte Sauerhammer seine nächste Frage. »Frau Gebhard fand dich aber erst um zwölf Uhr mittags. Was geschah in den vier Stunden dazwischen? Kannst du dich an irgendwas erinnern, Marianne?«

Das Mädchen schüttelte verneinend ihren Kopf. Ihre Erinnerung greife erst wieder, als Frau Gebhard den Raum betrat.

Der Chefermittler berichtete Marianne, dass Frau Gebhard durch lauten Lärm, der in Reuters Wohnung von offenbar mehreren Jungs verursacht wurde, auf sie aufmerksam wurde. Er fragte das Kind, ob es sich erinnern könne, um wen es sich bei diesen Burschen handelte und wie viele es waren. Zu diesem Umstand konnte sie jedoch genauso wenig Stellung nehmen, wie zu der Frage, was diese Kerle eigentlich in der Wohnung wollten.

»Oder waren die schon da, als du Reuters Domizil betreten hast?«, wurde das Mädchen von Sauerhammer gefragt. »Wie bist du eigentlich hineingekommen? Hast du etwa einen Schlüssel?«

»Nein. Die Wohnungstür war nie verschlossen. Das weiß jedes Kind! Ottmar sagte immer, dass es bei ihm doch nichts zu holen gäbe, da könne er die Tür genauso gut auch offen lassen. Ob die Burschen schon in Ottmars Wohnung waren, als ich kam, kann ich nicht sagen. Ich war ja, bis ich ihn wecken wollte, nur in der Küche gewesen.«

Fräulein Moll wollte zum Ende des Gesprächs noch wissen, warum auch sie, bis auf eine leichte Sommerbluse die sie trug, nackt war, als man sie auffand. »Kam das während deiner Besuche bei ihm oft vor, dass du und Herr Reuter unbekleidet ward?«

»Nein, natürlich nicht! Ich hatte bei meinem Versuch, den Wasserkocher auf zu füllen, denselben fallen lassen. Mein Rock, mein Höschen sogar meine Socken waren triefnass. Ich zog mich also aus und hängte die Sachen zum Trocknen über einen Küchenstuhl. Das war alles!«

»Zu diesem Zeitpunkt musstest du noch davon ausgehen, dass Herr Reuter noch am Leben war. Hattest du keine Angst, dass er dich so sehen könnte?«

»Nein. Warum denn? Er hätte mein Großvater sein können. Der hat bestimmt schon mehr nackte Mädchen in seinem Leben gesehen, denke ich mir. Da ist doch nichts dabei! Außerdem hätte meine Bluse durchaus auch als Nachthemd durchgehen können.«

»Hast du dich denn nicht geschämt, in einer fremden Wohnung so herumzulaufen?«

»Nein! Warum denn auch? Bei dieser mörderischen Hitze wäre man doch am liebsten den ganzen Tag über unbekleidet!«

»Frau Gebhard hörte einen der Jungs beim Weggehen sagen, dass ein anderer Junge besser diese blöde ›*Nutte*‹ nicht hätte zu dem alten Reuter mitbringen sollen. Weißt du vielleicht, wer das Mädchen mit diesem sonderbaren ›Namen‹ sein könnte?«, stellte ihr die junge Polizistin eine sehr sensible Frage.

»Sie müssen, nur weil ich noch so jung bin, kein Blatt vor den Mund nehmen. Ich weiß ganz genau, was eine Nutte ist«, antwortete das Mädchen mit fester Stimme. »Diese Frauen tun es mit Männern für Geld. Meine Tante, die jüngere Schwester meiner Mutter, war schließlich auch eine Hure. Aber wer in diesem Fall genau gemeint gewesen sein könnte, das weiß ich leider wirklich nicht.«

***

Der ›Krisenrat‹ hatte sich für die Mittagszeit im Julius-Spital-Bäck verabredet. Hohner und Fischer waren bereits anwesend und warteten ungeduldig auf die beiden anderen. Sie saßen an dem einzigen kleinen Tisch, an dem gerade einmal zwei Personen Platz nehmen konnten. Der befand sich auf der linken Seite, gleich vorne in dem langen, schmalen Ladengeschäft. Sie unterhielten sich angeregt mit der dunkelhaarigen Bäckereiangestellten, während diese die Bestellung der Kriminaler herrichtete. Sie lachten über einen Scherz, den die immer gut gelaunte Sonja eben zum Besten gab, als die Herren Sauerhammer und Müller-Seefried von der Julius-Promenade kommend die paar Stufen, die zu der Bäckerei führten, heruntergestiegen kamen.

Zuerst tauschten sich die vier Polizeibeamten bezüglich der Ergebnisse ihrer jeweiligen Ermittlungen des heutigen Vormittags aus. Erhard schlug dann im Anschluss vor, dass Friedrich sie bezüglich der Unterlagen, die Riemann von seinem Informanten bekommen hatte, auf den neuesten Stand bringen solle. Was dieser, nachdem er seine bestellten Dampfnudeln serviert bekommen hatte, tat.

Riemann habe, so berichtete Friedrich, vor Kurzem eine Spur aufgenommen, die vom ehrenwerten Würzburger Amtsgericht direkt in den braunen Sumpf des nationalsozialistischen ›Dritten Reichs‹ führe. Es ginge hierbei um ein Mitglied der Würzburger Gerichtsbarkeit in durchaus exponierter Stellung, dem eine NS-Vergangenheit vorgeworfen werde. Diese Person sei Mitglied der NSDAP und auch der SS gewesen. Bereits 1949 sei sie wieder in den Staatsdienst übernommen worden, obwohl sie während der Schreckensherrschaft des NS-Regimes bereits als Richter tätig gewesen sei und in dieser Funktion mehrere Todesurteile verhängt habe. Was die Person aber mit fadenscheinigen Ausreden, die ihr nur zu gern geglaubt wurden, zu vertuschen wusste.

»Aber das ist doch seit spätestens 1953, als etliche Richter und Staatsanwälte erfolgreich auf Wiedereinstellung in den Staatsdienst und obendrein noch auf Nachzahlung ihrer Beamtenbezüge ab 1949 wegen Nichtbeschäftigung klagten, mehr als bekannt. Die einstige Mitgliedschaft in der NSDAP, der SA oder der SS war zu diesem Zeitpunkt sozusagen der Garant für den Wiedereintritt in das bundesrepublikanische Beamtentum! Obwohl ja auch vorher fast jeder wusste, dass weit mehr als die Hälfte der sich im Amt befindlichen Staatsdiener, gerade was die Rechtsprechung betrifft, mit einer mehr oder weniger ausgeprägten NS-Vergangenheit belastet ist!«, warf Erhard ein. »Außerdem verstehe ich den Zusammenhang nicht so ganz. Was hat ausgerechnet diese Person mit unserem Fall zu tun?«[*]

»Das weiß ich auch noch nicht hundertprozentig. Riemann klärt das gerade ab. Fakt ist allerdings, und das könne man, wie er mir gegenüber sagte, anhand der Fotos, die ›2R mal 2‹ von seinem Informanten erhielt, eindeutig feststellen, dass exakt diese Person und auch der feine Herr Doktor Klüpfel mehrfach dabei beobachtet wurden, wie sie das Haus in der Seinsheimstraße betraten. Über den Eingang des angrenzenden Hauses aus, wohlgemerkt!«

»Was hatten die feinen Pinkel in Reuters Wohnung, beziehungsweise in dem versteckten Raum nur gewollt?«, überlegte Peter für alle hörbar. »Doktor Klüpfel wird sich dort doch wohl kaum an seinem eigenen Sohn oder dessen Freunde vergriffen haben?«

»Was immer die da wollten, wir werden es herausfinden müssen!«, erklärte Friedrich. »Und zwar zügig! Dass sie sich an den Kindern vergangen haben, kann ich auch nicht glauben. Schon gar nicht, da Richter Neuhaus auch mit von der Partie war! Der schärfste Hund von allen! Besonders was die Moral derer betrifft, die aus welchen Gründen auch immer vor den Kadi müssen und bei ihm landen! Wir müssen anhand der Unterlagen, die der Riemann aufgetrieben hat, so schnell wie nur möglich herausfinden, wer diese Person ist. Außerdem sollten wir schnellstens klären, in welcher Beziehung sie zu Doktor Klüpfel und dem werten Oberstaatsanwalt steht. Darüber hinaus sollten wir uns die restlichen Hausbewohner noch einmal genauer ansehen! Vielleicht gibt es die eine oder andere Gemeinsamkeit zwischen den einzelnen Personen? Ihr seht also, dass noch sehr viel Arbeit auf uns wartet.«

---

[*] Im Juni 1945 berichtete der Jurist Ingo Müller in seiner Dokumentation über »Die unbewältigte Vergangenheit unserer Justiz«, dass im Bezirk des Oberlandesbezirks Bamberg von 309 Juristen 302 Parteigenossen gewesen waren. In Bayern agierten im Jahr 1949 wieder 924 Richter und Staatsanwälte, von denen hatten 752, also über 80 Prozent, zur NSDAP gehört!

»Du denkst tatsächlich, dass die Jugendlichen überhaupt nichts mit dem Fall zu tun haben?«, zog Erhard ein vorläufiges Resümee. »Dass das tatsächlich alles mehr oder weniger harmlos war, was bei Reuter zu Hause abging?«

Bevor Friedrich antworten konnte, sagte der Fischers Schorsch: »Had die der Reuder also doch bloß zu Ablengungszweggn in sei Wohnung gloggd! Solang sich die Midbewohner über die Bubn uffrechn, solang kümmern se sich ned um annere Sachn, die um se herum bassiern! Gell!?«

»Wie ich immer wieder so gerne sage, möglich ist heutzutage erst einmal alles«, beendete Friedrich Sauerhammer das Treffen.

***

Im Missionsärztlichen Institut oben am Mönchberg wartete Müller-Seefried auf Steigers behandelnden Arzt. Er unterhielt sich derweil mit Luitgard, die er in seinem Wagen mitgenommen hatte, damit sie die frische Wäsche für ihren Vater nicht zu Fuß ins Krankenhaus schleppen musste. Das Mädchen, das nur äußerst selten in ihrem Leben in einem Automobil gesessen hatte, geschweige denn in einem so großen amerikanischen Straßenkreuzer, war deswegen noch völlig aufgedreht. Immer wieder erzählte sie dem Kriminalbeamten, wie toll es sich für sie angefühlt hatte, wenn er den Motor aufheulen ließ, als sie an der roten Ampel warten mussten!

Sie war so damit beschäftigt, ihr Erlebnis zu verarbeiten, dass sie gar nicht so recht mitbekam, als der Arzt Müller-Seefried in sein Behandlungszimmer rief. Der Mediziner, der einen überanstrengten Eindruck auf den Kriminaler machte, erläuterte in kurzen Worten, dass Herr Steiger sehr großes Glück gehabt habe, dass man ihn gerade noch rechtzeitig in die Klinik und somit zu einer lebensrettenden Behandlung gebracht habe. Ansonsten würde er mit großer Wahrscheinlichkeit zwischenzeitlich nicht mehr unter den Lebenden weilen. Sein desolater Kreislauf habe sich wider Erwarten stabilisiert. Jedoch leide er körperlich noch hochgradig unter einem Delirium tremens, den Erscheinungen des Alkoholentzugs. Insbesondere habe er extrem große Erinnerungslücken, was für sein momentanes Krankheitsbild jedoch durchweg typisch sei. Eine retrograde Amnesie aufgrund eines traumatischen Erlebnisses und seines leider über mehrere Jahrzehnte stattfindenden übermäßigen Alkoholkonsums.

»Der eine oder andere Schaden ist vermutlich irreparabel«, beendete der Arzt seinen Kurzvortrag. »Im Augenblick ist er ansprechbar. Er antwortet auch auf einfache Fragen. Jedoch hat er große Konzentrationsschwierigkeiten, so dass Sie Ihre Fragen, die sicherlich sehr wichtig für Sie sein mögen, so kurz und auch so einfach wie möglich formulieren sollten.

»Wann kann ich mit Steiger sprechen?«, wollte der junge Kommissar wissen, der eigens dafür hierher gekommen war. »Es wäre außerordentlich wichtig für unsere Ermittlungen, wie Sie eben richtig erwähnten!«

»Von mir aus jetzt sofort. Aber versprechen Sie sich nur nicht zu viel von diesem Gespräch. Und seien Sie bitte nicht allzu sehr enttäuscht, wenn er nicht auf jede Ihrer Fragen eine passende Antwort parat hat. Ich gehe am besten mit hinein, um die Vernehmung auf der Stelle abzubrechen, für den Fall, dass Sie meinen Patienten überfordern sollten.«

Die beiden Herren saßen etwa eine halbe Stunde an Steigers Krankenbett und Müller-Seefried versuchte von Mariannes Vater Auskunft darüber zu erlangen, ob er gewusst habe, dass sich seine minderjährige Tochter des Öfteren in Ottmar Reuters Wohnung aufhielt. Nach einigen Anläufen und Erklärungen konnte der sich tatsächlich an Reuter erinnern. Reuter habe schließlich mit seiner Frau und deren Kindern aus erster Ehe mehrere Jahre den Eisenbahnwaggon direkt neben dem seinen bewohnt. Auf die Frage, ob er sich vielleicht vorstellen könne, dass Reuter die kleine Marianne missbraucht haben könnte, stutzte Steiger erst, dann prustete er laut vor Lachen. Er sagte, dass das mit Abstand der beste Witz sei, den er seit Langem gehört habe. Als er aber völlig unerwartet stark zu zittern und zu schwitzen begann, brach der Mediziner die Befragung ab.

***

In Roland Riemanns engem, verräuchertem Büro im Verlagshaus des Main-Journals in der Plattnerstraße bot Sauerhammer dem

Reporter einer seiner Peter Stuyvesant an. Als die Glimmstängel angezündet waren, schenkte der Journalist Sauerhammer und sich selbst einen Silvaner Spätlese in die noch leeren Gläser, der aus dem Keller des Würzburger Bürgerspitals stammte. Ein überaus gutes Tröpfchen, dessen Trauben aus Riemanns bevorzugter Lage, dem Würzburger Stein, stammten.

»Da kommen wir ja gerade richtig«, stellte Erhard Müller-Seefried, als er das Etikett des Bocksbeutels erkannte, mit einem breiten Lächeln der Vorfreude fest. »Was für ein edler Tropfen!« Müller-Seefried und Hohner kamen eine halbe Stunde zu spät zu dem abendlichen Treffen. ›LaLü‹ hatte die beiden beim Verlassen des Polizeipräsidiums abgefangen und ihnen im Auftrag des Präsidenten noch einmal unmissverständlich nahegelegt, ihre kostbare Arbeitszeit ja nicht mit unnützen Ermittlungen eines Falles zu verplempern, der längst abgeschlossen sei.

»Den erfreulichen Umständen entsprechend«, erwiderte Roland, »habe ich mir erlaubt, uns einen Bocksbeutel der Extraklasse zu spendieren. Schließlich gibt es etwas zu feiern!« Er schenkte auch den beiden jungen Kommissaren ein Glas ein. Dann erhob er feierlich sein Glas und sagte mit vor Stolz geschwellter Brust: »Auf unseren ersten größeren Teilerfolg!«

Nachdem alle einen Schluck des edlen Rebensaftes zu sich genommen hatten, erkundigte sich Hohner, ob er eventuell Genaueres erzählen könne, wenn er doch schon einmal hier sei. Was der rollende Reporter auch ausführlich tat. Er berichtete von dem ersten vagen Verdacht, dass sich in die Würzburger Justiz nicht ausnahmslos nur ehrenwerte Juristen in ihre ehemaligen Ämter zurück geklagt hatten. ›Harmlose Mitläufer‹ des Nationalsozialistischen Regimes, wie es leider nur zu oft in den Urteilsbegründungen der zuständigen Behörden, die für die Entnazifizierung Deutschlands zuständig waren, lapidar hieß. Er ginge davon aus, dass es durchaus auch hochkarätige Angehörige der NS-Gerichtsbarkeit an ihre alten Arbeitsplätze zurück geschafft hätten.

»Um wen handelt es sich hierbei explizit, Herr Riemann?« Hohner nahm einen weiteren Schluck aus seinem Glas, dann sah er mit einem fragenden Blick in die Runde.

»Wir sollten das mit dem förmlichen ›Sie‹ jetzt so langsam bleiben lassen«, schlug der Reporter der größten Würzburger Tageszeitung daraufhin vor. »Ich bin der Roland, wie du bestimmt schon wissen wirst!«

»Gerne, Roland. Ich heiße Peter.« Worauf die beiden ein helles Klirren ihrer Weingläser hören ließen.

»Aber um deine Frage zu beantworten, Peter, sage ich nur, dass es für Namen leider noch viel zu früh ist. Es handelt sich aber zweifellos um einen Richter in gehobener Position und um einen Staatsanwalt, der gerade für seine extrem harte Gangart gegenüber den Angeklagten bekannt ist. Wir haben in beiden Fällen glaubwürdige Zeugen gefunden, die jeder eine eidesstattliche Erklärung abgegeben haben. Diese Erklärungen betreffen wiederum die Vergangenheit der beiden. Beide Personen begleiteten hiernach Ämter in exponierter Position im nationalsozialistischen Unrechtsstaat.«

»Hast du die Papiere, die aus der Zeit der amerikanischen Militärregierung stammen, schon von deinen amerikanischen Bekannten erhalten?«, erkundigte sich Friedrich. »Wollte der sich nicht schnellstens darum kümmern?«

»Nein, die habe ich noch nicht bekommen«, antwortete Roland bedauernd. »Aber meine Bekanntschaft hat mir felsenfest zugesichert, mir das belastende Material unverzüglich zur weiteren Verwendung zukommen zu lassen, sobald es bei ihm eingetroffen ist!«

»Was hat jetzt ausgerechnet dein Freund mit diesen Leuten zu tun?« Erhard trank einen Schluck Wein, während er auf eine Antwort wartete.

»Der, damals noch Major der amerikanischen Streitkräfte, war Chefankläger der amerikanischen Militärregierung hier in Würzburg. Er ist erneut auf der Jagd nach ehemaligen NS-Schergen, seit er mitbekommen hat, dass sich die alten Seilschaften wieder gefunden haben und viele der von ihm vor Gericht gebrachten Juristen plötzlich wieder zurück in Amt und Würde gekommen sind, als wären sie nie weg gewesen.«

»Teilweise wurden selbst deren Strafen in den vergangenen Jahren durch bundesdeutsche Gerichte weit über Gebühr abgemildert«, mischte sich ein aufgebrachter Friedrich ein. »Es ist also nur noch eine Frage der Zeit, bis die Akten aus dem Militärarchiv bei uns ankommen!«

»Ich möchte mich wirklich nicht unbeliebt bei euch machen,

aber was haben nun diese Nazis mit unserem toten Reuter zu tun? Also nicht, dass ich glauben würde, dass man da nicht eingreifen müsste, aber ...«, gab Peter zu bedenken. »Ich sehe da wirklich keinen Zusammenhang!«
»Weil du ja noch nicht alles weißt!«, übernahm Roland wieder das Erklären. »Ottmar Reuter stand im April 1945, unmittelbar vor Kriegsende vor einem sogenannten Schnellgericht. Er wurde tatsächlich wegen einer Bagatelle zum Tode verurteilt. Er überlebte diese Farce nur wegen einer glücklichen Fügung des Schicksals. Aber rate doch einmal, wer der damalige Richter war!«

***

Vier Jahre zuvor (März 1955)

Im Eisenbahnwaggon der Steigers herrschte seit Tagen schon dicke Luft. Steiger hatte seine Arbeit verloren, weil er mehrfach so betrunken war, dass ihn der Polier nach Hause schicken musste. Im Moment wurden auf den Würzburger Baustellen alle halbwegs gesunde Hände benötigt. Kein Arbeitgeber konnte es sich zu dieser Zeit leisten, einen gelernten Maurer zu entlassen. Auch wenn dieser mehr als andere an der Bierflasche hing. Aber das Risiko, dass dem Steiger in seinem betrunkenen Zustand etwas zustoßen könnte, war seinem Chef dann doch zu hoch.

War Steiger vorher schon ständig schlecht gelaunt gewesen, so wurde es mit jedem Tag, an dem er ohne Arbeit und somit auch ohne Lohn zu Hause saß, noch schlimmer. Im fehlte das Geld für seine ausgiebigen Kneipenbesuche, was ihn sehr schnell unausstehlich machte. Anfänglich schrieb ihm seine Schwägerin, die in seiner Stammkneipe bediente, noch die eine oder andere Flasche Bier an oder spendierte ihm sogar mal einen Schnaps. Je länger aber die Flaute in seiner Geldbörse anhielt, desto weniger war sie bereit, seine Zeche zu übernehmen, was zu einigen unschönen Szenen in der Gaststätte führte. Der letzte Streit endete damit, dass er vom Wirt eine ordentliche Tracht Prügel bezogen hatte, weil er zum einen andere Gäste anpöbelte und zweitens der Heidi gegenüber handgreiflich wurde. Außerdem wurde ihm ein Lokalverbot erteilt.

Das war nun drei Tage her und alle dachten, seine schlechte Laune könne nicht noch mieser werden. Aber da irrten sie sich gewaltig! Seitdem mutierte Albert Steiger nämlich langsam, aber sicher zum Scheusal. Wegen der ›Mücke an der Wand‹ schrie er seine arme Frau und seine Töchter an. Er warf reihenweise Teller an die Wand, weil er der Meinung war, dass man das darauf befindliche Essen nicht als solches bezeichnen könne. Meistens endeten seine Ausbrüche damit, dass er Edeltraud grundlos grün und blau schlug.

Am Anfang züchtigte er sie noch ausgiebig für jede Kleinigkeit mit seinem Ledergürtel. Besonderen Spaß machte es ihm, seine Töchter zu zwingen, diesen abscheulichen Taten beizuwohnen. Er wollte ihnen damit vor Augen führen, was ihnen blühen würde, würden sie sich ihm nicht bedingungslos unterwerfen.

Edeltraud litt aber immer häufiger an außergewöhnlich starken Schmerzen im Unterbauch und wurde von kolikartigen Krämpfen heimgesucht. Sie musste sich immer häufiger übergeben und konnte obendrein kaum noch Nahrung bei sich behalten. Sie verlor daher extrem an Gewicht, weswegen er sehr schnell das Interesse an ihr für seine sadistischen Gewaltausbrüche verlor.

Als er bei einer seiner gewalttätigen Prügelattacken gegenüber seiner Frau erwähnte, dass Luitgard nun langsam das Alter erreicht habe, um ihre Mutter zu ersetzen, mobilisierte Edeltraud alle ihr noch zur Verfügung stehenden Kräfte. Sie wollte unter allen Umständen ihrer Tochter das gleiche Schicksal ersparen, welches sie seit vielen Jahren zu ertragen hatte, und weshalb sie nunmehr kurz davor stand zusammenzubrechen. Bisher ging es Steiger nur darum, seiner Frau aufzuzeigen, dass sie ihm hoffnungslos ausgeliefert sei. Ohne den geringsten eigenen Willen! Sie hatte ihm gefälligst zu dienen und dazu gehörte seiner Meinung nach selbstverständlich auch, ihm jederzeit zu Willen zu sein! Und zwar absolut bedingungslos! Ihr kurzfristiges Aufbäumen, um nicht zu sagen ihre Gegenwehr, mit der sie ihre Tochter zu schützen hoffte, löste bei Steiger einen neuen, bisher unbekannten Kick aus. Was ihn von nun an dazu brachte, bei jeder sich bietenden Gelegenheit, seine Tochter zumindest verbal ins Spiel zu bringen!

6. Kapitel

»Wie stelln Se sich des denn vor, Herr Haubdkommissar?«, wollte ›LaLü‹ von seinem Chefermittler an diesem warmen Morgen wissen. »Ii kann ja schlechd dem Diregdor vom Amdsgerichd ä Vorladung schiggn, oder? Scho gar ned auf bloßes Hörnsachn hin! Des gehd beim besdn Willn ned! Wenn Se mer da ned mehr zu biedn ham, als die eben vorgebrachdn Verdächdichungn, die dann aa noo durch überhaubd nix bewiesn sinn, dann seh ii schwarz für Ihr Ansinnen, Herr Sauerhammer! Abba scho glei bechschwarz, sach ii Ihne!«

»Es ist doch nur eine Frage von ein paar Tagen, Herr Oberrat, bis ich Ihnen die Akten vorlegen kann. Ich dachte auch nicht gleich an eine Vorladung, eher an ein belangloses Gespräch zwischen sehr guten Bekannten. Sind Sie nicht sogar Vereinsbrüder? Soviel ich weiß, rudern Sie doch im selben Verein wie der Herr Amtsgerichtsdirektor! Nur einmal so ganz nebenbei etwas nachfragen! Sie wissen doch ganz genau, wie ich das meine!«

»Nadürlich weß ii des! Ii bin ja ned vollkommn blöd! Sie vergessn dabei abba das soziale Gfälle zwischen em Griminalrad und em Diregdor! Was alee scho in der Besoldungsgrubbe än riesen Unnerschied ausmachd! Voo der Hierachie will ii emal ganz ruhich sei! Es bleibd also dabei, wie ii Ihne gsachd hab! Bringe Se mir endlich handfesde Beweise, Sauerhammer, un ii kümmer mich dann bersönlich um die Vorladunge!«

»Wie sieht es mit dem beantragten Durchsuchungsbeschluss aus? Haben Sie wenigstens da etwas erreichen können? Wir müssen unbedingt noch einmal in Reuters Wohnung! Ich bin überzeugt, dass wir dort, was die Unterlagen seiner Verurteilung vor dem damaligen Sondergericht angeht, fündig würden! Dann hätten wir einen stichfesten Beweis, den Sie doch unbedingt haben wollen!«

»Vergesse Se des, Sauerhammer! Der Fall Reuder is seid gesdern offiziell abgschlossn. Sie wern in der Oddo Schdraß kenn Schdaadsanwald finne, der für Sie en Durchsuchungsbeschluss beandrachd! Un scho gar kenn Richder, der Ihne en solchn ausschdelld! Schluss, Aus, Ende!« Der Kriminalrat wünschte ihnen noch einen schönen Tag, dann hatte er sich auch schon wieder auf seinen Weg durchs Präsidium gemacht.

»So ein Mist aber auch!«, schimpfte Hohner verhalten, der es sich heute am geöffneten Fenster von Sauerhammers Büro bequem gemacht hatte und somit diesen vom Rauchen abhielt. »Es wäre jetzt aber auch zu schön gewesen!«

»Ich verstehe ihn ja«, verteidigte Sauerhammer seinen Chef. »Stellen Sie sich nur einmal vor, er prescht da beim Neuhaus vor und ich bringe ihm am Schluss keine Beweise! So wollte ich mein Berufsleben auch nicht gerade beenden!«

Hohner nickte zustimmend und verzog gleichzeitig das Gesicht, als ob er in eine Zitrone gebissen hätte. »Wie geht es jetzt weiter? Soll ich mich noch mal am Südbahnhof umhören? Schließlich wohnte Reuter eine Zeit lang neben dem Steiger. Vielleicht erfahre ich noch etwas Brauchbares?«

»Unnerschdehn Se sich, Hohner! Sie arbeidn mid em Herrn Sauerhammer solang die aldn Fäll auf, bis mer ä neue Leiche, räschbägdive än neuen Fall ham. Genau so, wie's sich der Bolizeibräsidend wünschd! Ham Se mich da klar verschdanne?«, fragte ›LaLü‹, der noch einmal ins Büro zurückgekommen war und Hohners Vorschlag hörte. »Ewänduell in Ihrer Middagsbause. Geche so en Verdauugsschbaziergang kann ja kenner was dageche hab. Warum solde Se ned bis zum Südbahnhof läff? Bei dem schöne Wedder!«

»Aber da trifft sich doch der ›Krisenstab‹ bei der Sonja im Julius-Spital-Bäck. Da habe ich keine Zeit, erst noch lange zum Südbahn...!« Als Hohner den Blick auffing, den Sauerhammer ihm zuwarf, wäre er am liebsten im Erdboden versunken!

Der Oberrat, der einen ganz kurzen Moment recht überrascht aus der Wäsche schaute, dann aber umso schneller verstanden hatte, was Hohner aus Versehen ausgeplaudert hatte, empfahl seinem jungen Mitarbeiter, sich wegen der Länge seiner Mittagspause doch an seinen unmittelbaren Vorgesetzten zu wenden. Er sei sich absolut sicher, dass dieser dieselbe bestimmt ausreichend bemessen würde, sodass er sich um beides kümmern könne!

***

Sauerhammer hatte sich von Müller-Seefried am Südbahnhof absetzen lassen, wo er jetzt auf Hohner stieß. »Wenn mich jemand gefragt hätte, ob ich Sie hier antreffen würde, hätte ich Haus und Hof darauf verwettet.«

Gemeinsam gingen sie zu den Eisenbahnwaggons hinüber, auf die die Sonne zwischenzeitlich schon wieder erbarmungslos herniederschien, um sich noch einmal wegen Reuter umzuhören. Viel Hoffnung hatten sie zwar nicht, dass sie noch jemanden finden würden, der sich nach der langen Zeit an die Reuters erinnern konnte, aber sie wollten nichts unversucht lassen.

Der Erste, den sie antrafen, war derjenige, den Sauerhammer schon das letzte Mal befragt hatte. Der Mann saß in kurzen Hosen und mit freien Oberkörper vor seinem Waggon auf einer umgedrehten Bierkiste. Er fragte die Kommissare, ob sie den Mörder des armen Reuter schon gefasst hätten.

»Noch nicht. Aber wir stehen kurz davor!« Der Hauptkommissar nahm sich einen Blecheimer, der in der Nähe lag, drehte diesen um und setzte sich zu dem Mann. »Können Sie sich noch an die Zeiten erinnern, als Reuter mit seiner Familie hier wohnte?«

»Aber natürlich. Hinten beim Steiger haben die gewohnt. Das ist aber schon wieder eine halbe Ewigkeit her. Der Reuter, seine Frau und zwei Töchter, wenn ich mich noch richtig erinnere! Ja, stimmt. Zwei Töchter hatten die. Im Großen und Ganzen waren das ja ganz umgängliche Leute. Er selbst aber, der war von Zeit zu Zeit allerdings recht aufbrausend. Manchmal war er auch richtiggehend jähzornig! Ich habe mich oft gefragt, warum dem nicht der eine oder andere mal so richtig eine aufs Maul gehauen hat. Das lag wahrscheinlich an seinen guten Beziehungen, die er nach oben, in die sogenannte bessere Gesellschaft hatte. Aus diesem Grund war er auch einer der Ersten, die von hier direkt in eine neue Wohnung ziehen konnte. Der Leiter des Wohnungsamtes war ein guter Kumpel von einem, dem der Herr Amtsleiter noch einen großen Gefallen schuldig war, und der wiederum in der Schuld Reuters stand. Es ist heutzutage auch nicht anders als früher! Zumindest ist es nicht besser!«

»Was ist aus der Ehefrau und den beiden Töchtern geworden? Reuter lebte in der Seinsheimstraße völlig allein. Können Sie uns etwas über deren Verbleib sagen?«

»Seine Frau ist damals nicht lange nach dem großen Krach gestorben. Daran erinnere ich mich noch, als wäre es erst gestern gewesen. Die ältere Tochter hat einen Ami, einen kohlrabenschwarzen, geheiratet und ist wenige Jahre danach mit dem nach Amerika verschwunden. Die hat ihren Alten einfach sitzen lassen! Was aus der jüngeren Tochter wurde, weiß ich nicht mehr. Das war eh so eine unscheinbare, graue Maus. Irgendwie sonderbar!« Der Mann machte mit seiner rechten Hand kreisende Bewegungen vor seinem Gesicht. Dann nahm er einen kräftigen Schluck aus seiner Bierflasche, die er neben sich am Boden stehen hatte.

»Wollen Sie auch eine? Ist noch schön kühl!«

»Nein, vielen Dank, das ist mir dann doch noch etwas zu früh. Von welchem Streit sprechen Sie da?«, hakte Sauerhammer nach.

»Na, zwischen dem alten Steiger und seinem Freund Reuter. Da sind vielleicht die Fetzen geflogen, kann ich Ihnen sagen! Wenn wir da nicht dazwischengegangen wären, wäre das für den Steiger bestimmt tödlich ausgegangen. Ich hatte Ihnen doch schon das letzte Mal gesagt, dass die Frau vom Steiger ständig fremdgegangen ist. Meistens kam sie bei diesen Aktionen früh am Morgen aus Reuters Bett gekrochen. Mit meinen eigenen Augen habe ich sie Reuters Waggon verlassen sehen. Das kann ich guten Gewissens sogar beschwören! Sie hat es aber, glaube ich zumindest, auch mit anderen Männern getrieben. Das wusste auch jeder hier! Es war allgemein bekannt, was das für eine war. Schließlich konnte man sie bei ihren Spielchen auch immer laut genug schreien hören. Sie hat einfach nicht genug bekommen, glauben Sie mir. Na ja, der Steiger saß oft bei uns hier und hat sein Bierchen getrunken, während man sie, hinten vom Platz her schreien hörte! In den meisten Fällen kam dann, wenn es wieder ruhiger geworden war, der Reuter auf ein Bier bei uns vorbei. Ich habe mich zwar oft gewundert, dass der Steiger sich das einfach so gefallen ließ, aber schließlich ging mich das nichts an. Das sind schließlich seine Hörner, die er da aufgesetzt bekam, dachte ich mir dann immer.«

»Wenn das alles so harmonisch vonstattengegangen sein soll, wie Sie mir gerade erzählt haben, worum ging es dann bei diesem Streit zwischen den beiden explizit?«

»Hä?«, machte der Mann und trank wieder aus seiner Bierflasche, worauf er einen lauten Rülpser hören ließ.

»Worum ging es genau bei diesem Streit zwischen den beiden befreundeten Männern?«, wiederholte Müller-Seefried Sauerhammers Frage.

»Dabei ging es um Reuters Frau. Im Enddeffekt war sie die gleiche Schlampe wie die Steiger. Eine wie die andere! Aber als sie ihr feiner Herr Gemahl mit dem Steiger in seinem Bett erwischt hatte, gefiel dem das gar nicht mal so gut. Er holte sich eine Axt und stürmte damit in den Waggon. Wie gesagt, wenn wir nicht dazwischengegangen wären, der Steiger wäre schon sehr viel früher nicht mehr am Leben gewesen.« Der Mann machte eine Pause, um einen weiteren Schluck zu sich zu nehmen. Hierbei stellte er fest, dass diese bereits leer war. Er warf die Flasche einfach hinter sich ins verdorrte Gras.

»Sind Sie sich da auch ganz sicher, dass es wirklich der Reuter war, der mit Steigers Frau …? Sie wissen schon, was ich meine! Schließlich hatte der schwerwiegende Verletzungen im Genitalbereich, die ihm den Verkehr mit einer Frau unmöglich gemacht hätten.«

»Stimmt genau, Herr Kommissar. Aber erst ein paar Jahre später. Da wurde er nachts überfallen und niedergeschlagen. Der oder die Täter versuchten dann der armen Sau tatsächlich sein Ding abzuschneiden. Er wäre damals doch fast verblutet, wenn er nicht zufällig von einem Passanten gefunden worden wäre.«

**

Es war für die Mitglieder des ›Krisenstabes‹ nicht so einfach, im Fall Ottmar Reuter die Ermittlungen weiterzuführen. Der Fall war bereits, zumindest was die offizielle Seite betraf, ad acta gelegt. Der Chef der Würzburger Polizei unternahm alles, damit das auch so blieb. Was von Sauerhammer und seinen Mitarbeitern ein Höchstmaß an Einfallsreichtum forderte, um im Verborgenen weiter an der Aufklärung des Mordes zu arbeiten.

Müller-Seefried kämpfte sich bereits seit über zwei Stunden die rechte Seite der Greisingstraße in Richtung Rottendorfer Straße hinauf. Er hatte eine vage Hoffnung, von einem der älteren Bewohner doch noch etwas über den Verbleib von Reuters jüngerer Tochter zu erfahren. Bis jetzt war es aber bei der bloßen

Hoffnung geblieben. Er überlegte ernsthaft, die Suche einzustellen, als er im Treppenhaus eines der letzten Gebäude auf dieser Straßenseite, Frau Meder antraf, die im zweiten Stock wohnte.

Sie ließ keinen Zweifel daran aufkommen, dass sie es sehr eilig habe, da um Punkt zehn Minuten nach zwölf das Mittagessen auf dem Tisch zu stehen habe. Ihr Mann, der nur eine Stunde Mittagspause habe, dulde, was sein Mittagessen betreffe, keine Disziplinlosigkeit! Sie wollte schnell an Müller-Seefried vorbei die Treppe hinunter, weil sie dringend noch eine Besorgung zu erledigen hatte. Doch plötzlich stutzte sie und hielt mitten im Lauf inne.

»Die Reuters Tochter suchen sie?«, wollte sie wissen und drehte sich langsam zu dem Kommissar um. »Meinen Sie den Reuter, der vor ein paar Tagen erst auf so tragische Weise ums Leben gekommen ist? Ottmar Reuter?«

»Ja, kannten Sie ihn und seine Familie?«

»Und ob! Schließlich wohnten wir eine ganze Zeit lang direkt nebeneinander. Oben in der zweiten Etage. Das ist nun aber schon einige Jährchen her. Von hier aus sind sie dann später in die Seinsheimstraße gezogen.«

»Das ist ja gleich hier um die Ecke. Da haben Sie die Familie wahrscheinlich nicht aus den Augen verloren. Können Sie mir sagen, was aus ihnen geworden ist?«, fragte der Kriminaler voller Hoffnung, dass die Zeit, die er den ganzen Morgen hier verbracht hatte, nicht völlig vergeudet war.

»Da gibt es nicht sehr viel, was sich zu erzählen lohnen würde!«, begann die Frau, die es mit einem Schlag gar nicht mehr so eilig hatte, zum Einkaufen zu kommen, ihre Berichterstattung. Zum Zeitpunkt ihres Einzuges, sei der Ottmar bereits Witwer gewesen. Er habe es nicht einfach gehabt als allein erziehender Vater von zwei Töchtern, wovon die ältere gerade damit begann, sich für junge Männer zu interessieren. Kurz darauf habe Reuter sie dann ja auch mit einem Schwarzen erwischt. Einem amerikanischen Soldaten, der in der Faulenberg Kaserne in der Nürnberger Straße stationiert gewesen sei. Sie habe später, das Mädchen war zu diesem Zeitpunkt gerade mal achtzehn Jahre alt, entgegen dem ausdrücklichen Willen ihres Vaters, diesen Hallodri von einem Amerikaner geheiratet. Da sie zu diesem Zeitpunkt aber bereits mit dem ersten Kind im dritten Monat schwanger war,

gab er nach und erteilte doch seine Erlaubnis, ohne die sie ja nicht hätte heiraten können. Mit ihrem Mann sei sie, nachdem der seine Militärzeit beendet hatte, gemeinsam mit den beiden Kindern nach Amerika gegangen. Man habe in der Zeit danach nichts mehr von ihnen gehört.
»Das war mir, einmal davon abgesehen, dass der Vater des Mädchens gegen diese Hochzeit war, soweit bekannt. Sie erwähnten eben aber noch eine jüngere Tochter Reuters«, erinnerte sich Müller-Seefried. »Was wurde aus ihr? Wo hat es sie hin verschlagen?«
»Die jüngere Tochter war ein vom Schicksal schwer gebeuteltes Mädchen. Sie war sehr krank, müssen Sie wissen. Im Kopf! Das war wirklich nicht einfach gewesen mit ihr. Sie war sogar ein paarmal in der Psychiatrie, drüben in Grombühl in der Füchsleinstraße. Mehrere Wochen lang war sie damals in der geschlossenen Abteilung. Böse Alpträume plagten sie und ließen sie keine einzige Nacht mehr ruhig schlafen. Die arme Lydia! Angst hatte sie. Sie bekam Schreikrämpfe und schlug wild um sich. Wahre Tobsuchtsanfälle waren das. Ja, so eine fürchterliche Angst vor allem und jedem! Das Schlimmste war für den armen Herrn Reuter aber, dass seine kleine Lydia geradezu panisch reagierte, wenn ihre ältere Schwester oder ihre Freundin sie besuchten. Dann verkroch sie sich im hintersten Winkel der Wohnung. Je länger sie unter dieser Krankheit litt, desto schwerer wurde es, mit ihr auszukommen. Nicht nur für ihn, für uns alle! Zu guter Letzt wurde die Kleine zu allem Übel regelrecht gewalttätig. Wenn ihr irgendjemand zu nahe kam, kratzte, biss oder schlug sie denjenigen mit aller Gewalt. Damit war ihr Vater dann auch überfordert. So etwas hatte der arme Reuter nicht verdient! Wirklich nicht! Es dauerte auch nicht sehr lange, und er begann wieder damit, sich regelmäßig zu betrinken. Teilweise sogar schon am frühen Vormittag! Irgendwann wurde Lydia abgeholt und nach Lohr in die Nervenheilanstalt verbracht. Da wohnte, wie ich mich erinnere, der Reuter aber bereits in der Seinsheimstraße. Er hatte nicht viel von seinem Leben, wenn man es bedenkt. Sein unfreiwilliger Abgang setzt dem Ganzen dann auch noch die Krone auf.« Die Frau schnaufte einmal schwer und nickte dem Kriminaler zu. »Ja, so war das damals!«

»Wissen Sie vielleicht auch noch, wo Lydia sich heute aufhält? Ist sie überhaupt noch am Leben?«

»Nein, dazu kann ich Ihnen nichts sagen. Da habe ich nun wirklich nicht die geringste Ahnung. Das muss ich Ihnen leider gestehen. Als sie erst einmal umgezogen waren, haben wir die Reuters nicht mehr so oft gesehen.« Sie sah auf ihre Armbanduhr und rief erschrocken, dass es nun aber allerhöchste Zeit wäre, dass sie los müsse, ansonsten würde ihr Gatte verhungern.

***

Diesmal brauchten Sauerhammer und Müller-Seefried nicht lange zu warten, um das Tor zu den Leighton Barracks zu passieren. Der Sergeant first class aus McMalaghans Vorzimmer holte sie höchstpersönlich vor dem Kaserneneingang ab. Nachdem der junge Kommissar seinen Thunderbird geparkt hatte, stiegen sie in den olivgrünen Militärjeep. Genauer gesagt in einen Willys Overland MB. Mit dem fuhr sie der heute eher schweigsame Sergeant direkt bis vor den Eingang des großen Verwaltungsgebäudes, in dem der Stab der ›Big Red One‹, der 1. US-Infanteriedivision, einem gepanzertem Großverband der amerikanischen Streitkräfte, untergebracht war. Die beiden GIs, die den Zugang des Gebäudes bewachten, salutierten zackig, als die drei schnellen Schrittes das Bauwerk betraten.

In Colonel McMalaghans Vorzimmer wurden sie freundlich von demselben Captain begrüßt, der sie das letzte Mal noch ausgelacht hatte, als sie ihm sagten, sie müssten dringend mit seinem Chef sprechen. Heute bot er ihnen Kaffee und Zigaretten an, was die Kriminalbeamten dankend ablehnten.

Es dauerte eine kleine Weile, bis das Telefon, das auf dem Schreibtisch des Sergeants stand, laut klingelte. Nachdem er den Telefonhörer abgenommen hatte und mehrfach ein zackiges ›Yes Sir, Colonel Sir!‹ hören ließ, brachte der Sergeant sie zum Büro des stellvertretenden Kommandeurs.

McMalaghan stand aus seinem schweren Sessel auf und umrundete seinen Schreibtisch. Dann kam er ihnen zur Begrüßung entgegen. Der große Mann mit den kurzen, schwarzen Haaren und dem schmalen Oberlippenbart führte seinen Besuch zu einer Sitzgruppe im hinteren Teil seines Büros. Den Sergeant ließ er noch wissen, bevor dieser den Raum verließ, dass er die nächste Stunde unter keinen Umständen gestört werden wolle.

McMalaghan klärte die Kriminalkommissare darüber auf, dass er es sei, der diese Unterredung gewünscht habe, und es sich hier in keinerlei Hinsicht um eine kriminalpolizeiliche Befragung ihrerseits handeln würde. Nicht dass sie am Ende sein Zuvorkommen noch falsch interpretieren würden. Bevor sie nun in media res gehen würden, wolle er aber erst noch eine Sache klarstellen.

»Während unserer ersten Begegnung in der Zellerau«, begann der ranghohe amerikanische Offizier seine Erklärung, »haben Sie sich sicherlich gefragt, in welcher Beziehung ich zu Frau Bechthold stehe. Nicht, dass Sie das wirklich etwas angehen würde! Mitnichten! Da es aber zum besseren Verständnis der Gesamtumstände beiträgt, erkläre ich Ihnen, der Einfachheit halber, wie wir zwei zusammengehören.«

Ein lautes Klopfen, das von der Bürotür kam, unterbrach die Darlegungen des Colonels. Die ältere der Sekretärinnen entschuldigte sich für die Unterbrechung und stellte ein großes Tablett mit Kaffee, Tee und Gebäck auf den runden Tisch. Ihr Vorgesetzter bedankte sich und entließ sie mit den Worten, dass er sich nun selbst um den Rest kümmern würde.

»Wo waren wir gleich stehen geblieben?«, setzte er da an, wo er kurz zuvor unterbrochen wurde. »Ach ja! Es ging um mein Verhältnis zu Frau Bechthold! Ich weiß natürlich nicht, was genau Sie vermutet haben, aber sie ist schlicht und einfach meine Tochter«, erklärte er und konnte sich dabei ein Grinsen bis über beide Ohren nicht verkneifen. »Oder wie es rein juristisch gesehen heißt, meine Stieftochter. Meine Gattin, übrigens eine echte Würzburgerin, brachte sie bei unserer Heirat mit in die Ehe. Jetzt denken Sie vermutlich, warum lässt dieser arrogante Ami seine Tochter in diesem elenden Kellerloch hausen und verschafft ihr nicht eine standesgemäße Wohnung?« Er machte eine Pause und wartete auf Reaktion seiner Gäste, die aber nicht kam. »Nun«, fuhr er fort, »ich sage es Ihnen. Weil sie und ihr Ehemann das so wollen. Das Haus, das über diesem Keller stand, gehörte den Eltern meines Schwiegersohnes. Es wurde während des englischen Luftangriffes auf Würzburg von einer Bombe getroffen und dabei völlig zerstört. In dieser schicksalsschweren Nacht starben beide in den Trümmern ihres eigenen Hauses. Um die Besitzansprüche nicht zu verlieren, halten die beiden dort die Stellung. Nachdem das nun geklärt ist, löse ich auch das zweite Geheimnis. Meine Tochter und ich arbeiten zusammen an einem politisch geprägten Fall, an dem uns beiden, aus völlig verschiedenen Gründen, außerordentlich viel gelegen ist. Wir schöpfen unsere Motivation zwar aus grundverschiedenen Quellen, sind aber trotzdem mit Feuereifer bei der Sache! Da wir das freilich nur in unserer Freizeit tun können, die, wie Sie sich sicher vorstellen können, von Haus aus schon viel zu kurz bemessen ist, arbeiten wir öfters einmal die ganze Nacht hindurch. Manchmal auch bei meiner Tochter zu Hause. Dann lege ich mich für gewöhnlich noch kurz auf das Sofa, bevor mich mein Fahrer wieder abholt.«

»Das geht uns, wie Sie eben schon sagten, wirklich nichts an!« Sauerhammer, dem es peinlich war, dass sein Gegenüber seine Gedanken, was das Verhältnis zwischen dem amerikanischen Oberst und der jungen deutschen Frau betraf, durchschaut hatte, stellte mit einem roten Kopf seine Tasse auf den Tisch. »Ich danke Ihnen, dass Sie es uns trotzdem so ausführlich erklärt haben, Colonel.«

»Ich gehe noch einen Schritt weiter und berichte Ihnen auch von dem Objekt, an dem meine Tochter und ich gemeinsam arbeiten. Dazu muss ich allerdings ein wenig ausholen.« McMalaghan schilderte den deutschen Kriminalern in der folgenden halben Stunde, dass er ab Juni 1945 als Ankläger des amerikanischen Militärgerichts in Würzburg tätig war. In dieser Funktion habe er in erster Linie mit ehemaligen Angehörigen der Gerichte des Regierungsbezirks Unterfranken, oder Mainfranken, wie der während des Dritten Reiches hieß, zu tun gehabt. Im Rahmen der Entnazifizierung habe er eine nicht geringe Anzahl von ihnen vor das hierfür zuständige Militärgericht gebracht.

Dass viele dieser Urteile, an denen er mitgewirkt habe, leider nach 1949 von bundesdeutschen Gerichten, zumindest was das Strafmaß angeht, nach unten korrigiert oder sogar gänzlich aufgehoben worden waren, sei sehr ärgerlich für ihn. Trotzdem wollte er das am Rande erwähnt haben.

»Im wieder aufgebauten Justizgebäude in der Otto-Straße

ist seit Neuestem ein Richter für die Rechtsprechung verantwortlich, mit dem meine Tochter bereits während des Krieges schon schlimme Erfahrungen machen musste. Das war im ersten Moment für sie ein herber Schlag mitten ins Gesicht! Während unserer umfangreichen Recherchen lernten wir einen Reporter der ansässigen Presse kennen, der uns dabei behilflich war, weitere Missstände am hiesigen Gericht aufzudecken.«

»›2R mal 2‹«, entfuhr es einem aufgeregten Müller-Seefried.

»Wie meinen?« McMalaghan sah irritiert zu dem Kommissar hinüber.

»Ronald Riemann, der rollende Reporter!«, antwortet Sauerhammer darauf, dem die Überraschung über diese Information förmlich ins Gesicht geschrieben stand. »Auch wir erhielten vor Kurzem erst, einen aktuellen Fall betreffend, äußerst aufschlussreiches Material von ihm. Auch wir sind im Laufe unserer Ermittlungen auf sonderbare Umstände innerhalb der lokalen Gerichtsbarkeit gestoßen.«

**

Da sie offiziell mit alten, nicht abgeschlossenen Fällen beschäftigt waren, die sie laut Anweisung des Polizeipräsidenten aufarbeiten sollten, konnten sie heute pünktlich Feierabend machen. Kurzerhand wurde eine Sitzung des ›Krisenstabes‹ in den Julius-Spital-Bäck einberufen. Sie waren vollzählig erschienen und drängten sich daher um den einzigen Tisch. Als auch noch Riemann auftauchte, rief Sonja resignierend, dass sie nun wegen Überfüllung die Bäckerei schließen müsse. Außerdem wollte sie von den Männern wissen, wer ihr den immensen Verdienstausfall erstatten würde. So nahmen sie alle ihre Tassen, Gläser und Teller in die Hand und trotteten im Gänsemarsch durch den schmalen Verkaufsladen und im Anschluss durch die, um keinen Deut breitere Backstube in den Innenhof des Julius-Spitals. Dort befand sich ein Brunnen, um den sie sich nun versammelten, und wo ihr Gespräch fortsetzten.

»Wisst ihr, wen der Oberbürgermeister für morgen Abend in den Ratskeller geladen hat? Das erratet ihr niemals!«, fragte Riemann mit der Überzeugung, dass die Antwort einschlagen würde wie eine Bombe.

»Den Richter Neuhaus, unseren feinen Herrn Oberstaatsanwalt und natürlich den Doktor Klüpfel, wenn ich mich da nicht sehr irre!«, platzte es aus Hohner heraus. »Habe ich recht?«

Der ›rollende Reporter‹ machte große Augen und stammelte: »Woher weißt du das jetzt schon wieder?«

»Nun schau nicht wie ein auf Grund gelaufenes Schlachtschiff, Roland, ich weiß immer alles! Meine Leute natürlich auch! Das weißt du aber auch nicht erst seit gestern!« Sauerhammer und die anderen Anwesenden lachten daraufhin über Riemanns ratloses Gesicht.

»Woher?«, wiederholte der Journalist seine Frage und zog die Schulterblätter nach oben.

»Wir haben genau diese drei Personen vor zwei Tagen an exakt diesem Ort schon einmal gesehen! Somit ist es nicht sehr schwer gewesen, zu erraten, um wen es sich dabei handelt!«

Bevor sie nun endlich anfangen konnten, über die einzelnen Neuigkeiten zu diskutieren, erschien Sonja im Innenhof und teilte ihnen mit, dass zwei gestandene Männer – keine solchen Kindsköpfe wie sie – vor der Bäckerei auf sie warten würden. Im Nu näherte sich die ganze Versammlung wiederum im Gänsemarsch dem Eingang der Bäckerei, um auf die Julius-Promenade zu gelangen.

Sonja, die so etwas bereits ahnte, stellte sich mit verschränkten Armen direkt vor den Eingang zu ihrem Heiligtum.

»Das wagt ihr nicht!«, zischte sie den ersten der Männer, der auf sie zukam, an. »Ich mache Hackfleisch aus euch, wenn ihr nicht ganz schnell durch das Haupttor verschwindet! Das wäre ja jetzt noch schöner! Wieder alle durch die Backstube!« Worauf diese tatsächlich mit einem großen Schwenk die Richtung änderten und Richtung Tor marschierten.

Bass erstaunt waren sie, als sie dort auf ›LaLü‹ und den Colonel stießen.

***

Müller-Seefried und Hohner standen in der Seinsheimstraße direkt gegenüber von Reuters Wohnung. Beide sahen angestrengt zu dem zweiten Stockwerk hinauf. Die drei Fenster, die zu der Straßenseite zeigten, lagen zur Gänze im Dunkeln.

»Hast du dir das auch wirklich gut überlegt, Peter?«, wollte Erhard Müller-Seefried mit leiser Stimme von seinem Kollegen wissen. »Wenn das, was wir vorhaben, irgendwie herauskommt, dann sind wir geliefert, das weißt du hoffentlich! Dann war es das nämlich mit unserer Karriere bei der Kripo. Dann wird es auch nichts mehr mit deiner kleinen Frau Koch. Es wird keine Hochzeit geben und ich werde dann nicht die große Ehre haben, dein Trauzeuge zu sein.«

»Gib dir nur keine Mühe, Erhard, ich habe mich dazu entschlossen und dabei bleibt es jetzt auch! Bevor wir noch lange hier herumdiskutieren, sollten wir lieber zur Tat schreiten. Also, lass uns loslegen! Wegen dem Trauzeugen musst du dir auch keine Sorgen machen. Geheiratet wird auf alle Fälle, ob nun als Kommissar oder eben nicht als Kommissar.«

»Weiß deine kleine Frau Koch eigentlich schon, dass sie demnächst Hohner heißen wird? Wie machst du das eigentlich mit den Kindern?«

»Nein, sie weiß noch nichts davon! Und du wirst ihr das auch nicht verraten, hörst du? Sobald ich zum Kommissar ernannt werde, halte ich um ihre Hand an, genauso, wie es sich gehört und keinen Tag früher! Die Buben adoptiere ich natürlich! Schließlich wollen wir ja alle eine Familie sein- Und bitte höre endlich auf, ständig ›kleine Frau Koch‹ zu ihr zu sagen. Sie heißt Inge! Das habe ich dir nun schon tausendmal gesagt! Inge! Aber jetzt legen wir los, sonst können wir von hier aus gleich zum Dienst gehen.«

Gesagt getan. Nur ein paar Minuten später standen sie vor der Wohnungstür des Toten. Müller-Seefried kramte sein Werkzeug hervor, mit dem er gedachte, die von der Polizei verschlossene Tür zu öffnen.

Hohner kam plötzlich irgendetwas merkwürdig vor, weshalb er mit der flachen Hand leicht gegen die Tür drückte, worauf diese aufschwang und den Weg ins Innere freigab.

Die beiden Kriminaler sahen sich überrascht an. Damit hatten sie nun nicht gerechnet, dass es so einfach sein sollte, in Reuters Räumlichkeiten zu gelangen. Schließlich war es Müller-Seefried selbst, der die Wohnungstür, nachdem sie den geheimen Raum gefunden und die Spurensicherung ihre Arbeit beendet hatte, verschlossen und versiegelt hatte.

Sie betraten vorsichtig und ohne ein Geräusch zu verursachen die Wohnung, sie konnten ja nicht wissen, ob sich die Person, die das Polizeisiegel erbrochen und die Tür geöffnet hatte, vielleicht noch anwesend war. Bald darauf konnten sie feststellen, dass niemand in der Wohnung war. Sie besahen sich im Schein ihrer Taschenlampen, die gesamte Wohnung. Wie sie feststellten, war jeder einzelne Raum gründlich durchsucht worden. Das vorherrschende Bild, das sich den beiden bot, zeigte ein großes Durcheinander. Die Möbel waren verschoben oder gar umgeworfen worden. Sofa, Sessel und Matratzen waren aufgeschlitzt, selbst das Bettzeug lag auf dem Fußboden. Bilderrahmen, die an den Wänden hingen, lagen zerstört zwischen den übrigen Sachen. Selbst die Lampen waren von der Decke gerissen und zerschlagen worden.

»Ich glaube, ehrlich gesagt, nicht daran, dass wir in diesem Chaos noch etwas finden werden, das uns weiterhilft! Derjenige, der das hier fabriziert hat, hat gründliche Arbeit geleistet!«, ließ Hohner seiner Enttäuschung freien Lauf.

»Wenn überhaupt etwas hier in diesen Zimmern versteckt war, das uns bei der Aufklärung des Falles Reuter geholfen hätte, hat es die Person, die vor uns hier war, bestimmt gefunden und natürlich auch mitgenommen«, stimmte ihm sein zukünftiger Trauzeuge zu. »Ich glaube, wir sollten uns nun besser wieder aus dem Staub machen. Hier ist kein Blumentopf mehr zu gewinnen.«

»Was hat man eigentlich über die Wohnung hinter der Geheimtür erfahren? Wer wohnte da? Darüber hat man gar nichts mehr herausgefunden, oder?«, wollte Hohner wissen.

»Das hat der Präsident mit der SpuSi eigenhändig abgearbeitet. Die Wohnung stand offiziell seit Jahren leer. Indizien irgendwelcher Art wurden, wie nicht anders zu erwarten war, nicht gefunden«, erhielt er als Antwort.

Als sie das Haus verließen, sahen sie auf der anderen Straßenseite ein nur schwach beleuchtetes Fenster, in dem sich vor dem matten Schein der Lampe zwei Köpfe abzeichneten, welche sie zu beobachten schienen.

»Waren das nicht die …?«, sprach der potentielle Bräutigam mehr zu sich selbst als zu seinem nächtlichen Mitstreiter.

»Das wollte ich dich auch gerade fragen«, gab dieser leise zur

Antwort. »Ob wir ihnen um diese Zeit noch einen Besuch abstatten können?«
»Immerhin brauchen wir die beiden nicht aufzuwecken, weil sie ja noch gar nicht im Bett waren, wie wir gerade eben gesehen haben. Ich denke, wir sollten es tatsächlich tun! Uhrzeit hin, Uhrzeit her. Weil, wenn sie uns beobachtet haben, dann haben sie vielleicht auch denjenigen beobachtet, der vor uns in Reuters Wohnung war. »Vielleicht haben sie ihn sogar erkannt!«

***

Vier Jahre zuvor (Mai 1955)

Albert Steiger kam zu später Stunde in den Eisenbahnwaggon gestürmt. Er schlug mit voller Kraft die Tür zu, dass Edeltraud schon befürchtete, sie würde aus den Angeln gerissen. Sie ermahnte ihren Ehemann darum verärgert, bitte schön nicht so einen Lärm zu machen. Die Mädchen würden ansonsten wieder aufwachen. Im selben Moment erkannte sie aber, was für einen groben Fehler sie damit begangen hatte. Ihren Gatten so offen zu kritisieren, zog in der Regel auf der Stelle eine körperliche Züchtigung nach sich. Eine überaus harte Bestrafung, von der sie nicht immer wusste, womit sie die verdient hatte!

Je schwerer es ihr im Laufe der Zeit fiel, sich von den übermäßigen Schmerzen und den unmenschlichen Demütigungen, die Albert ihr zufügte, zu erholen, desto mehr war sie davon überzeugt, dass sie diese Strafmaßnahmen absolut verdient habe. Der Herr, der gerechte, würde ihr so etwas niemals antun lassen, wenn er keinen Grund dafür hätte.

Mit einer schnellen Bewegung ihres ausgemergelten Körpers, die ihr darüber hinaus auch noch höllische Schmerzen im Bauch bescherte, vergrößerte sie den Abstand zwischen sich und ihrem vor Gott ihr Angetrauten. Beide Arme riss sie im selben Moment schützend vor ihr Gesicht. In dieser Position verharrte sie einige Sekunden lang und wartete auf den Schlag, der mit Sicherheit kommen würde. Sie hielt die Luft an und spannte, so gut es ging, die Bauchmuskeln an, um die Wucht des Schlages etwas abzufangen.

Der blieb jedoch aus. Edeltraud öffnete zaghaft ihre Augen. Sie konnte ihren Peiniger nirgendwo sehen. Albert schien sie zu ihrem Glück gar nicht gehört zu haben, dachte sie erleichtert. Die Frau sah sich suchend in dem engen Raum um. Steiger saß zusammengesunken, wie ein kleines Häufchen Elend, auf dem Sofa. Totenbleich war sein Gesicht, das irgendwie maskenhaft auf sie wirkte. Es regte sich kein einziger seiner Gesichtsmuskeln. Seinen Blick hatte er starr geradeaus gerichtet. Es musste sich etwas Schlimmes ereignet haben. Das war Edeltraud klar. Aber was?

Ihr erster Gedanke galt natürlich ihren beiden Mädchen. Von denen wusste sie aber zum Glück genau, dass sie in ihren Betten lagen und schliefen. Was war also so Schreckliches passiert, das Albert dermaßen aus der Bahn geworfen hatte?

»Sie ist tot«, flüsterte er kaum hörbar. »Sie ist einfach so von uns gegangen!«

»Wer ist tot?« Edeltraud, die instinktiv spürte, dass im Moment keine Gefahr von Albert ausging, fragte ihn ebenfalls im Flüsterton.

Er schien sie nun erst richtig wahrzunehmen und sah ihr direkt in ihre Augen. Sein Gesichtsausdruck war müde und leer. »Tot ist sie! Einfach tot!«, schrie er sie unvermittelt an. »Was soll ich denn jetzt nur machen?«

»Wer ist gestorben, Albert?« Edeltraud war mit einem Mal ganz entspannt. Obwohl sie doch betroffen sein sollte. Schließlich hatte ein Mensch sein Leben verloren. Sie schämte sich dafür. Auch dafür, dass es ihr nichts ausmachte, dass der Tod dieser Person ihren Ehemann sehr nahe zu gehen schien. Im Gegenteil! Es tat ihr gut, den Mann, der ihr Jahre lang die Hölle auf Erden bereitet hatte, nun so am Boden liegen zu sehen. »Albert, wer ist tot?«, wiederholte sie ihre Frage mit fester Stimme.

»Es macht dir gar nichts aus, oder?«, wollte er mit einem ungläubigen Blick von ihr wissen.

»Was soll mir nichts ausmachen?«

»Dass deine Schwester nicht mehr unter uns weilt! Dass sie diejenige ist, die tot ist!«, schrie er mit sich überschlagender Stimme. Speicheltröpfchen flogen dabei aus seinem Mund!

»Heidi?!«, stellte sie mehr fest, als dass sie fragte.

»Natürlich Heidi! Wie viele Schwestern hast du denn sonst noch?«

»Und ich dachte schon, du würdest das erste Mal in deinem Leben so etwas wie menschliche Regungen zeigen! Deine Trauer, über den Tod eines geliebten Menschen, ist in Wirklichkeit nichts anderes als blinder Zorn darüber, dass sich deine Gespielin, ungefragt aus dem Staub gemacht hat!«, warf sie ihrem Mann vor. »Der weine ich keine einzige Träne nach, sage ich dir! Der bestimmt nicht!«, schrie sie mit hasserfüllter Stimme. Dann begann die gequälte Frau hysterisch zu lachen. Sie kam nicht mehr dazu, sich wegen ihrer unchristlichen Gedanken zu schämen oder gar zu überlegen, welche Gemeinheit sie nun dafür wieder erwarte.

Den schweren Aschenbecher aus Granit, der sie an der rechten Schläfe traf und sie besinnungslos zusammenbrechen ließ, hatte sie nicht kommen sehen.

***

7. Kapitel

»Mrs. Benjamin J. Brown!«, stellte Hohner seinem Chef die schwarzhaarige Frau vor, die er mit in das Büro gebracht hatte. Sie hatte ihn vor dem Eingang des Polizeipräsidiums angesprochen. Frau Brown erkundigte sich bei ihm nach dem einfachsten Weg, auf dem sie zu dem Hauptkommissar käme, der den abscheulichen Mord an ihrem Stiefvater bearbeiten würde. »Das ist der von Ihnen gesuchte Hauptkommissar Sauerhammer!«, sagte er und zeigte dabei auf seinen Vorgesetzten.

Der Chefermittler bekundete der Frau gegenüber, die eine geborene Reuter war, sein tiefstes Mitgefühl. Im Anschluss daran erklärte er ihr, dass keiner der an der Ermittlungsarbeit beteiligten Kommissare gewusst habe, dass sie sich in Würzburg aufhalte. Ansonsten hätte er sich sein Schreiben ja sparen können, das er geflissentlich per Luftpost verschickt habe, wogegen es mit dem Schiff wochenlang unterwegs gewesen wäre.

»Ich bekam gestern Post von der Staatsanwaltschaft, in der mir mitgeteilt wurde, dass der Mord an meinem Vater aufgeklärt und sein Leichnam ab sofort zur Beerdigung freigegeben sei. Der Brief wurde an der Hotelrezeption für mich abgegeben. Keine Erklärung, kein einziges persönliches Wort wurden an mich gerichtet! Nichts dergleichen! Ermordet habe ihn dieser Albert Steiger, so erklärte man mir in kurzen Worten. Jedoch erst auf meine persönliche Nachfrage in der Otto-Straße. Der würde, sobald er wieder dazu in der Lage sei, zur Rechenschaft gezogen und für Jahrzehnte hinter Gitter gesperrt.«

»Genauso wurde es uns, allerdings vom Polizeipräsidenten persönlich, auch mitgeteilt, Frau Brown. Wenngleich ich Ihnen gegenüber eingestehen muss, dass wir an der Richtigkeit der Aussage berechtigte Zweifel hegen«, ließ sie Sauerhammer wissen. »Wir sind während unserer Arbeit auf Ungereimtheiten gestoßen, die mehrere Optionen hinsichtlich des Täters zulassen. Mehr kann ich Ihnen dazu, der laufenden Ermittlung wegen, zum jetzigen Zeitpunkt leider nicht sagen!«

»Dann geht es Ihnen genau wie mir, Herr Kommissar«, antwortete die etwa dreißigjährige Frau, die ein dunkelblaues Petticoatkleid mit weißen Punkten und einer roten Schleife an der Taille trug. Ihre Füße steckten in hochhackigen schwarzen Riemchen-Pumps. Sie musterte Sauerhammer haargenau durch ihre großen Brillengläser. Die Frau wollte, nachdem sie ihre Begutachtung beendet hatte, von ihm wissen, ob sie mit der Annahme, dass er seine Ermittlungen auf keinen Fall einstellen würde, bevor er nicht den Mörder dingfest gemacht habe, richtig läge.

»Offiziell sind mir natürlich beide Hände gebunden, Frau Brown. Das werden Sie sicherlich verstehen! Inoffiziell geben dagegen alle meine Mitarbeiter ihr Bestes, um den wirklichen Täter zu finden und ihn hinter Gitter zu bringen«, legte der Kriminaler Reuters älteren Tochter seine momentane Situation dar. »Darauf können Sie sich hundertprozentig verlassen!«

»Haben Sie schon einen Verdächtigen im Visier, Herr Hauptkommissar? Oder können Sie mir vielleicht etwas über ein mögliches Tatmotiv für diesen Mord sagen? Ich kann mir nämlich nicht vorstellen, aus welchem Grund das jemand tun sollte!«

»Die Frage muss ich klar und deutlich verneinen. Aus ermittlungstaktischen Gründen, kann ich Ihnen darauf auch keine weitere Antwort geben. Aber ich hätte da die eine oder andere Frage an Sie, Frau Brown. Zum Beispiel interessiert mich im Moment brennend der derzeitige Aufenthaltsort ihrer jüngeren Schwester!«

»Hierbei kann nun wiederum ich Ihnen nicht helfen, was mir schrecklich leid tut! Ich wüsste natürlich selbst liebend gerne, wo sich Lydia derzeit aufhält! Aber ich habe seit dem Moment, als ich damals mit Ben und den Kindern nach Amerika ging, keinen Kontakt mehr zu ihr. Er ist damals unvermittelt abgebrochen und keiner von uns beiden hat je versucht, ihn wieder herzustellen. Das ist natürlich sehr beschämend für mich, aber so verhält es sich nun einmal!«

»Können Sie mir wenigstens etwas über das Verhältnis zwischen ihren Eltern und den Steigers sagen? Zwischen ihnen soll es große Spannungen gegeben haben, wenn es stimmt, was die Leute so alles erzählen.«

»Sie dürfen nicht alles, was Sie hören, für bare Münze nehmen, nur weil es die Leute auf der Straße erzählen, Herr Hauptkommissar! Der Steiger ist ein ganz mieses Schwein!«, eiferte sich Veronika Brown. »Da beißt die Maus keinen Faden ab! Verzeihen

Sie bitte meine freimütige Wortwahl, meine Herren, aber anders kann man sein unmenschliches Verhalten wirklich nicht bezeichnen.« Eine tiefe Abneigung ihm gegenüber stand ihr ins Gesicht geschrieben. »Ein Sadist der aller schlimmsten Kategorie ist der! Sein Einfallsreichtum, was das Zufügen von Schmerzen betrifft, ist grenzenlos.«

»Da pflichte ich Ihnen gerne bei«, bestärkte Hohner die Frau in ihrer Meinung. »Davon haben wir nämlich auch schon mehrfach gehört.«

»Aber der Mörder meines Vaters ist der ganz bestimmt nicht! Das können Sie mir glauben! Wie heißt es doch so schön im Volksmund: Pack schlägt sich, Pack verträgt sich! Und die beiden hatten sich gesucht und gefunden. Gesocks der übelsten Sorte, alle beide. Mein Vater war keinen Deut besser als dieses Scheusal Steiger. Aber da erzähle ich Ihnen jetzt bestimmt auch nichts Neues. Was die allein Mariannes Mutter angetan haben, der armen Frau! Abartig! Einfach nur schauderhaft!«

»Wie man uns mehrfach versicherte, hatten Frau Steiger und Ihr Herr Vater, ich sage jetzt einfach mal so ganz salopp, ein Verhältnis miteinander. Was sollte er, Ihrer Meinung nach, seiner ›Geliebten‹ schon Schlimmes angetan haben, was diese nicht auch wollte?«

»Was er ihr angetan haben könnte? Fragen Sie mich das ernsthaft? – Wissen Sie das wirklich nicht?«, wunderte sich die Frau. Sie konnte nicht glauben, was sie da hörte. War es tatsächlich möglich, dass die Polizei so wenig Ahnung davon hatte, was in ihrer Stadt so alles abging? »Die zwei haben die arme Frau Steiger systematisch in den Tod getrieben! Durch die beiden hatte Edeltraud keine Kraft mehr, um gegen ihre Krankheit anzukämpfen. Sie haben große Schuld auf sich geladen, Herr Kommissar! Sehr große Schuld!«

»Aber, Frau Brown, was sollen die ihr denn bloß angetan haben? Über welche Schuld sprechen Sie?«

»Der Steiger ist, beziehungsweise war zumindest früher, ein perverser Sadist! Er quälte seine Frau auf die abartigste Art und Weise! Als sie bereits schwer krank war und das Schwein keine Erfüllung mehr darin fand, eine wehrlose Frau zu peinigen, überließ er sie immer wieder meinem Vater. Der sie dabei ebenfalls schlimm misshandelte, was sie jedoch, ohne zu zucken, widerstandslos über sich ergehen ließ. Das trieb ihn allerdings dazu an, sie auf noch abartigere Weise zu missbrauchen. Das haben sie ihr angetan!«

***

Das Ehepaar Walz empfing Sauerhammer und seinen Kollegen Hohner in seiner Wohnung in der Seinsheimstraße. Wegen des Mannes, der gestern unbefugt in Ottmar Reuters Wohnung eingedrungen ist, seien sie gekommen, erklärte der Chefermittler. Die Kollegen Müller-Seefried und Hohner hätten es am späten vergangenen Abend zwar schon probiert, hätten aber leider niemanden angetroffen.

»Wir waren zu Hause, Herr Sauerhammer. Meine Frau und ich haben es auch läuten gehört. Aber um diese Uhrzeit öffnen wir nun mal grundsätzlich keine Haustür mehr. Man weiß ja heutzutage nie, wen man da hereinlässt. Wenn wir jedoch geahnt hätten, dass der Besuch zu so später Stunde, Mitarbeiter von Ihnen gewesen sind, dann hätten wir selbstverständlich geöffnet. Was können wir für Sie tun?«

»Das ist nicht schlimm, Herr Walz«, beruhigte der Chefermittler den alten Mann. »Jetzt sind wir hier bei Ihnen. Ich komme auch ohne große Umschweife gleich zu meiner ersten Frage. Haben Sie gestern irgendjemanden beobachtet, der sich gegenüber, in Reuters Wohnung, irgendwie verdächtig benommen hat? Oder konnten Sie vielleicht sehen, wie sich jemand in Reuters Wohnung zu schaffen gemacht hat?«

»Ja, das haben wir wahrhaftig!«, kam auch prompt die Antwort von beiden. »Gestern, am späten Nachmittag, haben wir zwei Unbekannte drüben in der Wohnung gesehen. Bei einem der Fenster standen beide Flügel auf. So konnten wir klar und deutlich erkennen, dass die beiden offensichtlich nach irgendetwas suchten.«

»Sie haben dabei ein ganz schönes Durcheinander verursacht. Ich bin nur froh, dass ich das nicht alles wieder aufräumen muss«, erwähnte Frau Walz mit großer Erleichterung.

»Haben Sie vielleicht eine Ahnung, was diese Herren gesucht haben könnten?«, wollte Sauerhammer von den beiden wissen.

»Es werden wohl kaum Geld, Schmuck oder Wertgegenstände

jeglicher Art gewesen sein, was die zu finden hofften! Herr Reuter hatte ja kaum Geld genug, um selbst einigermaßen über die Runden zu kommen.«

»Ja, wir glauben tatsächlich zu wissen, was diese beiden Gestalten unter allen Umständen an sich bringen wollten. Sie hätten es gleichwohl nicht gefunden, auch wenn sie sich noch so sehr befleißigt hätten«, schaltete sich Herr Walz wieder ins Gespräch zurück.

»Woher wollen Sie das so genau wissen? Sie hätten es ja in der Hosentasche oder unter ihrem Hemd herausschmuggeln können. Es kommt schließlich nur darauf an, wie groß die gesuchte Sache letztendlich ist«, packte Hohner seine Gedanken in Worte.

Herr Walz stand wortlos auf und holte aus dem Sekretär, der zwischen den beiden Fenstern stand, eine schwarze Dokumentenmappe. »Das hier haben die gesucht! Darauf verwette ich Haus und Hof!«, sagte er mit bestimmter Stimme. »Herr Reuter hat uns vor gut einem halben Jahr darum gebeten, diese Mappe für ihn in Verwahrung zu nehmen. Er befürchtete damals nämlich, dass irgendjemand versuchen würde, sie ihm abzunehmen. Wenn es unbedingt sein müsste, auch mit brachialer Gewalt. Für den Fall aber, dass ihm etwas zustoßen sollte, hat er uns angewiesen, diese Aktenmappe im Polizeipräsidium abzuliefern.« Walz legte die Dokumententasche vor sich auf den Tisch und schob sie vorsichtig und mit zittrigen Fingern zu dem Hauptkommissar hinüber. »Was wir hiermit ordnungsgemäß erledigt hätten.«

»Wurden Sie über den Inhalt der Aktenmappe von Herrn Reuter in Kenntnis gesetzt?«

»Nein. Da bin ich auch ganz froh darüber«, antwortete Herr Walz, dem, wie es schien, in diesem Moment eine große Verantwortung von den schmalen Schultern genommen wurde. »Wir hätten wahrscheinlich keine einzige Nacht mehr ruhig geschlafen.« Herr und Frau Walz, die nebeneinander auf dem Sofa saßen, hielten sich wie zwei Schulkinder an den Händen.

»Mein Kollege Müller-Seefried wird Sie, wenn es Ihnen genehm ist, im Laufe des Nachmittags abholen und Sie zu unserem Polizeizeichner bringen. Der wird dann versuchen, nach Ihren Angaben Phantomzeichnungen der zwei Einbrecher zu erstellen!«

***

Nur eine Stunde später saßen sie alle, einschließlich Oberrat Langenlüdegge, in Sauerhammers Büro. Der Chefermittler zog ein Blatt Papier aus Ottmar Reuters schwarzen Mappe, das er seinem Vorgesetzten in die Hand drückte. Er bat ihn, das Schriftstück bitte an die anderen weiterzureichen, sobald er es komplett durchgelesen habe.

»Hierbei handelt es sich um die offizielle Urkunde des Sondergerichts, das Reuter am 28. April 1945 wegen Plünderei zum Tode durch Erhängen verurteilt hat. Ihm wurde zur Last gelegt, am 25. April des gleichen Jahres während Aufräumungsarbeiten anlässlich der Bombardierung der Stadt, aus einem völlig zerstörten Haus ein Paar bereits aufgetragene und herrenlose Stiefel an sich gebracht zu haben. Das Sondergericht begründete sein Urteil unter anderem damit, dass nach einem besonders schweren Feindangriff jeder Diebstahl, auch der von geringwertigen Gütern, besonders gefährlich sei und im Interesse der öffentlichen Sicherheit daher unausweichlich mit dem Tode bestraft werden müsse.«

»Wenn ihr euch jetzt einmal genau die Unterschrift des vorsitzenden Richters auf dem Urteil anseht, könnt ihr euch denken, dass unser Richter Neumann nicht besonders erfreut darüber war, dass wir im Zuge unserer Ermittlungen in Reuters Vergangenheit herumgestöbert haben«, erklärte Hohner den Kollegen den theoretisch möglichen Zusammenhang zwischen Reuters Ermordung und der hiesigen Justiz.

Sauerhammer nahm einige weitere Urkunden aus der Aktenmappe und legte sie auf den Schreibtisch. Ein weiteres reichte er wieder weiter an ›LaLü‹. »Wie man an der Unterschrift dieser Anklageschrift leicht erkennen kann, war unser knallharter Herr Oberstaatsanwalt Angehöriger desselben Sondergerichts wie Neumann. Er war damals Erster Staatsanwalt am selben Sondergericht. Auch dieser feine Herr hat, wie man sich logischerweise leicht herleiten kann, kein wirkliches Interesse daran, dass im Mordfall Reuter weiterhin viel Staub aufgewirbelt wird.«

»Der Glübfl had beschdimmd aa gnuch Dregg am Schdegge, so wie ii den kenn!«, dachte Fischer laut. »Was warn der eichndlich im Dridde Reich? Der war doch da mid Sicherheid aa scho so ä Großkobfeder! Richdich?«

»Er arbeitete als Staatsanwalt am selben Sondergericht wie

die beiden anderen! Er vertrat die Staatsanwaltschaft bei der Verhandlung gegen Reuter, wenn man diese NS-Veranstaltungen denn überhaupt als solche bezeichnen kann, weil sein Chef aus gesundheitlichen Gründen verhindert war. Dem wurde an diesem Tag doch tatsächlich ein Backenzahn gezogen. Wie bei den beiden anderen, ist auch ihm nicht wirklich viel daran gelegen, dass plötzlich seine ganze Vergangenheit offengelegt wird!«

»Ii wess ja ned, uff was Se mid dem Ganzn naus wolln, Sauerhammer, abba die Dadsache, dass die drei ä durch un durch schändlichs Drama mid dem arme Reuder abgezochn ham, beweisd ersd emal no überhaubd gar nix! Zumindesd ned, dass die Herrn was mid seim Dod zu dun ham«, gab ›LaLü‹ zu bedenken. »Damid brauch ii gar ned ersd zum Bolizeibräsidendn geh. Der schmeißd mi ja hochkannd widder naus! Diesmal ham Se sich abba scho schö vergalobierd. Also, wenn Se da ned mehr ham, seh ii schwarz für Sie, Sauerhammer!«

»Wir haben die Aussage des Ehepaares Walz, das die drei Herren mehrfach dabei beobachtet hat, wie sie das Nachbarhaus betreten haben, von wo aus man, wie wir ja wissen, auch die Wohnräume Reuters betreten kann«, legte Müller-Seefried nach.

»Das berichtete das Ehepaar Ihnen doch persönlich!«

»Des is doch aa bloß ä Indiz mehr! Dass die des Nachberhaus bedredn ham, kann hunerd Gründ ghabd hab. Des beweisd immer no gar nix! Solang da ned mehr kommd voo Ihne, kann ii fei nix für Sie dun, meine Herrn! Des dud mer jedzd wirglich leid!«

»Heute Nachmittag erstellt das Ehepaar Walz gemeinsam mit unserem Zeichner von den beiden Männern, die in Reuters Wohnung eingestiegen sind, Phantombilder. Spätestens dann kriegen Sie Ihre Beweise, Herr Oberrat!«, rief Sauerhammer mit erregter Stimme.

»Had die SpuSi kee Fingerabdrügg in der Wohnung gfunne, mid dene man aa was afang kann? Irchendwas müsse se doch gfunne ham! Wenn die wirglich da warn, dann ham se doch aa Schburn hinerlassn!«

»Nichts, was uns weiterhelfen könnte! Aber der Colonel sagt, dass die Akten, die er angefordert hat, inzwischen wieder aufgetaucht und auf dem Weg zu ihm sind.«

»Des wess ii seid gesdern Abend aa! Abba, wie scho gsachd,

Beweise, Herr Sauerhammer! Ii brauch Beweise! Ansonsdn ...«
Der Kriminalrat zuckte mit den Schultern und verließ die Runde.

***

»Jetzt hab dich bloß nicht so, Franz! Wir beide haben die letzten Tage so gut zusammengearbeitet. Warum machst du auf einmal einen auf stur? Natürlich warst du zu genau diesem Zeitpunkt bei Reuter und hast diese Männer gesehen! Versuche nur nicht, mich für dumm verkaufen zu wollen! Das wird dir nicht gelingen!«, empfahl Müller-Seefried dem Jungen, der ihm an dem großen Tisch in Familie Kellers Wohnzimmer gegenübersaß.

»Das würde ich nie versuchen, Herr Kommissar!«, antwortete der Knabe mit einem leicht spöttischen Gesichtsausdruck.

»Ich kann dich aber auch mit ins Präsidium nehmen und dir den ganzen Tag versauen, indem ich Herrn Hauptkommissar Sauerhammer sage, dass du uns etwas Wichtiges verschweigst! Etwas, das uns weiterhelfen könnte.«

»Bloß nicht! Ich muss doch später noch zum Fußballtraining. Meine Freunde warten auf dem Sportplatz auf mich! Tun Sie mir das bitte nicht an!«, bettelte der Franz.

»Warst du nun zu fraglichem Zeitpunkt in der Reuters Wohnung oder nicht?«

»Na gut, Sie haben gewonnen, Herr Kommissar. Ja, ich hielt mich in Ottmars Bleibe auf.«

»Was hat sich an diesem Abend abgespielt? Ein guter Tipp von mir wäre, jetzt alles und in erster Linie von Grund auf zu erzählen, um so schneller hast du das Ganze dann hinter dir!«

Der Junge nahm die gut gemeinte Empfehlung Müller-Seefrieds dankend an und berichtete tatsächlich der Reihe nach. Marianne und er seien die Letzten gewesen, die noch bei Reuter waren, als es an der Tür geklopft habe. Der Hausherr sei zur Tür gegangen, um diese zu öffnen, habe aber die Zimmertür schnell hinter sich zugezogen. Es sei dann einige Minuten lang außergewöhnlich ruhig gewesen, dann jedoch draußen vor der Tür in dem schmalen Flur, umso lauter. Marianne habe die Tür einen Spaltbreit geöffnet und neugierig hinausgespäht. Obwohl er ihr gesagt habe, dass sie das gefälligst unterlassen solle. Seiner Meinung nach sei das nämlich viel zu gefährlich gewesen. Dabei hätten sie einen Blick auf die zwei Männer werfen können, die auf ihn keinen guten Eindruck gemacht hätten.

Auf die Frage, was die drei denn zu besprechen gehabt hätten, antwortete er, dass er, also Reuter, irgendjemanden in Ruhe lassen sollte, oder so etwas in der Art. Am Anfang hätten sie von der Unterhaltung nicht viel mitbekommen. Als es dann jedoch lauter geworden sei, und sie die Tür zum Flur leise öffneten, hätten die beiden Fremden jeder einige Faustschläge auf den armen Reuter abgegeben. Zum Schluss hätten sie noch auf ihr Opfer eingetreten. Dann seien sie geflüchtet.

»Weiter, Franz, weiter. Was geschah als Nächstes?«, drängte der Kriminaler den Jungen mit seinem Bericht fortzufahren.

»Dann haben wir uns um Ottmar gekümmert. Er hatte mehrere Platzwunden von den Angriff der brutalen Kerle davongetragen, die nun schnellstmöglich versorgt werden mussten. Dann haben wir uns natürlich auch auf den Weg nach Hause gemacht! Es war inzwischen ganz schön spät geworden.

»Kannst du die Männer beschreiben, Franz?«, wollte der Kriminaler voller Hoffnung, dass der Junge diese Frage bejahen würde, wissen. »Das würde uns ein großes Stück weiterhelfen!«

»Ich denke schon. Ja.«

»Erkennen würdest du sie aber auf jeden Fall, oder?«, bohrte er weiter nach.

»Das auf jeden Fall. Ich konnte sie an diesem Abend sehr gut sehen«, sagte Franz daraufhin.

»Sehr gut, mein Lieber! Dann wäre es schön, wenn du dir auf dem Präsidium ein paar Bilder anschauen würdest. Wahrscheinlich erkennst du die Männer auf den Fotos.«

»Aber erst nach dem Fußballtraining! Bitte.«

»Ich hole dich ab, Franz!«

**

Im Offizierscasino der Leighton Barracks saß Colonel McMalaghan in einem sehr komfortablen Ledersessel. In der linken Hand hielt er ein Whiskyglas, das bis zur Hälfte mit einer goldfarbenen Flüssigkeit gefüllt war. In seiner rechten Hand qualmte eine teure

Zigarre. Ihm gegenüber hatten es sich Sauerhammer und Roland Riemann bequem gemacht. Auf dem niedrigen Tischchen vor ihnen standen eine Kaffeetasse und ein Cognacschwenker. Sauerhammer hatte einen Ordner auf dem Schoß liegen, in dem sich die Kopien befanden, die der Oberst von den Papieren machen ließ, die er von den verschiedensten militärischen Einheiten angefordert hatte. Sie waren zwischenzeitlich alle eingetroffen und so hatte er alles komplett an Sauerhammer übergeben.

Der Hauptkommissar nahm einen kleinen Schluck aus seiner Kaffeetasse und prompt begann er heftig zu husten. Als er sich auch noch verschluckte, schlug ihm der rollende Reporter mit der flachen Hand auf den Rücken.

»Entschuldigen Sie bitte«, bat McMalaghan um Verzeihung. »Unser Kaffee ist sehr stark. Ich hätte Sie warnen sollen!«

Sauerhammer winkte ab und hustete noch einmal kräftig, dann hatte er sich wieder voll im Griff.

»Der ehemalige Landesgerichtsdirektor und Sturmbannführer der SS, Oskar Neumann, ist der Erste, von dem ich Gerichtsakten im Original erhalten habe. Während der nationalsozialistischen Schreckensherrschaft hatte er das Amt des Leiters des Sondergerichts im Zuständigkeitsbereich des Oberlandesgerichts Bamberg inne. In dieser Funktion verurteilte er mindestens neun Beschuldigte, unter anderem wegen so ›schwerwiegender‹ Vergehen, wie verbotener Umgang mit Kriegsgefangenen, ›Rassenschande‹ oder wegen eines Vergehens gegen das ›Heimtückegesetz‹, zum Tode durch Erhängen. Im Zuge der nach dem Krieg stattfindenden Entnazifizierung wurde Neumann dank seiner weitreichenden Beziehungen und seines erstklassigen Verteidigers lediglich zu einer Geldstrafe verurteilt. Heute sitzt er, wie wir alle wissen, auf dem Stuhl des Landgerichtspräsidenten«, berichtete der amerikanische Oberst, dem man seine innere Erregung nicht anmerkte, und reichte Friedrich Sauerhammer einen weiteren Aktenordner.

»Das hier sind nun die Gerichtsakten im Fall Ferdinand Schmied. Der vorsitzende Richter des Sondergerichts war auch in diesem Fall Landesgerichtsdirektor Neumann. Als Staatsanwalt fungierte Landesgerichtsrat Doktor Klüpfel. Sie schickten den armen Mann wegen einer Bagatelle ins Konzentrationslager Dachau, wo er am 12. September 1944 an einer verschleppten Lungenentzündung verstarb. Doktor Klüpfel war während seiner Amtszeit als Staatsanwalt des deutschen Reiches für mindestens dreiundzwanzig Todesurteile mitverantwortlich! Während der Entnazifizierung wurde er auf eine sehr sonderbare Weise als harmloser Mitläufer eingestuft und lediglich zu einer empfindlichen Geldstrafe verurteilt. Heute ist er Notar am Würzburger Amtsgericht.«

Der Colonel legte eine Pause ein. Er trank einen Schluck der goldfarbenen Flüssigkeit aus seinem Glas, dann zog er kräftig an seiner Zigarre. »Ferdinand Schmied war der erste Mann meiner Ehefrau und der Vater meiner Stieftochter Ursula Bechthold, geborene Schmied. Sie können sich vielleicht ansatzweise vorstellen, was das alles damals für meine Frau und meine Stieftochter, die zu der Zeit noch ein Kind war, bedeutete. Ich staunte also wirklich nicht schlecht, als ich am hiesigen Landgericht ausgerechnet auf Oskar Neumann stieß. Diesen Oskar Neumann, bei dessen Hauptverhandlung ich Ende 1945 als Ankläger der amerikanischen Militärregierung eine mehrjährige Freiheitsstrafe gefordert hatte. Dieser Verbrecher war plötzlich zurück in Amt und Würden! Als wäre gar nichts geschehen! Ich konnte es nicht fassen! Ich begreife das, ehrlich gesagt, bis heute noch nicht. Also begann ich damit, privat in meiner Freizeit gegen ihn zu ermitteln. Es konnte meiner Meinung nach nicht angehen, dass ausgerechnet dieser Mann, nach all dem, was er so vielen unschuldigen Menschen angetan hatte, so mir nichts, dir nichts, vollkommen ungeschoren davonkommen sollte!«

McMalaghan trank sein Glas leer und zündete seine inzwischen erloschene Zigarre erneut an. Er ließ beim Ausatmen des Rauches mehrere kleine Kringel an die Zimmerdecke steigen. Danach orderte der amerikanische Stabsoffizier bei der Ordonanz weitere Getränke. Nachdem diese serviert worden waren, griff er nach einer ledernen Aktentasche, die neben seinem Sessel stand, und entnahm ihr ein großes, braunes Kuvert. Den Inhalt dieses Umschlags leerte er mit einer geschickten Handbewegung auf den vor ihnen stehenden Tisch.

»Diese Fotos zeigen allesamt Neumann, Schellenberger und Doktor Klüpfel. Gemeinsam oder allein. Achten Sie in erster Linie auf den Hintergrund der Fotos«, wies der Oberst seine Gäste an. Zum Schluss holte er drei Fotografien aus der Brust-

tasche seiner Uniformjacke, die er feierlich dem Hauptkommissar überreichte.
»Bei diesen Bildern sollten Sie ihre ungeteilte Aufmerksamkeit auf den Mann lenken, der neben unseren drei Delinquenten steht!«

***

In der Schiestl-Stube des Würzburger Ratskellers, die nach dem Bildhauer und Grafiker Heinz Schiestl benannt ist, der diesen einzigartigen Raum 1900 geplant und erschaffen hatte, ging der Oberbürgermeister der Stadt Würzburg ungeduldig auf und ab. Er befand sich in Begleitung von Doktor Klüpfel. Sie warteten gemeinsam auf Oskar Neumann und Karl Ferdinand Schellenberger, die bereits seit fünf Minuten überfällig waren. Die beiden setzten sich in die romantische Nische, die für vier Personen Platz bot, und unterhielten sich leise, aber angeregt. So wie es den Anschein machte, hatten die beiden sehr konträre Meinungen zu ein und demselben Thema.

Die Herren Hohner und Fischer schlenderten, jeder einen guten Schoppen in der Hand, schließlich zahlte den der Oberrat, gemütlich in den Raum. Letzterer trug an diesem Abend Zivil und gab dabei gar nicht mal so eine schlechte Figur ab. Während sie versuchten zu hören, was die beiden zu besprechen hatten, taten sie so, als ob sie die Zirbelholzvertäfelungen an den Wänden und der Decke dieser Stube bewundern würden.

Die junge Bedienung, die den Raum fast lautlos betreten hatte, stellte zwei Weißweingläser und einen Boxbeutel auf den Tisch des Oberbürgermeisters. Auf ihre Frage, ob die Herrschaften bereits wüssten, welche Speisen sie gerne hätten, antwortete der Rathauschef, dass sie noch auf zwei weitere Personen warten und ihre Bestellung später gemeinsam aufgeben würden. Dabei fielen dem Notar erst die beiden ›Touristen‹ auf, die das Holz der Wandvertäfelung bewunderten. Im ersten Moment dachte er zwar, dass ihm einer der beiden Männer bekannt vorkäme, bei genauerem Hinsehen war er sich jedoch absolut sicher, dass der nur jemandem ähnlich sah, den er beiläufig kannte.

So sehr sich die beiden Polizeibeamten auch bemühten, sie verstanden kaum ein Wort von dem, was die beiden Männer in der Nische zu besprechen hatten.

Irgendwann setzten sie sich mit dem Rücken zur Nische, um nicht doch noch die Aufmerksamkeit der beiden anderen auf sich zu ziehen, an die große Tafel.

Landgerichtspräsident Oskar Neumann und Oberstaatsanwalt Karl Ferdinand Schellenberger betraten den Gastraum gemeinsam. Von ihrem weltmännischen Auftreten und ihrer ansonsten immer zur Schau gestellten Gelassenheit war zu dieser Stunde nicht mehr viel übrig. Trotz ihrer eleganten Anzüge wirkten sie auf Hohner nicht gerade sehr kultiviert, sondern total abgehetzt und gestresst. Der große, stiernackige Schellenberger hatte einen hochroten Kopf. Außerdem fuhr er sich ohne Unterlass mit seinem Taschentuch durch das schweißnasse Gesicht und über seine Glatze. Der eher etwas klein geratene Neumann, der einen stattlichen Bauch sein Eigen nannte, zwinkerte nervös mit den Augen. Sie saßen noch nicht richtig am Tisch des Gastgebers, da kam auch schon die Bedienung mit einem weiteren Boxbeutel und einer großen Platte mit frischem Bauernbrot und einem Häfele Griebenschmalz.

Außer den typischen Geräuschen, die bei ausgiebiger Benutzung von Besteck und Geschirr entstehen, war es die nächste Viertelstunde vollkommen ruhig. Man hätte buchstäblich eine Nadel zu Boden fallen hören können.

Hohner und Fischer hatten die Hoffnung bereits aufgegeben, noch etwas für sie Verwertbares zu erfahren, als es hinter ihnen plötzlich über Gebühr laut wurde. Der, von seinem Körperbau her eher grobschlächtige Oberstaatsanwalt, hatte mit der Faust so fest auf den Tisch geschlagen, dass man das Geschirr laut klappern hörte.

»Glaube ja nicht, dass ich mir das von dir gefallen lasse! Das kannst du ganz schnell vergessen! Von einem wie dir, muss ich mir das nicht sagen lassen! Von dir ganz bestimmt nicht!«

»Contenance, meine Herren! Bewahren Sie doch bitte Contenance!«, ging der Oberbürgermeister, der ebenfalls schnell aufgesprungen war, verbal zwischen die Streithähne. »Setzen Sie sich wieder hin und lassen Sie uns das Ganze noch einmal und zwar in Ruhe durchgehen! Wir müssen da etwas übersehen haben, das es jetzt gilt, so schnell wie nur möglich in Angriff zu nehmen und aus der Welt zu schaffen.«

»Du beleidigst meinen Ronald nicht noch einmal!«, giftete Doktor Klüpfel zurück. »Wage es nicht noch einmal, ansonsten kannst du dein blaues Wunder erleben! Vor dir habe ich keine Angst!«

»Ihr klärt eure privaten Differenzen bitte woanders, habt ihr verstanden? Das gehört nicht hier her!«, mischte sich Neumann genervt ein. »Wie schaffen wir dieses Problem, wegen dem wir uns eigens heute Abend hier getroffen haben, nun endlich aus der Welt? Darum geht es jetzt!«

***

Drei Jahre zuvor (April 1956)

Annerl hielt sich, weil es draußen so ein richtiger Apriltag war und dazu auch kräftig regnete, im Nachbarwaggon bei ihrer Freundin auf. Anfänglich war auch noch alles in Ordnung. Ruth, wie die Freundin hieß, hatte von ihren Großeltern eine nagelneue Puppe zu ihrem Geburtstag geschenkt bekommen, mit der die beiden Mädchen spielten.

Irgendwann kam die ältere Schwester von Ruth nach Hause und setzte sich zu ihnen. Barbara, so lautete ihr Name, war sehr schlecht gelaunt. Sie hatte einen grantigen, um nicht zu sagen, einen bösartigen Gesichtsausdruck. Sie machte einen furchtbar verärgerten Eindruck auf Marianne. Plötzlich und unerwartet nahm sie mit einer schnellen Handbewegung Ruth die neue Puppe weg, was die kleine Schwester mit großem Geschrei und Gejammer quittierte. Barabara sah sich das Spielzeug einen Moment lang verächtlich an, dann stellte sie lautstark fest, dass die Puppe mindestens genauso hässlich und blöd sei, wenn nicht sogar noch hässlicher und blöder als die dazugehörige Puppenmutter.

»Ihr beide seid so abgrundtief hässlich! Ihr beleidigt meine Augen! Man sollte euch einfach ersäufen wie ein paar streunende Katzen!«, giftete sie mit vor Abscheu blitzenden Augen. »Oder, noch viel einfacher, erschlagen sollte man euch wie einen räudigen Straßenköter!«

Ruth, zutiefst beleidigt, schalt ihre große Schwester daraufhin eine durch und durch bösartige Zicke. Sie drohte ihrer großen Schwester damit, alles der Mutter zu erzählen, sobald diese von ihrer Putzstelle nach Hause kommen würde. Worauf ihr wiederum Barabara mit ihrer flachen Hand so stark auf den Hinterkopf schlug, dass das kleine Mädchen mit dem Gesicht gegen die harte Tischplatte schlug. Aus ihrer kleinen Stupsnase rannen ein paar Blutstropfen. Sie erschrak so sehr, dass sie noch nicht einmal vor Schmerz, der ihr wie ein Blitz aus heiterem Himmel durch das Gehirn schoss, aufschreien konnte. Tränen der Wut und des Schmerzes liefen ihr stattdessen lautlos über die geröteten Wangen. Worauf ihr Barabara noch eine kräftige Ohrfeige verpasste und von ihr im Befehlston verlangte, sofort die Klappe zu halten. Ansonsten würde sie das sehr schnell bereuen.

»Ich glaube, diese blöde Puppe hat eine unheilbare Krankheit«, sagte sie mit einer hohen Mädchenstimme, mit der sie ihre kleine Schwester nachäffte. »Ich werde sie wohl oder übel sofort unter das Messer nehmen müssen, um noch das Schlimmste zu verhindern.«

Ruth, der Übles schwante, schüttelte vorsichtig ihren Kopf und weinte nun noch heftiger. Ihr schmächtiger Körper begann zu zittern. Sie sah Hilfe suchend zu ihrer Freundin, die sie jedoch komplett ignorierte.

»Ich werde Ihnen selbstverständlich assistieren, Frau Doktor!«, schlug sich Marianne überraschend schnell auf die Seite von Ruths größerer Schwester und schenkte dem kleinen Mädchen einen höhnischen Blick. »Wir brauchen allerdings für die OP ein scharfes Skalpell!«

Ruth riss vor blankem Entsetzen ihre vom Weinen geröteten Augen weit auf. Das Zittern wurde noch stärker.

Barabaras Augen begannen, im Gegensatz dazu, plötzlich vor Freude hell zu leuchten. Sie strahlte übers ganze Gesicht. Endlich schien sie auf jemanden gestoßen zu sein, die genauso fühlte und genauso dachte wie sie selbst. Eine Person, die sich an denselben Kleinigkeiten des Alltags erfreuen konnte. Aus Marianne könnte nach Lage der Dinge so etwas wie eine wunderbare Freundin werden. Eine Freundin, wie sie Barabara noch nie gehabt hatte!

»Ziehen Sie die Patientin schon mal aus und bereiten Sie sie für die schwere Operation vor, ich hole derzeit das Messer!«
Die ›Chirurgin‹ staunte nicht schlecht, als sie wieder zurück kam. Anstatt das Spielzeug auszuziehen und auf den OP-Tisch zu legen, hatte Annerl Ruth das Kleid ausgezogen und sie gezwungen sich bäuchlings über einen der Stühle zu legen. Im Anschluss daran zog sie ihr das Höschen herunter bis zu ihren Knien. Das arme Kind zitterte inzwischen vor Angst wie Espenlaub. Man konnte das Klappern hören, das ihre Zähne beim Aufeinanderschlagen produzierten.
Annerl hielt nun Ruths Puppe fest in ihrer linken Hand. Sie sagte mit einem spöttischen Blick: »Sieh doch nur, was deine kleine Schwester angestellt hat! Ich befürchte beinahe, dass der Arm auf keinen Fall mehr zu retten ist!« Mit einer schnellen Bewegung ihrer rechten Hand, riss sie den Arm aus dem kleinen Puppenkörper und warf ihn vor dem Mädchen auf den Fußboden. »Sie war sehr, sehr böse zu mir und muss daher sofort hart bestraft werden!« Die beiden größeren Mädchen stellten sich, als ob sie sich abgesprochen hätten, lächelnd auf je eine Seite neben das Kind und schlugen ihr abwechselnd mit ihren bloßen Händen kräftig auf ihren nackten Hintern. Die blanke Haut verfärbte sich mit jedem Schlag von einem zarten Rosa hin zu einem dunklen Rot!
»Das nächste Mal machen wir das besser so, wie mein Papa das immer macht. Wir benutzen dann auch einen ledernen Hosengürtel. Der macht so herrliche Geräusche und er hinterlässt ab dem ersten Hieb schöne, rote Striemen auf der zarten Haut«, flüsterte Marianne Barabara ins Ohr, während ihr ein lustvoller Schauer durch ihren Körper lief.

***

8. Kapitel

Herr Walz sah mit fragendem Blick zu seiner Gattin. Er war sich nicht ganz sicher, ob die in Frage kommenden Personen tatsächlich Ähnlichkeiten mit ihren Porträtzeichnungen aufwiesen. Diese zog Augenbrauen und Schultern nach oben und antwortete, während sie ihre Stirn in Falten legte, dass sie nicht hundertprozentig mit dem Ergebnis zufrieden sei. Ja, eine gewisse Ähnlichkeit sei zweifellos vorhanden, aber es fehle das spezifische Etwas, das eben genau diesen Mann ausmache, den sie an dem frühen Nachmittag mit dem anderen Mann gesehen habe. Frau Walz und ihr Gatte hatten tags zuvor gemeinsam mit dem Polizeizeichner mehrere Stunden damit zugebracht, von den unbekannten Personen die in Reuters Wohnstätte eingedrungen waren, Bilder anzufertigen.

Der Zeichner schlug ihr nun zum wiederholten Mal Veränderungen der einzelnen Gesichtspartien vor und änderte jedes Mal sehr aufwendig die jeweils betroffene Region. Die Frau schüttelte immer noch unzufrieden den Kopf. Auch die Vorschläge des Mannes änderten nicht das Geringste daran, dass sich seine Frau nur mit einer der Zeichnungen anfreunden konnte. Dem Beamten stand die Anstrengung, die ihm diese Aufgabe abverlangte, bereits ins Gesicht geschrieben.

Hohner, der sich nach den Fortschritten erkundigen wollte und hoffte, endlich die fertigen Phantombilder mitnehmen zu können, schickte den Zeichner in die wohlverdiente Frühstückspause. Das machte recht wenig Sinn, sie noch weiter probieren zu lassen, dachte er bei sich. Wahrscheinlich haben die beiden keinen der Einbrecher richtig erkannt.

»Ich danke Ihnen sehr für Ihre Mithilfe, aber ich habe so das Gefühl, dass wir heute auch kein besseres Exemplar mehr bekommen werden als dieses hier. Deshalb schlage ich vor, dass wir an dieser Stelle abbrechen. Vielen Dank noch mal und einen schönen Tag!«

Hohner hörte, wie jemand hinter ihm an der offenen Tür vorbeilief, als er sich von dem Ehepaar verabschiedete.

»Einen letzten Versuch würde ich aber schon gerne noch

machen«, ließ Frau Walz nicht locker. Sie war plötzlich und unerwartet wie ausgewechselt. Sie brannte buchstäblich vor Eifer.»Es wäre doch ewig schade für die viele mühsame Arbeit, die sich der arme Mann so lange mit mir gemacht hat. Der hier«, sagte sie und deutete auf das Bild, von dem sie sich sicher war, dass es sich bei dem Abgebildeten um einen der Gesuchten handelte, »stand ein paar Tage vorher mit einem anderen Mann vor Reuters Haus. Ich würde es gerne mit dem noch versuchen, wenn es ihrem Kollegen nicht zu viel wird.«

»Also gut. Sie müssen sich allerdings ein wenig gedulden, bis unser Künstler seine Pause beendet hat«, gab Hohner widerstrebend nach. »Aber wie gesagt, Frau Walz, einen einzigen Versuch noch, dann ist aber wirklich Schluss! Dann muss uns das eine Bild reichen, um die Kerle zu finden.«

Der junge Kommissar hatte die Aufgabe übernommen, im Präsidium den Eindruck zu erwecken, als ob Sauerhammer und seine Männer fleißig an den alten Fällen arbeiten würden. Aus diesem Grund begab er sich nun in den Keller des Gebäudes, in dem das Archiv untergebracht war. Als er sich mit den gesuchten Unterlagen an den Wiederaufstieg machte, traf er im Treppenhaus auf Oberstaatsanwalt Schellenberger. Dieser versperrte Hohner den Weg und sagte: »Sie sind ein so junger und talentierter Kriminalbeamter, der seine ganze berufliche Laufbahn noch vor sich hat. Es wäre außerordentlich schade für Sie, sollten Sie Ihre Karriere wirklich auf so leichtfertige Art und Weise aufs Spiel setzen. Nur weil Sie den verbohrten Gedankengängen eines alten Kommissars folgen, dessen beste Zeit bereits abgelaufen ist. Ich habe gehört, dass Sie in absehbarer Zeit vorhaben, eine eigene kleine Familie zu gründen! Verscherzen Sie es sich nicht mit den vielen ehrlichen Mitarbeitern. Egal ob bei Ihnen hier im Präsidium, noch bei uns vor Gericht! Wie gesagt, das wäre für Ihre Zukunft nicht gerade förderlich!«

»Ich weiß wirklich nicht, wovon Sie sprechen, Herr Oberstaatsanwalt!« Der Kriminalassistent versuchte ein unschuldiges Gesicht zu machen.»Ich verstehe kein einziges Wort von dem, was Sie mir da sagen!«

»Denken Sie an meine Worte, junger Mann, und begehen Sie keinen Fehler!« Herr Schellenberger trat mit einem zufriedenen

Grinsen einen großen Schritt zur Seite und ließ Peter Hohner seinen Weg ungestört fortsetzen.

Nachdem er die Unterlagen in Sauerhammers Büro auf den Aktenbock gelegt hatte, ging er schleunigst zu dem Polizeizeichner zurück, um nachzusehen, wie weit das Unternehmen ›Phantombilder‹, inzwischen gediehen war. Er hoffte sehr, dass sie zu einem guten Ende gekommen waren.

Frau Walz hielt eine Bleistiftzeichnung in der Hand, die sie gemeinsam mit Sauerhammer betrachtete. Sie hatte einen zufriedenen Gesichtsausdruck und nickte mehrmals hintereinander. Auch ihr Mann schien sehr glücklich mit dem Ergebnis zu sein. Er strahlte über beide Wangen. »Genau, meine Liebe. Das ist einer der beiden, die einmal kurz vor dem Einbruch gemeinsam vor Reuters Wohnung herumstanden! Ein zweites Mal sahen wir die beiden einen Tag später, als sie das Haus betreten und zirka zwanzig Minuten später wieder verlassen haben. Zweifelsohne ist das der Mann!«

»Das ist eine außerordentlich gute Arbeit«, lobte Sauerhammer den Zeichner und das Ehepaar Walz gleichermaßen. »Das Bild ist fast ebenso genau wie eine Fotografie«, fügte er an und holte drei Aufnahmen aus der Brusttasche seiner Anzugjacke.

Hohner, der eben das Büro betreten hatte, besah sich das Phantombild. Dann studierte er eingehend Sauerhammers Bilder.

»Der ist mir vor wenigen Minuten erst im Treppenhaus entgegen gekommen! Das ist doch der …!«, stammelte er und zeigte auf einen der Männer, die auf den Fotos abgebildet waren. »Der hat mir eben einen Kurzvortrag über die Verhaltensregeln junger Kriminalbeamter und den direkten Zusammenhang ihres weiteren Werdeganges gehalten. Sehr beeindruckend!«

»Genau! So kennt man unseren guten Oberstaatsanwalt Schellenberger! So und nicht anders«, beendete der Chefermittler Hohners angefangenen Satz. »Ich finde auf diesen Fotografien auch die Tatsache bemerkenswert, dass es genau vor dem Haus aufgenommen wurde, in dem auch der schreckliche Mord und der später verübte Einbruch stattfanden«, sagte er noch und steckte die Fotos wieder in die Innentasche seines Jacketts. »Ich denke in der Tat, dass unsere Arbeit an den liegengebliebenen Fällen in Bälde der Vergangenheit angehören wird!«

***

Mrs. Brown stand am oberen Markt an einem der Gemüsestände und besah sich mit kritischem Auge die Auslage. Als sie anfing, einen Salatkopf nach dem anderen zur besseren Begutachtung in ihre Hände zu nehmen und dann für nicht gut genug zu befinden und in die Steige zurückzulegen, wurde die Marktfrau ganz schön grantig.

»Ham Se's jedzd vielleichd bald? Sie wern doch noo en Saladkobf finne, der Ihne baßd! Odder is Ihne voo meinere kenner guud gnuch?«

»Was soll ich haben?«, stellte sie eine Gegenfrage.

»Ob Se ned bald wissn, was fürn Salad dass Se wolln? Ii kann Ihne ned dabei zuschaun, wie Se alles aabaggn un widder hielechn!«, empörte sich die Frau. »Des machd ma doch ned!«, präzisierte die Bäuerin ihre Frage.

»Sie werden schon entschuldigen, dass ich die Ware erst prüfe, bevor ich so viel Geld dafür ausgebe! Ansonsten kaufe ich zukünftig halt woanders! Dann werden Sie schon sehen, was Sie davon haben, dass Sie dermaßen unfreundlich zu Ihrer Kundschaft sind!«, antwortete Reuters Tochter pikiert und holte sich sofort den nächsten Kopf aus der Holzsteige.

»Jedzd nemm dai dreggerdn Finger voo meim schöne Salad, sonsd kannsd was erlebb, sach ii dir!« Die Frau konnte sich kaum noch beherrschen. »Du hasd ja wohl än Baddscher wech, hasd doch du!«

Gerade noch rechtzeitig, um Schlimmeres zu verhindern, kam zufällig Sauerhammer an dem Gemüsestand vorbei. Er nahm beim Vorbeigehen einen der Salatköpfe an sich und drückte gleichzeitig der Marktfrau ein Fünfzig-Pfennig-Stück in die Hand. Im selben Augenblick zog er Frau Brown auch schon mit sich.

»Vergelt's Gott!«, rief ihm die immer noch aufgebrachte Frau laut hinterher. Sauerhammer wusste jedoch nicht genau, ob sie sich für die fünfzig Pfennige oder dafür, dass er sie von der unbequemen Kundin befreit hatte, bedankte.

»Sie sind hier nicht in Amerika, Frau Brown! Gerade auf unserem Markt geht es nicht immer besonders friedvoll zu. Das liegt an der speziellen, freundlichen Mentalität des echten Würzburgers.«

»Danke sehr, Herr Hauptkommissar, für den Nachhilfekurs. Diesem Trampel hätte ich schon rechtzeitig Anstand beigebracht! – Müssten Sie nicht arbeiten, um diese Uhrzeit? Was machen Sie hier auf dem Wochenmarkt?«

»Fremde Frauen retten, zum Beispiel«, lachte er. »Ich komme vom Rathaus und bin auf dem Weg ins Präsidium. Ich habe vom Chef persönlich eine Zigarre verpasst bekommen. Aber glücklicherweise bin ich hart im Nehmen!«

»Aber warum mussten Sie gleich zum Oberbürgermeister? Hätte da nicht auch Ihr eigener Chef gereicht?«

»Mir schon, aber es gibt leider Leute, denen bin ich ein Dorn im Auge! Oder besser, meine Hartnäckigkeit, was meine Ermittlungen im Mordfall Ihres Vaters betrifft!«

»Das glaube ich Ihnen gerne! Da hat so manch einer noch jede Menge Dreck am Stecken und möchte natürlich alles andere als dass das gleich die ganze Stadt erfährt!«

»Genauso ist das leider! Na ja, kann man halt nichts machen. Jetzt muss ich mich aber von Ihnen verabschieden, so leid es mir tut, ich habe nämlich gleich einen wirklich wichtigen Termin!«

»Ich auch, Herr Sauerhammer, und zwar genau da, wo Sie Ihren eben hatten! Ich werde die Gelegenheit nutzen, um Sie, beziehungsweise ihr Ungemach, das Sie erdulden mussten, zu rächen!« Die Frau lachte herzlich und winkte dem nun ebenfalls lachenden Chefermittler beim Weggehen fröhlich zu.

***

Frau Bechthold wartete seit einigen Minuten in Sauerhammers Büro auf den Kriminaler. Sie war frisch frisiert und in ein hellblaues Sommerkleid gewandet, die modische Sonnenbrille hielt sie in der Hand. Müller-Seefried hatte ihr zwar angeboten, sich sofort um ihr Ansinnen zu kümmern, was sie höflich, aber bestimmt abgelehnt hatte.

Der Hauptkommissar nahm sich, nachdem er erfahren hatte, dass er Besuch habe, kurz Zeit, um in sein Büro zu gehen und mit Frau Bechthold zu sprechen. Obwohl er mit dem Kriminalrat noch ein Hühnchen zu rupfen hatte. Eines, das sich sogar gewaschen hatte! Er hing noch seinen unschönen Gedanken nach, als er die Stieftochter des Colonels begrüßte. Gleichzeitig versuchte er sich prophylaktisch eine Strategie zurechtzulegen, mit der er seinen Vorgesetzten am besten überrumpeln würde. Er ahnte sofort, dass das Hühnchen noch eine Schonfrist bekommen würde, weil Frau Bechtholds Problem keinen Aufschub zu dulden schien. Sauerhammer spürte, dass sich die junge Frau in seinem Büro völlig unwohl fühlte, und lud sie daher auf einen kleinen Spaziergang ein. So verließen sie keine zehn Minuten später das Präsidium und bogen in die Wirsbergstraße ein, von wo aus sie direkt auf den Oberen Mainkai stießen. Hier liefen sie im gemütlichen Schritt bei herrlichstem Sonnenschein den Main entlang.

»Mein Vater hat Sie, wie er mir sagte, weitgehend in das Ergebnis unserer Ermittlungen eingeweiht. Was er Ihnen bisher aber verschwieg, ist der Grund, der mich immer wieder aufs Neue motivierte, weiterzumachen. Die Missetaten dieser NS-Verbrecher aufzudecken und ans Tageslicht zu bringen, ist nicht immer sehr angenehm für eine Frau, müssen Sie wissen. Es ist, im Gegenteil, sogar extrem schwer für mich, mit einem mir eigentlich fremden Mann darüber zu sprechen. Aber, damit Sie sich ein komplettes Bild über die damaligen Vorgänge machen können, wird mir nichts anderes übrig bleiben, als jetzt schnell über meinen eigenen Schatten zu springen«, begann Frau Bechthold damit, ihre Geschichte zu erzählen. Sie kamen an einer Holzbank vorbei und Sauerhammer schlug vor, sich doch etwas hinzusetzen und das schöne Wetter zu genießen.

Es dauerte nicht lange, und Frau Bechthold berichtete weiter. Sie ging dabei bis weit in ihre Kindheit zurück.

»Ich weiß nicht so recht, wie ich am besten anfangen soll, es ist mir wirklich sehr unangenehm! Na ja, es nutzt ja alles nichts! Jetzt, wo ich A gesagt habe, muss ich dann wohl oder übel auch B sagen! Es begann also vor achtzehn Jahren, nur kurze Zeit nachdem die Geheime Staatspolizei meinen leiblichen Vater abgeholt und eingesperrt hatte. Ich war zu diesem Zeitpunkt noch ein Kind von gerade einmal zwölf Jahren und begriff nicht, was sich da vor meinen Augen abspielte. Meine arme Mutter, aber auch meine Großeltern, versuchten natürlich so viel wie nur irgend möglich von den grauenhaften Geschehnissen von mir fernzuhalten! Um mich damit nicht noch mehr zu belasten, wie sie mir später sagten. Die Vorkommnisse wurden aber mit der Zeit trotz allem noch sehr viel schlimmer, wie ich bald schon feststellen musste.«

Sie habe nichts von all dem gewusst, was man ihrem armen Vater zum Vorwurf machte und was ein gewisser Erster Staatsanwalt Schellenberger damit zu tun hatte. Ahnungslos war sie ebenfalls im Hinblick auf alles, was mit ›Sondergericht‹ und ›Konzentrationslager‹ zu tun gehabt hatte. Diese Worte habe sie zuvor nie gehört.

Eines schönen Tages, es war an einem warmen Sommertag, da stand genau dieser Erste Staatsanwalt mit seinem vornehmen Automobil plötzlich bei ihnen vor dem Haus. Er sagte, dass ihre Mutter heute keine Zeit mehr für sie habe, da er sie dringend mit in sein Büro nehmen müsse.

Dass er ihre Mutter nur unter einem Vorwand in sein Büro geholt hatte, um sie dort stundenlang mit anzüglichen Bemerkungen und den widerlichsten Unterstellungen, die das eheliche Zusammenleben ihrer katholischen Mutter und ihres jüdischen Vaters betrafen, zu diffamieren und zu drangsalieren, verschwieg sie ihr und den Großeltern verständlicherweise. Diesen Aufwand betrieb der einzig und allein, um sich an ihrer Angst, die sie vor ihm, der Amtsperson in SS-Uniform, hatte, zu ergötzen. Eine Woche später holte er sie unter dem gleichen Vorwand wieder ab. Diesmal habe er sie, zusätzlich zu den bereits bekannten Beleidigungen, noch wissen lassen, dass das Wohl ihres Ehemannes einzig und allein von seinem guten Willen abhinge. Er müsse nur einmal mit dem kleinen Finger schnippen und das Leben ihres Manns wäre keinen Pfifferling mehr wert! Er hoffe aber sehr, dass sie sich dessen bewusst sei und sich ihm gegenüber entsprechend verhalten würde! Während er ihr die Grausamkeiten, die ihr Gatte dann zu erleiden hätte, sollte dies nicht der Fall sein, in allen Einzelheiten schilderte, berührte er ihre Mutter an Armen und Schultern! Wobei er in der Anfangsphase sehr darauf bedacht war, es so aussehen zu lassen, als ob diese Berührungen rein zufällig zustande gekommen wären. So ginge es eine Zeit lang. Immer ließ er sich etwas noch Schlimmeres einfallen, womit er sie noch mehr erniedrigen und unter Druck setzen konnte. Irgendwann fing er allerdings damit an, sie unverhohlen zu begrapschen. Sogar in Anwesenheit seiner Mitarbeiter!

»Haben Sie etwas dagegen, wenn ich mir eine Zigarette anzünde?«, fragte Sauerhammer. »Ich könnte jetzt ganz gut eine kleine Pause vertragen.«

»Wenn ich auch eine bekomme«, antwortete Frau Bechthold und versuchte ein zaghaftes Lächeln.

Nachdem sie beide die Reste ihrer qualmenden Peter Stuyvesant in den Main geworfen hatten, fuhr die Frau mit ihrem Bericht fort. Schellenberger drohte ihrer Mutter damit, dass es schrecklich schade wäre, wenn sie nicht das tun würde, was er von ihr verlange. Da er sich dann nämlich nicht mal mehr für die kleinste Hafterleichterungen für ihren Herrn Gemahl einsetzen könne, was sich sehr nachteilig für ihn auswirken würde. Vor lauter Angst um den armen Ehemann und selbstverständlich auch um ihre Tochter und sich selbst, habe sie gezwungenermaßen alles gemacht, was er im Laufe der Zeit von ihr forderte. Anfangs war er noch damit zufrieden sie verbal zu peinigen und sie dabei unsittlich zu berühren. Später wollte er sie obendrein dabei fotografieren. Anfänglich nur leicht bekleidet. Dann in aufreizenden Posen und nur mit Dessous bekleidet. Zum Schluss wollte der Erste Staatsanwalt ihre Mutter aber vollständig nackt, oder wie er es formulierte, in einem völlig naturbelassenen Zustand, vor seiner Fotolinse haben!

***

In Langenlüdegges Vorzimmer stellte sich ein kampfbereites Fräulein Gertrud dem hereingestürmten Sauerhammer todesmutig in den Weg.

»Ist er in seinem Büro?«, wollte er ohne Begrüßung wissen.

»Ob er in seinem Büro ist, habe ich Sie gefragt!«

»Aber, Herr Sauerhammer, jetzt sind Sie doch bitte vernünftig! Der Herr Kriminalrat hat keine Zeit, er muss noch einen Vortrag vorbereiten. Lassen Sie uns doch in aller Ruhe einen Termin ausmachen«, versuchte sie den vor Wut überschäumenden Hauptkommissar zu beruhigen. »Herr Sauerhammer, bitte!«

»Er ist also in seinem Büro! Nun gut, Fräulein Gertrud, worauf warten Sie? Melden Sie mich an!«, forderte er von der etwa fünfzigjährigen Frau. »Oder muss ich das tatsächlich selbst übernehmen?«

»Wenn ich es Ihnen doch sage, Herr Sauerhammer, der Herr Kriminalrat hat heute überhaupt keine Zeit für Sie!«

»Das soll er mir schon selber ins Gesicht sagen!«, rief der Kriminaler und drückte sich an Fräulein Gertrud vorbei. Drei große Schritte und er war an der Tür zu ›LaLüs‹ Büro. Mit einer schnellen Handbewegung riss er die Tür auf und stürmte in den Raum.

»Ah, der Herr Sauerhammer! Jedzd kommn Se biddschön rei und nehmn Se doch ersd emal Blatz!«, forderte der Kriminalrat den Chefermittler auf und machte eine einladende Handbewegung.

»Auf welcher Seite stehen Sie eigentlich, Herr Kriminalrat? Sie fallen uns ganz schön in den Rücken! Dabei dachte ich immer, wenigstens Ihnen könnte man vertrauen. Da scheine ich mich aber so richtig getäuscht zu haben«, fiel der Hauptkommissar sprichwörtlich mit der Tür ins Haus.

»Na, na, Herr Sauerhammer, so schlimm bin ii jedzd abba aa wieder ned! Wie komme Se eichndlich uff des schmale Bredd, ii wär Ihne nein Rüggn gfalln?«

»Jetzt tun Sie bloß nicht so, als wüssten Sie nicht, wovon ich spreche! Der Fischers Schorsch hat Sie gestern Abend dabei beobachtet, wie Sie sich mit unserem OB getroffen haben. Wollen Sie wirklich immer noch behaupten, Sie wüssten nicht, um was es geht? Sind Sie letztendlich sogar der Maulwurf, der unsere Ergebnisse umgehend an die Otto-Straße weiterleitet? Mir fällt nämlich außer Ihnen im Moment leider niemand anderer ein, der die Möglichkeit dazu hätte. Was sagen Sie jetzt dazu?«

»Mid der Bemergung befindn Se sich fei, wenn ii des emal so ganz salobb formuliern dörf, mei lieber Sauerhammer, scho in unmiddelbarer Nähe zur Unverschämdheid! Wenn mer uns ned scho so lang kenn würdn, wär ii jedzd fasd ä bissele beleidichd mid Ihne! Ii bin schließlich ned vo mir aus zu unserm Oberbürchermessder grend. Der Bolizeibräsidend un ii sinn rechelrechd in en Radskeller zum Rabbord zidierd worn«, rechtfertigte sich der Kriminalrat. »Ii hab dord wie so ä glenner Schulbub vorreid müss.«

Dort habe man ihm erklärt, dass es noch einen Doktor gegeben habe, der den Namen Klüpfel trage, getragen habe. Der wäre als Landesgerichtsrat für die Staatsanwaltschaft des Sondergerichts am Oberlandesgericht München tätig gewesen! Der und der hiesige Doktor Klüpfel lernten sich während einer Fortbildung kennen. Bei einem Luftangriff sei der eine jedoch ums Leben gekommen. Unser Doktor Klüpfel habe nach dem Krieg die Identitäten einfach vertauscht. Da sich der Münchner Jurist keiner NS-Verbrechen schuldig gemacht habe, ihm nur seine Mitgliedschaft in der SS vorgeworfen wurde, sei er dann im Rahmen der Entnazifizierung relativ glimpflich davongekommen. Das Strafmaß sei nicht über eine empfindliche Geldstrafe hinausgegangen. Es wurde gegen Doktor Klüpfel zu einem späteren Zeitpunkt aber doch noch ein vielbeachtetes Gerichtsverfahren eingeleitet, das er aber zu guter Letzt, wegen Mangels an Beweisen, mit einem Freispruch beendet habe! Der Kläger habe daraufhin seinen Antrag auf Ausschluss des Beklagten aus der Anwaltskammer zurückgezogen!

»›Es gibt keinen einzigen Grund gegen ein unbescholtenes Mitglied unserer Gesellschaft zu ermitteln! Sie ruinieren in voller Absicht den guten Ruf eines hoch verdienten Juristen unserer Stadt! Sie zerstören damit geflissentlich die heile Welt seiner kleinen Familie! Wollen Sie das denn wirklich?‹ Solche un noo ä ganze Menge annere ned haldbare Vorwürf hab ii mer voo unnerm OB ahör dörf!«, beklagte sich ›LaLü‹ bei seinem Mitarbeiter. »Was der mer alles agedrohd had, für den Fall, dass ii ned schlussendlich dafür sorchn würd, dass diese böse ›Schdimmungsmache‹ geche den uffhörd, möchd ii Ihne ersd gar ned alles sach.«

»Das ist alles schön und gut! Aber das schließt doch nicht aus, dass Doktor Klüpfel da nicht trotzdem ganz tief mit drinnen hängt!«, empörte sich daraufhin der Kriminaler.

»Voo seinerer Unschuld bin ii a ned überzeuchd. Zumindesd was die schwern Verbrechn während der Nazi-Zeid agehn, hab ii ihm fei noo kee Absolution erdeild. Abba für die Zeid, in der der alde Reuder umgebrachd worn is, da had er seid gesdern Abnd blödzlich ä wasserdichds Alibi.«

»Von wem?« Die unbändige Wut, mit der Sauerhammer eben erst das Büro seines Vorgesetzten betreten hatte, verwandelte sich in null Komma nichts in absolute Sprachlosigkeit.

»Voo ganz weid oobe!«, bekam er zur Antwort. »Der feine Doggder Glübfl is raus aus em Schbiel, Herr Sauerhammer. Da könne mer jedzd mach, was mer wolle, der Zuch is abgfahrn!«

***

In den Erthalstuben in der Erthalstraße gab es heute Schäufele, hausgemachte Kartoffelklöße mit gemischtem Salat und ein frisch gezapftes Pils dazu. Peter Hohner, der das für sein Leben gerne aß, hatte für sich und Inge Koch, die in der Nähe arbeitete, einen Tisch für zwei Personen reserviert. Schlag 12.00 Uhr stand er vor der Gaststätte und wartete auf Inge. Keine zwei Minuten später kam sie, ihm von Weitem fröhlich zuwinkend, mit ihrem Fahrrad angeradelt!

Sie hatten in der Gaststube am hintersten Tisch Platz genommen und warteten auf ihr Essen. Währenddessen machten sie sich gemeinsam Gedanken, wie sie den anstehenden Kindergeburtstag am besten gestalten könnten. Nachdem die Bedienung ihre Getränke an den Tisch gebracht hatte, stießen die beiden auf eine schöne Feier an. Da kam plötzlich eine ältere Frau zu ihnen an den Tisch, die sich in keinem allzu guten Allgemeinzustand befand. Außerdem merkte man ihr schon von Weitem an, dass sie, um diese frühe Tageszeit, nicht mehr ganz nüchtern war. Die Frau lallte mehr, als dass sie sprach, und so verstand Peter auch nur die Hälfte von dem, was sie zu sagen hatte. Da er davon ausging, dass es ihr eh nur darum ging, sich von ihm auf ein Glas Bier einladen zu lassen, holte er seinen Geldbeutel hervor, um ihr ein Markstück in die Hand zu drücken.

»Bist du verrückt, Peter?«, rief Inge. »Das ist doch schade um das Geld! Die versäuft das doch nur sinnlos!«

»Es ist so ein schöner Tag heute und uns geht es so gut! Jetzt gönne ihr doch das Bier, wenn es das ist, was ihr zu ihrem Glück noch fehlt«, antwortete der junge Kriminaler lächelnd und drückte zärtlich Inges Hand.

Sie konnten beide nicht so schnell schauen, wie die Frau das Markstück an sich nahm und sich mit einem breiten Grinsen an der Theke ein neues Bier bestellte.

Der Vorfall war spätestens dann vergessen, als das Essen

auf den Tisch kam. Das junge Paar ließ es sich schmecken und machte weiter Pläne, mit welcher Unternehmung sie die Kinder am besten überraschen könnten. Inge versuchte mit geröteten Wangen immer wieder, ihren Peter zu bremsen. Das sei alles viel zu kostspielig. Es ginge nun wirklich nicht an, dass er immer wieder sein schwer verdientes Geld auf den Kopf hauen würde, nur um den verwöhnten Knirpsen eine weitere Freude zu bereiten. Schließlich mache er die ganze Zeit über schon nichts anderes.

Am Anfang bekamen die beiden Verliebten den Lärm, der von der Theke her zu hören war, gar nicht richtig mit. Erst als die bierselige Frau, die vor wenigen Minuten erst zu ihnen an den Tisch gekommen war, ständig in ihre Richtung deutete und dabei immer lauter zu schimpfen schien, wurde Peter aufmerksam auf sie.

Nach und nach hörte er heraus, dass die Frau über Inge herzog. Die bräuchte sich auf gar nichts etwas einzubilden. Schließlich stamme diese hochnäsige Kuh aus demselben Stall wie sie! Ihr Ehemann habe die paar Kröten, die der Faulenzer von Zeit zu Zeit bekam, jedes Mal schneller versoffen, als er sie verdient hatte. Dann habe er sie und ihre Blagen grün und blau geschlagen! Man wolle gar nicht wissen, von wem sie die überhaupt habe. Irgendwo müsse das Geld ja schließlich hergekommen sein, von dem sie mehr schlecht als recht lebten. Wie es dazu gekommen sei, dass der Mann so plötzlich die Treppe herunterfiel und sich dabei bedauerlicherweise sein Genick brach, wisse man bis auf den heutigen Tag auch nicht so ganz genau.

Inges gute Laune war sehr schnell in den Keller gerutscht. Sie begann leise vor sich hin zu weinen. Peter wollte sich die unverschämte Frau zur Brust nehmen, als er verstand, was die so alles von sich gab. Die junge Mutter hielt ihn jedoch zurück. Sie schluckte noch einmal und sagte: »Bidde, Beder, hogg di widder hie! Du machsd's sonsd bloß noo schlimmer! Sei so guud! – Se had ja rechd mid allem, was se sachd!«

Hohner setzte sich widerstrebend auf seinen Platz zurück. »Was ist nur in diese Frau gefahren, dass die so einen haltlosen Schwachsinn von sich gibt?«

»Die Eltern von der sind ja auch nicht viel besser gewesen«, schimpfte die Frau an der Theke weiter. »Bei denen zu Hause haben die hungrigen Mäuse ganz umsonst Klimmzüge am Brotkörbchen gemacht. Man hat aber, Gott sei Dank, rechtzeitig gemerkt, was das für welche waren! Was die da alles für Schweinereien getrieben haben, bei sich zu Hause! Alle, die damals in diesem elenden Haus wohnten, waren doch Verbrecher! – Oder Opfer! – Die da, die war doch definitiv, zumindest wenn man ihre Geschichte glauben möchte, immer nur das arme, unschuldige Opfer! Ich glaube der Schlampe das aber nicht! Die soll sich heute bloß nicht so aufre... !«

Weiter kam die Frau nicht mehr. Inge war blitzartig zur Theke geeilt und hatte ihr zwei Maulschellen verpasst, die die Frau beinahe vom Stuhl gefegt hätten.

»Wenn du Schlampe jetzt meinst, dass dich dein toller, gut aussehender Kripofreund, der dich noch dazu so großzügig aushält, berechtigt, schutzlose, ältere Frauen zu malträtieren, bist du bei mir aber garantiert an die Falsche geraten! Dir werde ich es zeigen, du Miststück! Was bekommt der eigentlich als Gegenleistung? Bezahlst du tatsächlich noch immer in derselben Währung wie damals?«, schrie sie hysterisch und packte die überrumpelte Inge mit beiden Händen an den Haaren und zog sie mit sich auf den Boden hinunter. Dort veranstalteten die zwei einen regelrechten Ringkampf.

Der Wirt und Peter mussten gemeinsam alle verfügbaren Kräfte aufwenden, um die beiden Kampfhühner wieder auseinanderzubringen.

Peter schob Inges Fahrrad, während sie wie ein Häufchen Elend, neben ihm herlief. Als die beiden bei Inge zu Hause angekommen waren, trug Peter zuerst den Drahtesel in den Fahrradkeller hinunter, dann half er ihr, der es gar nicht gut ging, die Treppen hoch bis unters Dach. Obwohl sie ihren Kampf eindeutig nach Punkten gewonnen hatte, war sie nicht in vollem Umfang ohne Blessuren geblieben.

Der junge Kriminaler verarztete so gut er konnte Inges Verletzungen, die sich strikt weigerte, hinüber ins König-Ludwig-Haus zu gehen und sich untersuchen zu lassen. So schlimm sei es nun auch wieder nicht.

Peters Mittagspause neigte sich dem Ende zu, als Inge zu ihm sagte, dass sie es verstehen würde, wenn er nicht mehr so oft bei

ihnen vorbeischauen wolle. Das Beste für ihn wäre sowieso, wenn er den Kontakt zu ihr und den Kindern völlig abbrechen würde. Schon allein seiner beruflichen Karriere wegen. Nun müsse er in erster Linie an sich denken.
Worauf er zuerst energisch den Kopf schüttelte und sie dann fest in den Arm nahm. Als er ihr versicherte, dass er sie niemals alleine lassen würde, egal was noch alles passieren würde, begann sie erneut zu weinen.

***

In der Kaiserstraße, nicht weit vom Hauptbahnhof entfernt, stand Frau Brown vor dem Eingang des Corso Kino Centers. Über ihr leuchteten an dem schönen Sommerabend ziemlich viele bunte Neonröhren. In der Auslage hingen Plakate, die für den momentan laufenden Heimatfilm ›Der eiserne Gustav‹ mit Heinz Rühmann, Karin Baal und Hilde Sessak in den Hauptrollen warben.

Sie lief voller Ungeduld vor dem angesagten Kino auf und ab, während sie nach irgendjemanden oder besser gesagt, nach irgendetwas Ausschau zu halten schien. Immer wieder liefen fröhliche Menschen, die sich auf den Film freuten, an ihr vorbei. Die Vorschau hatte bereits begonnen und die junge Frau war der Meinung, dass derjenige, der das Erkennungszeichen in der linken Hand halten sollte, wahrscheinlich nicht mehr auftauchen würde. Die Billettverkäuferin, die das Kassenhäuschen schon geschlossen hatte, fragte sie mitleidig, ob sie ihr Liebster versetzt habe. Falls sie noch etwas von dem Film mitbekommen wolle, wäre es allerdings höchste Zeit, nun ihren Platz einzunehmen.

Da überquerte ein Mann mit der Figur eines Preisboxers in einem tadellos sitzenden Anzug und passendem Sommerhut die Kaiserstraße. Er hielt plötzlich in der Mitte der Straße an, um die Straßenbahn an ihm vorbeifahren zu lassen. Dann kam er zügig auf sie zu gelaufen. In seiner linken Hand hielt er das aktuelle Programm des ›Theaters am Wittelsbacherplatz‹, das momentan das ausgebombte Stadttheater ersetzte.

»Guten Abend, Frau Brown, bitte entschuldigen Sie meine Verspätung. Ich wurde leider aufgehalten!«

»Sie kommen gerade noch rechtzeitig, um sich mit mir den

Film gemeinsam ansehen zu können. Sie sind heute Abend natürlich mein Gast«, flötete sie mit einem betörendem Lächeln im Gesicht und überreichte dem überraschten Mann mit einer koketten Handbewegung die beiden Kinokarten.

In dem dunklen Kinosaal wurden sie von einer jungen Platzanweiserin, die mit einer Taschenlampe ausgestattet war, zu ihren Sitzen geführt. Der Mann an ihrer Seite, forderte sie leise auf, ihr endlich zu sagen, was sie von ihm wolle. Worauf sie ihn aber wissen ließ, dass er sich noch etwas in Geduld würde üben müssen. Der Film sei zu schön, als dass man ihn zerreden dürfe.

Als der Abspann des Films abgelaufen war, stellte der Mann fest, dass seine Gastgeberin unbemerkt ihren Platz verlassen hatte. Auf dem Sitzplatz neben ihm lag dafür ein Briefumschlag, der an ihn gerichtet war.

›An Herrn Schellenberger, Erster Staatsanwalt, Sondergericht Bamberg‹

***

Peter kam Inge nach seinem Dienstschluss erneut besuchen, um zu sehen, ob sie etwas benötigte. Dann kümmerte er sich um das Abendbrot und brachte die Kinder zu Bett. Als sie endlich schliefen, nahm Inge das Thema erneut auf. Sie hatte ein total verweintes Gesicht und ihre Nase hatte vom vielen Putzen eine dunkelrote Farbe angenommen.

Sie erzählte ihm, dass sie mit ihren Eltern und Geschwistern vor dem Krieg tatsächlich mit dieser Frau, die sie heute in den Erthalstuben beleidigt hatte, einige Jahre unter demselben Dach verbracht hatte. In diesem Haus gab es mehrere Wohnungen, in denen, wie sie als Kind glaubte, alleinstehende Frauen wohnten. Ihr wurde jedoch schnell klar, dass diese Frauen, die meisten von ihnen waren noch sehr jung, nicht hier wohnten, sondern hier ›arbeiteten‹. Um welche Art Arbeit es sich dabei handelte, erfuhr sie auch sehr früh in ihrem Leben. Nämlich, als ihr Vater begann, immer wieder Männer mit nach Hause zu bringen, die mit ihrer Mutter im Schlafzimmer verschwanden. Später zwang er auch ihre ältere Schwester mit ihnen dasselbe zu tun, was ihre Mutter schon seit Längerem tun musste, wenn sie nicht auf brutale Art und Weise zusammengeschlagen werden wollte. Sie selbst war das jüngste Mädchen im ganzen Haus und ihr Erzeuger, Vater konnte man zu dem beim besten Willen nicht sagen, ließ es sich sehr gut bezahlen, dass sie zum ersten Mal in ihrem jungen Leben einem wildfremden Mann zu Willen war! Gezwungenermaßen zu Willen sein musste! So etwas Besonderes konnte sich aber nur ein feiner Pinkel leisten. Mit sehr viel Geld. Da so einer später unter keinen Umständen von den Mädchen, die er missbrauchte, erkannt werden wollte, hatten sie bei seinen häufigen Besuchen immer eine schwarze Augenbinde zu tragen.

»Dein eigener Vater hat dich tatsächlich für ein paar Mark an diese perversen Männer verkauft?«, fragte Peter, dem Tränen der Wut in den Augen standen, fassungslos. »Als Kind?«

Inge konnte aus Scham nur mit dem Kopf nicken. »Er und noch ein anderer in diesem Haus waren Kuppler. Der andere war aber noch um ein Vielfaches schlimmer als mein Erzeuger. Seine ›Pferdchen‹, wie sie uns in der Straße damals alle spöttisch nannten, wurden regelrecht misshandelt. Seine Kunden waren durchweg Sadisten. Was dem Kerl natürlich wesentlich mehr einbrachte. Ein besonders schwer zu ertragender Freier war der Hausmeister aus dem Nachbarhaus! Das grenzte damals direkt an das unsere. Ein Eckhaus. Er war es auch, der meinem Vater immer wieder neue Freier für meine Schwester und für mich vermittelte.«

»Wie heißt dieser Hausmeister? Wo finde ich dieses perverse Schwein?«, wollte Peter mit versteinerter Mine wissen.

»Er ist bereits tot. Er hat seine verdiente Strafe bereits erhalten. Er wurde vor Kurzem erst umgebracht«, antwortet Inge mit leiser Stimme. »Er hieß Reuter mit Nachnamen.«

***

Drei Jahre zuvor (Mai 1956)

Marianne und ihre neue Freundin Barabara hatten sich in den letzten Wochen so oft getroffen, wie es ihnen nur irgend möglich war. Ihr kleiner Ausflug in die Welt des Schmerzes, den sie gemeinsam mit Barabaras kleineren Schwester Ruth unternommen hatten, ließ die beiden Mädchen einfach nicht mehr los. Ihre Gedanken kreisten ständig um diese Erfahrung. Sie hatten ansonsten kein anderes Thema, über das sie so leidenschaftlich diskutieren konnten. Barabara wollte unbedingt mehr von dieser besonderen Art Spiel. Als nichts anderes betrachtete sie ihr Tun. So schnell wie möglich wollte sie jetzt den nächsten Schritt tun. Die beiden älteren Mädchen waren sich inzwischen einig darüber, dass es endlich an der Zeit wäre, einen stabilen Ledergürtel in ihr Spiel miteinzubeziehen. So dass sie den stechenden Schmerz, den Ruth bei jedem Schlag auf ihrer nackten Haut spüren würde, sogar sehen konnten. Marianne kam darüber dauernd regelrecht ins Schwärmen, wenn sie sich den ganzen Nachmittag darüber unterhielten. Immer und immer wieder schilderte sie die Situation bei sich zu Hause, wenn ihr Vater genussvoll ihre Mutter mit brutaler Gewalt für irgendeine Lappalie bestrafte. Sie war inzwischen in einem Alter, in dem sie wusste, was die Beule in Vaters Hose zu bedeuten hatte. Auch sie wurde durch den Anblick der gequälten und geschundenen Kreatur sehr erregt. Warum das so war, konnte sie sich zwar selbst noch nicht hundertprozentig erklären, aber das Gefühl, das sie dabei überkam, wollte sie immer wieder aufs Neue erleben. Dieser herrliche Schauer, der ihren Körper durchrieselte, und dieses wohlige Kribbeln, das sich in ihrem Unterleib konzentrierte, brachte sie an den Rand des Erträglichen. Auch wenn sie sich hinterher kurzfristig dafür schämte. Aus diesem Grund drängte sie Barabara, die sie auch erst gar nicht lange überzeugen musste, mit ganzer Kraft dazu, der kleinen Ruth eine ordentliche Züchtigung angedeihen zu lassen. Ihrer Meinung nach wäre sie nämlich einzig und allein dafür geboren worden, um seelische und körperliche Qualen zu erleiden. Und zwar durch sie und Barabara! Ruth habe schließlich von Haus aus vor allem und jedem entsetzliche Angst. Diese Angst könne man förmlich spüren, um nicht zu sagen, von Weitem sogar riechen.

»Was meine schwache, unterwürfige Mutter für meinen Vater ist, könnte Ruth für uns werden. Sie ist leicht zu beeinflussen. Wir hätten garantiert sündhaft viel Spaß mit deinem süßen Schwesterchen, Barabara. Oder was meinst du?«

»Devot ist das richtige Wort für das, was du meinst! Deine

Mutter ist deinem Vater hündisch ergeben«, verbesserte Barabara ihre Freundin. »Hörig ist sie ihm im wahrsten Sinne des Wortes, ansonsten würde sie sich nicht vom perversen Reuter auch noch quälen lassen, bloß weil ihr Herr und Meister, dem sie sich willenlos unterworfen hat, das von ihr verlangt. Sie braucht diese Qualen wie die Luft zum Atmen. Zumindest hat sie das früher, als sie noch jung und gesund war, gebraucht! Genau wie Reuters Frau. Auch für sie galt früher ›ohne Schmerzen keine Befriedigung‹. Bei Ruth handelt es sich jedoch um bloße Angst. Manchmal sogar um blankes Entsetzen. Sie hat selber gar nichts davon. Ich habe aber eine Schulfreundin, die ein Jahr älter ist als ich. Von ihr habe ich in letzter Zeit wirklich eine Menge über Sadismus und Masochismus gelernt. Sie kommt mich in einer halben Stunde besuchen. Sie liebt es sehr, richtig erniedrigt zu werden. Juliane ist unter Garantie die Richtige für uns zwei! Die hält was aus, obwohl die sich vor lauter Angst auch schon mal ins knappe Höschen macht. Das wird unter Garantie ein sehr amüsanter Nachmittag für uns werden!«

***

9. Kapitel

Der schrille Klingelton seines Telefons riss Sauerhammer aus dem Tiefschlaf. Er beeilte sich, hinaus in den Flur zu kommen, wo sich der Telefonanschluss befand, bevor Ehefrau und Töchterchen auch noch um ihren Schlaf gebracht würden. Er wunderte sich sehr darüber, dass zu dieser nächtlichen Uhrzeit statt einer seiner Kollegen vom Präsidium, Roland Riemann vom Main Journal am Apparat war.

Der fragte auch sofort, ohne Begrüßung oder gar einer Entschuldigung für die Störung der Nachtruhe, ob Sauerhammer vielleicht etwas mit der Durchsuchung der Räumlichkeiten der größten Würzburger Tageszeitung zu tun habe? Oder, ob er irgendetwas davon wüsste, dass ausgerechnet heute der Oberstaatsanwalt mit einer ganzen Armada von uniformierten Beamten in den Redaktionsräumen des Main-Journals auftauchen würde.

Nachdem der noch schlaftrunkene Kriminaler, zutiefst verärgert über solche Unterstellungen, erst einmal wissen wollte, was überhaupt passiert sei, erklärte ihm Riemann, dass es in dem ehrwürdigen Gebäude in der Plattnerstraße nur so von Polizeibeamten wimmeln würde. Nicht die allerkleinste Kammer wäre vor der Willkür der geballten Staatsmacht sicher. Oberstaatsanwalt Schellenberger sei gegenwärtig mit aller Kraft damit beschäftigt, das gesamte Haus vom Dachboden bis hinunter in den Keller komplett umzukrempeln zu lassen. Ausgerüstet sei der mit einem Durchsuchungsbeschluss, der zu allem Überfluss auch noch von Richter Karl Ferdinand Neumann ausgestellt sei.

»Warum macht der so etwas, Roland? Wonach suchen die bei euch?«, fragte Sauerhammer, dessen Verstand sich noch immer im Ruhemodus befand. »Gibt es ein Geheimnis bei euch, das so einen Aufwand rechtfertigen würde?«

»Die haben von einem Vögelchen gezwitschert bekommen, dass im Laufe dieser Woche mein Bericht über die Nazi-Richter erscheinen soll. Das wollen die natürlich mit allen Mitteln verhindern. Das kann ich denen auch gar nicht verdenken. Da kommen sie aber zum Glück zu spät, diese Verbrecher! Der Artikel erscheint nämlich schon heute. Er ist auch bereits gedruckt und die meisten Zeitungen befinden sich seit mehr als einer Stunde auf dem Weg zu unseren wohlgeneigten Lesern!«

»Woher weiß der Neumann, dass du so einen Artikel veröffentlichst? Und dass er darin eine wichtige Rolle spielen würde? Eine, die ihm aller Voraussicht nach sein Amt kosten wird! Wer hat ihn darüber informiert?«

»Über diese Aktion kann ihn nur ein Maulwurf aus eurem Bau unterrichtet haben! Der Artikel wurde bei uns als streng geheim behandelt. Nur der Verleger höchstselbst, der Chefredakteur und meine Wenigkeit natürlich, wussten über Einzelheiten, wie zum Beispiel, dass er auch Richter Neumann und den einen oder anderen ›hochverdienten‹ Juristen aus der Otto-Straße betreffen würde, Bescheid! Von uns dreien hatte selbstredend keiner auch nur einen einzigen Grund, das frühe Erscheinen des Artikels zu verhindern. Ganz im Gegenteil! Das wird einschlagen wie eine Bombe! Die Tage vom Neumann in Amt und Würden sind gezählt. Das wird ein Auflagenrekord, wie wir ihn noch nicht erlebt haben!«

»Was glaubst du, Roland, werden diese Aasgeier brisantes Material bei euch in den Büros finden?«, wollte ein nunmehr hellwach gewordener Sauerhammer wissen.

»Natürlich finden die nichts! Ich bin ja nicht blöd und lasse meine Unterlagen in meinem Schreibtisch liegen. Bevor du weiter fragst, nein. Bei mir zu Hause habe ich selbstverständlich auch nichts, das unseren Fall betrifft, herumliegen. Vor zwei Tagen habe ich alles sicherheitshalber in einem Bankschließfach hinterlegt.«

»Das war eine weise Entscheidung von dir, Roland. Wo befindest du dich im Moment?«

»In einer Telefonzelle, gar nicht weit von deiner Wohnung entfernt. Vor der kleinen Wäscherei, in der ich immer meine Wäsche machen lasse.«

»Gut, ich weiß, wo die ist. Rühre dich jetzt nicht mehr von der Stelle! Ich bin in ein paar Minuten bei dir! Hörst du? Dann fahren wir auf dem schnellsten Weg ins Präsidium.«

»Alles klar!«, antwortete ›R2 mal 2‹ und legte den schwarzen Hörer auf die Gabel zurück.

***

Einer der Männer, die Marianne und Franz in Ottmar Reuters Wohnung dabei beobachtet hatten, wie sie den alten Mann zusammenschlugen, war Giuseppe Zamperoni. Ein waschechter Sizilianer. Seine Eltern betrieben mitten in der Altstadt Würzburgs eine gutgehende Eisdiele. Der missratene Sohn des italienischen Ehepaares war nun seit mehreren Tagen unauffindbar. Es war, als sei er vom Erdboden verschwunden. Seinen derzeitigen Aufenthaltsort hatte er seinen alten Eltern angeblich nicht mitgeteilt. Sie bedauerten es sehr, falls man ihnen überhaupt Glauben schenken wollte, dass sie ausgerechnet der Polizei nicht damit dienen konnten.

Sauerhammers ›Krisenstab‹ hatte deshalb einen Notplan erstellt, der einzig dazu diente, dass, so oft es nur ginge, einer der Kriminaler ein Auge auf die Gelateria warf. An diesem Morgen saß Hohner schräg gegenüber der Eisdiele, vor einem Café. Er las hoch konzentriert Riemanns Artikel im Main-Journal über die ungesühnte Nazijustiz im Allgemeinen und den NS-Richter Neumann im Besonderen.

Beinahe wäre die kleine, untersetzte Gestalt mit den dunklen Haaren und dem schmalen Oberlippenbärtchen an Hohner vorbeigelaufen, ohne dass dieser sie überhaupt bemerkt hätte. Im letzten Moment fiel ihm der junge Mann auf, der mit schnellen Schritten und ständig vorsichtig um sich schauend das Eis-Café betrat. Ohne erst lange zu überlegen, lief ihm der Kriminalassistent mit weit ausgreifenden Schritten hinterher. Als er die italienische Eisdiele, die um diese frühe Uhrzeit noch nicht so gut besucht war, betrat, stand Giuseppe Zamperoni am Tresen und unterhielt sich angeregt mit seiner Mutter.

Hohner blieb unmittelbar hinter ihm stehen und forderte ihn mit selbstbewusster Stimme dazu auf, beide Hände für den Kriminaler sichtbar auf die Theke zu legen. Als Zamperoni der Aufforderung Folge geleistet hatte, stellte sich der Kripobeamte so neben den Sizilianer, dass eines seiner Beine vor denen des Delinquenten zu stehen kam. Auf diese Weise konnte er ihm, bei einem versuchten Angriff zum Beispiel leicht beide Beine wegziehen, sodass dieser, falls gewünscht, zu Boden gehen würde. Im Anschluss tastete Hohner den Sizilianer nach Waffen ab und brachte tatsächlich ein Butterfly Messer und einen Schlagring zum Vorschein, die er beide schnell in seiner Hosentasche verschwinden ließ. Als der Kriminalassistent die Personalien des Mafioso überprüft hatte, wollte er von dessen Mutter wissen, ob sie im Besitz eines Telefonapparates sei und ob er diesen benutzen dürfe, was die aufgewühlte Frau bereitwillig bejahte. Zum Glück befand sich der Anschluss direkt hinter der Theke, so dass Hohner von seinem Platz aus mit seinem Chef telefonieren konnte.

Keine zehn Minuten später betrat Sauerhammer gefolgt von Müller-Seefried den Eissalon.

Die Mutter bat die Kriminalbeamten, ihren Sohn in ihrer Wohnung, die sich über dem Eiscafé befand, zu befragen. Nicht dass ihr bei dem Aufgebot von Ordnungshütern am Ende noch die Kundschaft davonlaufen würde.

»Am Einfachsten wird es wohl sein, wir lassen dieses ganze Außen-herum-Gerede bleiben und Sie beantworten meine schlichten Fragen wahrheitsgemäß und vor allem *subito*! Haben Sie mich verstanden, Herr Zamperoni?«

»Si, commissario!«

»Dann ist es ja gut! Also, Herr Zamperoni, was wollten Sie in der Wohnung des Herrn Reuter? So kurz nach seinem gewaltsamen Ableben! Wonach haben Sie dort gesucht?«

»Ich weiß beim besten Willen nicht, von was Sie sprechen! Ich kenne keinen Herrn Reuter! Was wollen Sie denn überhaupt von mir?« Giuseppe machte einen ehrlich ratlosen Eindruck.

»Herr Zamperoni, wir hatten uns doch gerade eben erst darauf geeinigt, dass Sie meine Fragen wahrheitsgemäß beantworten. Also, was soll das Gerede? Von wegen, ich kenne keinen Reuter! Sie wurden dabei beobachtet, als Sie mit einer weiteren Person Reuters Wohnung durchsuchten. Wenn Sie sich nicht mit voller Absicht noch tiefer reinreiten wollen, sollten Sie nun schnellstens mit uns kooperieren! Ich frage Sie also noch einmal, was suchten Sie bei Ottmar Reuter?«

»Ich kenne diesen Reuter nicht! Wie oft denn noch? Ab sofort sage ich gar nichts mehr! Kein einziges Wort! Außerdem will ich auf der Stelle mit meinem Anwalt sprechen!«, verlangte der junge Mann zornig.

»Sie sollten sich Ihre weitere Vorgehensweise gut überlegen. Es macht schon einen gewaltigen Unterschied, ob Sie ›nur‹ wegen eines Einbruchs oder wegen eines brutalen Mordes angeklagt werden. Das werden Sie dann spätestens bei der Verkündung des Strafmaßes feststellen«, mahnte ihn Sauerhammer jetzt zu mehr gesunden Menschenverstand. »Ich an Ihrer Stelle würde reden wie ein Wasserfall.«

Nach längerem Zögern fragte ein ziemlich erschöpfter Giuseppe Zamperoni mit resignierter Stimme: »Was wollen Sie also von mir wissen, commissario? Womit soll ich beginnen?«

»Come faccio a saperlo, signore Zamperoni!«

***

Am Tisch des Polizeipräsidenten herrschte momentan große Ratlosigkeit. Alle seine Ressortleiter hatte er kommen lassen, um sich mit ihnen wegen Richter Neumann zu besprechen. Fräulein Gerda, wie immer mit tadelloser Dauerwelle unterwegs, brachte frischen Kaffee für die Herren und teilte ihrem Chef bei der Gelegenheit mit, dass der Herr Landgerichtspräsident leider immer noch nicht zu erreichen sei. Das Gleiche gelte im Übrigen auch für das Vorzimmer des Herrn Oberbürgermeisters.

Unter den Herren befand sich erwartungsgemäß auch Oberrat Langenlüdegge, der sich, überraschend für all seine Kollegen, aus der sehr kontrovers geführten Diskussion heraushielt. Er hatte in seiner nunmehr fast vierzigjährigen Karriere gelernt, wann er den Mund zu halten hatte. Er verfolgte die einzelnen Beiträge sehr genau und machte sich so seine Gedanken über den einen oder anderen seiner Kollegen.

Nach etwa eineinhalb Stunden einigten sich die Kriminaler darauf, zunächst keine Stellungnahme zu tätigen. Jeder Ressortleiter habe seine Untergebenen zu strengster Verschwiegenheit zu vergattern. Im Laufe des Nachmittags, eine genaue Uhrzeit würde rechtzeitig bekannt gegeben, träfe man sich erneut hier im Büro des obersten Polizeichefs. Dann würde man sicherlich wissen, was diesbezüglich zu tun sei.

Der Raum leerte sich zügig, nur der Oberrat behielt noch Platz. Für ihn war der Fall natürlich noch lange nicht abgeschlossen. Nun würde er seinen größten Trumpf ausspielen! Er war gespannt wie ein nasser Regenschirm, wie sein Vorgesetzter darauf reagieren würde.

»Gibt es noch etwas, Langenlüdegge?«, fragte deshalb der Präsident gereizt.

»Ii deng scho! Bloß weil der ehrenwerde Herr Landgerichdsbräsidend aller Voraussichd nach nimmer lang uff sein Schduhl hoggn wird, is er im Mordfall Reuder noo lang ned ausm Schneider, gell!«

»Sie haben vielleicht Probleme! Der Fall Ottmar Reuter ist geklärt und seit Tagen schon abgeschlossen. Unsere ganze Konzentration gilt nun in allererster Linie dem Präsidium. Wir dürfen nun keinen Fehler machen, Langenlüdegge, noch nicht einmal den allerkleinsten! Ganz besonders Sie nicht! Ansonsten werden wir alle gemeinsam mit dem Neumann im Strudel, der durch Vetternwirtschaft der alten Seilschaften und der Kumpanei mit ehemaligen NS-Verbrechern entsteht, mit in den Abgrund gerissen! Bisher betrifft es ja Gott sei Dank nur die Herren in der Otto-Straße! Die sind an dieser Misere aber auch selbst schuld! Wir, die Würzburger Polizei, haben uns wirklich gar nichts vorzuwerfen. Unsere Westen sind weißer als weiß! Sie sind sogar blütenweiß«, beendete der Polizeipräsident seine Ausführung.

»Verduschung voo enerer Schdrafdad im Amd ham Se gläbb ii noo vergessn! Des seh ii doch richdich, odder ned? Wenn Se jedzd nix vorbringn können, was dageche schbrichd, dass ii mir den saubern Herrn Richder emal zu Gmüde führ, dann mach ii mii uffn Wech ins Landgrichd! En schönne Dach wünsch ii noo, Herr Bräsidend!« ›LaLü‹ frohlockte innerlich, nach Außen hin setzte er sein Pokerface auf!

***

Im Hofgarten, der um diese Jahreszeit seine ganze Blütenpracht entfaltet hatte, saß eine junge Frau auf einer der Holzbänke, die die Touristen zum Verweilen einladen sollten. Sie hatte sehr großes Glück, dass sie noch eine Bank gefunden hatte, die im Schatten eines kunstvoll geschnittenen Buchsbaumes lag, und sie so den erbarmungslos herniederbrennenden Sonnenstrahlen entgehen konnte. Sie trug ein leichtes Sommerkleid und einen passenden Strohhut. Ihre Augen waren durch eine große Sonnenbrille geschützt.

Sie saß entspannt auf der Bank und las in einem Buch. Von Zeit zu Zeit sah sie sich um und beobachtete die Schmetterlinge, die sich auf den zahlreichen Rosenblüten niedergelassen hatten und in der warmen Sonne herumflatterten. Sie warf erneut einen kurzen Blick auf ihre Armbanduhr und gab dann vor, weiterhin in ihrem Buch zu lesen.

Der weiße Zwergpudel einer älteren Dame, der entgegen der Parkordnung nicht angeleint war, kam von der gegenüberliegenden Bank zu der jungen Frau gelaufen. Neugierig beschnupperte er ihre nackten Zehen. Die leichten Slipper, die sie eigentlich an ihren Füßen trug, hatte sie ausgezogen und sauber nebeneinander unter die Bank gestellt. Im ersten Moment erschrak sie, als die kalte, feuchte Hundenase die Haut ihres Fußes berührte. Als sie aber feststellte, dass der putzige Hund für ihren Schreck verantwortlich war, musste sie herzlich über sich selbst schmunzeln.

Sie begann den Hund zu necken, indem sie ihn abwechselnd mit ihrem linken und anschließend mit ihrem rechten Fuß anstupste. Als sich der Pudel dann direkt vor ihr in den Sand des Gehwegs auf den Rücken legte, kraulte sie ihm mit ihren Zehen den Bauch.

Erneut sah sie auf ihre Armbanduhr. Auf einen Schlag war ihr Interesse an dem verspielten Hund verflogen. Sie schlüpfte in ihre Slipper und legte das Buch auf ihren Schoß, so dass man den Titel lesen konnte. Dann sah es so aus, als ob sie auf irgendjemand warten würde. Nachdem sie, nach einer ganzen Weile, noch zweimal auf ihre Uhr gesehen hatte, schien sie davon auszugehen, dass derjenige, auf den sie zu warten schien, nicht mehr kommen würde.

Sie warf einen letzten Blick auf ihre Uhr, dann ging sie langsamen Schrittes in Richtung nördliches Hofgartentor davon. Am Georg-Oegg-Denkmal wollte sie den Rennweg in Richtung Husarenstraße überqueren, als sich unvermittelt vom Rennweger Tor her ein Wagen mit erhöhter Geschwindigkeit näherte. Die Sonnenbrillenträgerin hatte bereits die Fahrbahn betreten, während das Auto weiterhin mit extrem hohem Tempo auf sie zuhielt. Da hörte sie plötzlich hinter sich einen lauten Warnruf.

Was sich nun ereignete, dauerte nur den Bruchteil einer Sekunde. Sie drehte sich instinktiv um 180 Grad, dann sah sie aus den Augenwinkeln den kleinen, weißen Hund auf sie zukommen, der sie, wie es den Anschein hatte, einzuholen versuchte. Anscheinend hatte sie bei dem anhänglichen Tier einen bleibenden Eindruck hinterlassen. Sie machte einen großen Schritt in seine Richtung und bückte sich gleichzeitig zu ihm hinunter, um ihn aufzufangen. So erfasste sie der Taunus 17 M, der weiterhin mit hoher Geschwindigkeit auf sie zugehalten hatte, nicht frontal, sondern streifte sie lediglich mit seinem rechten, vorderen Kotflügel an ihrem Gesäß, was dennoch ausreichte, um sie mit großer Wucht zu Boden zu schleudern. Hierbei gelang es ihr jedoch noch im letzten Moment, den Hund am Überqueren der Straße zu hindern, dann schlug sie mit dem Kopf auf die Gehsteigkante und verlor das Bewusstsein. Der Ford Taunus 17 M, mit der für ihn typischen grün-weißen Lackierung erhöhte sein Tempo noch einmal beträchtlich und raste, ohne sich um die Verletzte zu kümmern, in Richtung Rottendorferstraße davon!

Das Geschehen wurde von einem betont vornehm gekleideten Herrn mittleren Alters, der zum Schutz vor der gleißenden Sonne einen Sommerhut auf seinem Haupt trug, mit sehr großem Interesse beobachtet. Seine von einer gehobenen Eleganz geprägte Garderobe stand in keinem Verhältnis zu seiner bulligen, grobschlächtigen Figur. Auf die Leute um ihn herum wirkte er dann doch eher ordinär als vornehm. Er war der Frau vom Hofgarten aus, wo er sich zuvor hinter einer blickdichten Hecke versteckt hatte, gefolgt. Als er die junge Frau am Boden liegen sah, die aus einer Kopfwunde blutete, machte er zunächst ein äußerst zufriedenes Gesicht. Dann fiel sein Blick auf das Buch der Frau, das sie bei dem Versuch den Hund zu fangen, hatte fallen lassen und das nun neben ihr auf der Straße lag. Es hatte einen anderen Titel als das, das er in seiner rechten Hand hielt. Er bückte sich zu ihr hinunter und tat so, als wolle er Erste Hilfe leisten, dabei besah er sich ihr Gesicht genauer. Als er aber erkannte, dass es sich bei der Verletzten nicht um die Frau handelte, von der er erwartet hatte, sie hier liegen zu sehen, verfinsterten sich seine Gesichtszüge schlagartig.

Als sich ein älterer Mann, der sagte, dass er Arzt sei, neben ihn kniete und die Erstversorgung des Opfers übernahm, stand der Mann mit dem Maßanzug auf, um seinen Weg, unbeachtet von den vielen Schaulustigen, die sich mittlerweile eingefunden hatten, fortzusetzen. Sein Blick traf auf eine weitere junge Frau, die der ersten zum Verwechseln ähnlich sah. Auch sie hielt ein Buch in der Hand und hatte eine moderne Sonnenbrille auf, wie man sie eigentlich nur von amerikanischen Touristinnen kannte. Sie sah ihn mit einem höhnischen Blick an und schüttelte dabei unmerklich ihren Kopf.

»Das verdoppelt selbstverständlich die ausgemachte Summe!«, flüsterte sie ihm beim Vorbeigehen mit einem selbstzufriedenen Gesichtsausdruck zu. »Das nächste Mal sollten Sie sich auf das Buch konzentrieren!«

***

Giuseppe Zamperoni sah man die Anstrengung mehr als deutlich an, die ihm die Befragung durch Müller-Seefried und Hohner bisher gekostet hatte. In dem kleinen Vernehmungsraum herrschte aber auch eine schier unerträgliche Hitze! Er hatte seine Aussage, weder einen Herrn Reuter zu kennen noch bei diesem Herrn eingebrochen zu haben, auch während der vergangenen halben Stunde eisern aufrechterhalten.

»Nun gut, Herr Zamperoni! Ganz wie Sie wollen! Ich lasse die Zeugen, die Sie an jenem Abend in der Seinsheimstraße vor dem Haus, in dem der Reuter wohnte, erkannt haben, auch mit Vergnügen hierher ins Präsidium holen. Im Anschluss machen wir eine Gegenüberstellung! Ich freue mich schon jetzt sehr darauf von Ihnen zu hören, welchen Bären Sie uns dann aufbinden wollen!«, provozierte Hohner den extrem schwitzenden Sizilianer.

»Tun Sie, was Sie nicht lassen können, Herr Kommissar. Bei der Gelegenheit könnten Sie mir dann vielleicht auch gleich einen guten Anwalt besorgen! Auf den warte ich jetzt auch schon seit Stunden!«

»Der wird Ihnen dann nichts mehr nützen!«, mischte sich Müller-Seefried ein. »Wie gesagt, es handelt sich um mehr als einen Zeugen.« Er entnahm einer der Akten, die vor ihm übereinandergestapelt auf dem kleinen Tisch lagen, an dem sie saßen, eine Zeichnung. Das Phantombild, das der Polizeizeichner erstellt hatte. Der Kommissar stand auf, ging um den Tisch herum und legte das Bild vor dem Italiener auf die Tischplatte.

»Wer könnte das denn, Ihrer geschätzten Meinung nach, sein, Herr Zamperoni? Marlon Brando vielleicht?«, übernahm Hohner nun wieder das Fragen. Er nahm das Phantombild vom Tisch und hielt es mit ausgestrecktem Arm neben Zamperonis Kopf. »Brando ist es definitiv nicht! Der sieht einfach zu gut aus! Meinen Sie nicht auch?«

»Also, wie sieht es aus? Mord oder Einbruch? Womit fangen wir jetzt an?«, wollte nun Müller-Seefried wieder wissen. »Schließlich haben wir nicht den ganzen Tag für Sie Zeit!«

»Ich habe diesen verdammten Reuter nicht umgebracht!«, schrie der kleine Sizilianer mit einem Mal und wollte schon aufspringen. Hohner, der noch neben ihm stand, zwang ihn sich wieder hinzusetzen. »Langsam! Ganz langsam, mein Freund!«

»Ich glaube, es ist jetzt wirklich an der Zeit, dass Sie endlich ein umfassendes Geständnis ablegen!«, riet ihm Müller-Seefried.

»Ich habe niemanden ermordet! Das müssen Sie mir glauben! Ich schwöre es beim Leben meiner Mutter!«, flehte der junge Mann, bei dem der Widerstand nun zusammenbrach, wie das so oft zitierte Kartenhaus, die Kripobeamten an. »Ich bin absolut unschuldig! Ich habe mir nichts zuschulden kommen lassen! Wirklich nicht!«

»Wer's glaubt, wird selig! Und wer's nicht glaubt, wird auch selig, besagt ein altes Sprichwort. Was wollten Sie in Reuters Wohnung? Wonach haben Sie dort gesucht? Nun spucken Sie es doch endlich aus!«

»Nach alten Unterlagen sollte ich mich umsehen«, berichtete ein gebrochener Giuseppe Zamperoni. »Amtliche Papiere, die noch aus der NS-Zeit stammen sollten. Mit Hakenkreuz! Das war ihm ganz besonders wichtig! Wir haben die komplette Wohnung auf den Kopf gestellt, aber keinen einzigen Fetzen Papier mit Hakenkreuz gefunden. Absolut nichts!«

»Wer ist in diesem speziellen Fall ›wir‹?«, bohrte Müller-Seefried nach. »Gibt es auch einen Namen für die weitere Person? Oder wollen Sie tatsächlich die ganze Schuld alleine auf sich nehmen?«

Zuerst zierte sich der Italiener noch, letztendlich gab er den Namen aber doch preis. Es handelte sich um seinen alten Kumpel Federico Lombardi, den er noch aus der Heimat her kenne. Er habe ihn nur aus selbstloser Gutmütigkeit begleitet, weil der gute Federico nicht den geringsten Schimmer vom Öffnen fremder Türen habe. Er sei halt nicht der Allerhellste unter der Sonne. Als sie in die Wohnung eingedrungen waren, sei dieser ominöse Reuter aber schon lange tot gewesen. Ermordet habe er niemanden. Noch nicht einmal einen Herrn Reuter!

Auf Hohners Frage, wer der Auftraggeber für diesen Einbruch gewesen sei, behauptete er anfänglich wieder, keine Ahnung zu haben. Woraufhin Müller-Seefried fragte, ob er tatsächlich willens sei, die ganze Verantwortung allein zu übernehmen. Das wollte er natürlich nicht. Nachdem ihm aber die beiden Kriminaler deutlich gemacht hatten, dass allein schon von der Antwort dieser einen Frage die Dauer seines Gefängnisaufenthaltes maßgeblich abhängen würde, beteuerte er ihnen gegenüber, dass er den Namen seines Auftraggebers auf keinen Fall nennen könne, da er ansonsten wahrscheinlich bis ans Ende seiner Tage hinter Gefängnismauern verschwinden würde.

Am frühen Nachmittag des gleichen Tages suchten die beiden Kriminaler die Wohnung von Federico Lombardi auf. Sie staunten nicht schlecht, als sie den weitläufigen Hinterhof des Wohnblocks betraten, in dem Lombardis Zuhause angesiedelt war.

Vor der Haustür des mittleren Eingangs des hinteren Gebäudeteils stand eine ›grüne Minna‹. Als die Kriminalbeamten die Tür öffneten, um das Treppenhaus zu betreten, kamen ihnen zwei uniformierte Kollegen von der Schutzpolizei entgegen, die einen kleinen, aber kräftig gebauten Mann, den sie in ihre Mitte genommen hatten, die Treppe herunterführten. Der Mann strahlte eine gewisse Brutalität aus und hatte obendrein eine Angst einflößende Physiognomie. Außerdem schien der Ganove um diese fortgeschrittene Uhrzeit frisch aus dem Bett zu kommen. Er versuchte sich in einer Tour von den beiden Polizisten zu lösen, die ihn jeder mit festem Griff an einem seiner Oberarme gepackt hielten.

Hohner wollte von den Kollegen, mehr aus kollegialer Neugierde heraus als aus Intuition, dass der Mann, der von ihnen Gesuchte sein könnte, wissen, was sie hier im Hause machten. Nun staunten er und Müller-Seefried Bauklötze! Sie seien gekommen, so berichteten die beiden nämlich, um Federico Lombardi abzuholen. Den Mann, den sie in ihrer Mitte hielten. Ihm würde Unfallflucht zur Last gelegt, in Tateinheit mit schwerer Körperverletzung. Aber nur, wenn das Opfer die schweren Verletzungen, die es bei diesem Unfall erlitten habe, überleben würde! Ansonsten würde die Staatsanwaltschaft die Anklageschrift wahrscheinlich auf ›Gefährlicher Eingriff in den Straßenverkehr in Tateinheit mit fahrlässiger Tötung und anschließender Unfallflucht‹, umbenennen.

»Dann habt ihr den Weg leider ganz umsonst gemacht«, erklärte ihnen der Kommissar. »Ab sofort übernehmen wir Herrn Lombardi! Wir werfen ihm zum einen Einbruch vor und zum anderen kommt mit etwas Glück auch noch eine saftige Anklage wegen Mordes hinzu!«

»Ober sticht Unter! Ich würde sagen, ihr habt gewonnen!«, sagte einer der Uniformierten und fragte die Kriminaler, wohin sie Federico Lombardi bringen sollten.

»In die Augustinerstraße selbstverständlich, wohin denn sonst?«, antwortete ihm Hohner.

***

Eine ihm unbekannte Frauenstimme hatte Hohner, ohne ihren Namen zu nennen, über seinen dienstlichen Telefonanschluss mitgeteilt, dass eine Frau, die ihnen bei der Aufklärung des Mordfalles Ottmar Reuter mit Bestimmtheit einen riesengroßen Schritt weiterhelfen könne, zur Zeit in der Psychiatrischen Universitätsklinik in der Füchsleinstraße anzutreffen wäre. Man fände sie dort auf der Station für Privatpatienten. Bei besagter Person handele es sich um die jüngere Tochter von Reuter. Auf Hohners Nachfrage, wer am Telefon sei, antwortete die Anruferin lapidar, dass das im Augenblick nichts zur Sache beitrage und somit vernachlässigbar sei. Er solle sich jetzt lieber um die Frau kümmern, solange er sie noch lebend anträfe. Sie sei extrem gefährdet, schließlich sei sie jemand, die den Täter mit ihrer Aussage schwer belasten könne.

Seine eiligst durchgeführte telefonische Nachfrage in der Klinik ergab, dass tatsächlich ein Fräulein namens Lydia Reuter in der Psychiatrischen Abteilung untergebracht sei. Ebenso sei es zutreffend, dass sie schwer erkrankt sei und seit Längerem auf der Privatstation ein geräumiges Zimmer belege.

Nachdem der junge Kommissar seinen Vorgesetzten über diese Neuigkeit ins Bild gesetzt hatte, machten sie sich gemeinsam auf den Weg nach Grombühl in die Uni-Klinik. Dort wurden sie vom Oberarzt der Psychiatrischen Abteilung empfangen und darüber in Kenntnis gesetzt, dass die Patientin schwer erkrankt und auf keinen Fall vernehmungsfähig sei. Auch nachdem Sauerhammer den Mediziner darauf aufmerksam gemacht hatte, dass es sich bei ihr um eine sehr wichtige Zeugin in einem Mordfall handeln würde, blieb der bei seinem Entschluss, die Kriminaler nicht zu Frau Reuter ins Zimmer zu lassen.

Über Art und Schwere der Erkrankung könne er ihnen selbstverständlich auch keine Auskunft geben, was die Kriminaler sicherlich besser wissen würden, als er selbst. Das verböte allein schon die ärztliche Schweigepflicht. Falls sie jedoch einen richterlichen Beschluss erwirken sollten, der ihn davon entbinden würde, könnten sie selbstredend zu jedem Zeitpunkt wiederkommen! Er glaube allerdings nicht, dass Fräulein Reuter ihnen in irgendeiner Art und Weise bei der Aufklärung der Mordtat behilflich sein könne!

***

Nach schwierigen und äußerst zeitraubenden Befragungen wurden der Fischers Schorsch und seine Kollegen endlich fündig. Sie konnten tatsächlich noch den Namen einer jener Burschen ermitteln, die am Tag des Verbrechens das Haus in dem Reuter wohnte, unter großem Lärm verlassen hatten. Es war sogar derjenige, der laut der Aussage von Frau Gerhard, gesagt hatte, dass ein anderer Knabe aus dieser Gruppe diese ›Nutte‹ nicht hätte mitbringen sollen. Die gute Frau hatte ihn bei der Gegenüberstellung zweifelsfrei wiedererkannt.

Polizeiobermeister Fischer und einer seiner jüngeren Kollegen holten den Buben nach Schulschluss direkt vom Klassenzimmer ins Polizeipräsidium. Hier warteten die drei gemeinsam vor Sauerhammers Bürotür, weil der den Jungen unbedingt selbst befragen wollte.

Nach ein paar einführenden Worten kam der Hauptkommissar, nachdem er eingetroffen war, ohne größere Umschweife auf den

Mittag zu sprechen, an dem Frau Gerhard die Äußerung hörte, die der Junge verlauten ließ.

»Wer ist diese ›Nutte‹, die einer deiner Kumpel besser nicht mit zu Reuter hätte bringen sollen? Wie heißt sie? Ihren Namen will ich von dir wissen!«, wiederholte der Chefermittler zum x-ten Mal seine Frage.

»Ich weiß gar nicht, von was oder wem Sie sprechen. Ich habe keine Ahnung! Wirklich!«, beteuerte der Bursche und machte einen auf ahnungslos.

»Des gläb ii dir fei jedzd glei, dass du kee Ahnung hasd! Un davoo sogar jede Menge, wie mer scheind!«, gab Fischer zum Besten.

»Was wollte diese Frau von Reuter? Warum hätte Sie nicht in die Wohnung kommen sollen? Warum nicht?«

»Ich habe keine Ahnung, was Sie von mir wollen! Ich habe doch mehrfach zu Protokoll gegeben, dass ich keinen Ottmar Reuter kenne und auch nicht in seiner Wohnung war!«, entgegnete der Junge gebetsmühlenartig.

»Offensichtlich bist du dir über die Tragweite deines Tuns nicht im Klaren! Momentan wird noch Reuters Mörder gesucht. Du wurdest zum fraglichen Zeitpunkt am Tatort gesehen! Eine Zeugin hat dich einwandfrei identifiziert. Es gibt weitere Zeugen, die dich vor der schrecklichen Tat des Öfteren in Reuters Wohnung gesehen haben. Also, jetzt zähle doch nur einmal eins und eins zusammen. Willst du wirklich die Schuld eines anderen Menschen auf dich nehmen? Willst du wahrhaftig für viele Jahre hinter Gittern verschwinden?«

»Mensch, Bub, jedzd überlech doch emal! Meensdn du wirglich, dass dir noo irchndenner irchndwas gläbd, wenn du uns jedzd so offnsichdlich aalüchsd?«, gab ihm Fischer zu bedenken.

Nach einer kurzen Pause wollte Sauerhammer von dem Jungen wissen, vor wem er solche Angst habe, dass er lieber ins Gefängnis gehen würde, als dass er ihnen sagte, wer diese Frau sei.

»Ii sach dir jedzd emal, wie des weidergeh mid uns zwee. Mei Kolleche un ii suche weider nach deine Kumbls, die mir früher oder schbäder aa findn wern. Was meensdn du, was die uns alles zu erzähln ham? Am End bisd doch du der Debb, der wo alles allee ausbad dörf! Die annern zwee lache sich derweil ins Fäusdle! So isses nämlich!«

Nach einer Minute etwa, in der der Junge sehr mit sich selbst gerungen hatte, entschloss er sich dazu, doch zu reden. Wenn er auch gar nicht so viel Neues zu berichten hatte.

Er sagte aus, dass ungefähr drei Monate zuvor ein Mann auf sie zugekommen sei, der wusste, dass sie Kontakt zu Ottmar Reuter hatten. Er versprach ihnen ein großzügiges Trinkgeld, für den Fall, dass sie ihm den einen oder anderen Gefallen tun würden. Auf die Frage, welche Gegenleistung der Mann denn von ihnen erwartet hätte, erklärte er, dass sie ihm bei Gelegenheit ein paar Fragen, den alten Ottmar betreffend, beantworten sollten. Eigentlich verdammt einfach verdientes Geld. Er kam etwa ein mal pro Woche zu einem der Burschen und sagte dem, was er wissen wolle, und bei seinem nächsten Kontakt holte er sich die Antworten ab und brachte ihnen das Trinkgeld, das wirklich sehr großzügig war. Zuerst seien es nur Belanglosigkeiten gewesen, nach denen er fragte. Ein wenig später, sprach der Mann aber nur noch mit einem. Der habe jedoch nicht mit ihnen darüber geredet, welche Fragen der Unbekannte hatte, stattdessen beantwortete er die Fragen selbst. Da er aber das Geld, das er für seine Dienste bekam, weiterhin mit ihnen teilte, war es den restlichen Kindern egal.

»Wann kam denn nun diese Frau, oder dieses Mädchen ins Spiel, die du, den anderen gegenüber als ›Nutte‹ bezeichnet hast?«, wollte Sauerhammer wissen.

»Das war erst vor Kurzem«, antwortete der Bursche, der hierbei angestrengt überlegte. »Zirka zwei bis drei Wochen vor seinem Tod tauchte sie das erste Mal bei uns auf.«

»Was hadn die voo euch gwolld?«, probierte es Fischer noch einmal.

»Wie ich bereits sagte, ich weiß es doch nicht! Ich habe nur bemerkt, dass sich der Ottmar, seit sie bei ihm aufgetaucht war, verändert hatte. Irgendwie ängstlich und übervorsichtig war er plötzlich. Aber was sie damit zu tun hat, das müssen Sie dann schon unseren Streber fragen! Der kann Ihnen das ganz bestimmt haargenau berichten!«

»Hast du sie auch gesehen? Kannst du sie uns beschreiben?«

»Aber natürlich«, schwärmte der Bursche und bekam glänzende Augen. »Sie sieht fast so schön aus wie Marilyn Monroe! Einen Busen hat die, kann ich Ihnen sagen! Und lange, wunderschöne Beine! Ach ja, unser Streber, falls Sie sich auch für den interessieren sollten, ist eine fette Brillenschlange mit jeder Menge dicker Pickel im Gesicht. Er stammt aus sogenanntem guten Hause! Er heißt ...«

»Des is der Glübfls Ronald. Des wiss mer selber scho!«, beendete Fischer den unvollendeten Satz des Knaben.

**

Drei Jahre zuvor (August 1956)

Annerl und Barabara saßen in Julianes Zimmer, das sich im ersten Stockwerk eines kleinen Reihenhauses befand und warteten fieberhaft darauf, dass ihre Freundin wieder zu ihnen zurückkommen würde. Juliane war von ihrer Mutter nach unten gerufen worden, weil diese nun zur Arbeit musste und sie ihrer Tochter noch einige Anweisungen erteilen wollte.

Annerl, die sich nicht mehr länger zurückhalten konnte, erzählte ihrer älteren Freundin derweil, was sie nach Schulschluss auf ihren Nachhauseweg Spannendes erlebt hatte. Sie sei mit ihren Gedanken noch völlig bei diesem Erlebnis, gestand sie Barabara gegenüber ein. Das, was da zu sehen war, habe sie schwer beeindruckt! In jeglicher Hinsicht! Die Worte sprudelten förmlich nur so aus ihr heraus. Ein Mann, ein Bauarbeiter um ganz genau zu sein, sei verunglückt. Er war noch ziemlich jung und sah, zumindest vor dem Unfall, ziemlich gut aus. Er sei im zweiten Stockwerk aus einem Fenster gefallen. Direkt unter diesem Fenster habe einer der Kollegen des Unfallopfers gestanden und habe mit Hilfe einer großen Kreissäge Holzlatten, die oben in der Wohnung gebraucht wurden, zugeschnitten. Der junge Bauarbeiter sei nun exakt auf den Mann, der an der Kreissäge arbeitete gestürzt, was diesen auf das Sägeblatt der noch laufenden Säge drückte. Der Bruchteil einer Sekunde reichte aus, um dem Mann an der Säge den rechten Arm abzutrennen. Der blutete fürchterlich und schrie vor Schmerzen grauenhaft, bis er mit einem Schlag verstummte. Sie habe noch nie, in ihrem ganzen Leben noch nicht, so viel Blut auf einmal gesehen, schwärmte sie regelrecht. Bei jedem Herzschlag verließ eine kleine Fontäne Blut die Schlagader!

»Wie beim Schlachten!«, beschrieb sie mit enthusiastischer Stimme sowie leuchtenden Augen und kleinen roten Flecken auf den Wangen, was sie gesehen hatte. »Wenn mein Vater einen unserer Hasen schlachtet, helfe ich ihm immer freiwillig dabei. Erst schlägt er ihm mit einem Knüppel kräftig zwischen Kopf und Rumpf, wodurch dem Hasen hörbar das Genick gebrochen wird. Im Anschluss hängt er ihn an den Hinterbeinen so auf, dass sein Kopf nach unten zeigt. Dann schneidet er dem toten Tier die Kehle durch. Ich fange dann das herausspritzende Blut in einer Schüssel auf. Zum Schluss wird er noch ausgenommen und bekommt das Fell über die Ohren gezogen.«

»Was heißt denn hier, das Fell über die Ohren ziehen?«, wollte es Barabara genauer wissen.

»Das heißt, dass der Hase gehäutet wird! Zu guter Letzt schneidet mein Vater dem Tier dann noch den Kopf ab, das war es dann! Ich empfinde den Anblick eines Lebewesens, das vor meinen Augen sein Leben aushaucht, schrecklich erregend!«

»Wie viel besser muss sich das erst bei einem Menschen anfühlen?«, fragte Barabara mit heißerer Stimme, deren Wangen vor Aufregung regelrecht glühten.

»Das muss ein sehr erhabenes Gefühl sein, glaube ich! Man fühlt sich dann bestimmt wie Gott!«

***

10. Kapitel

Mrs. Benjamin J. Brown betrat Sauerhammers Büro. Im Gegensatz zu den letzten Tagen hatte das schlicht geschnittene Sommerkleid, das sie diesmal trug, einen eher gedeckten Farbton. Ein farblich passendes Tuch hatte sie lässig um ihren Hals und Kopf geschwungen. Ihre grünen Augen verbarg Frau Brown hinter den dunklen Gläsern einer großen Sonnenbrille. Man erkannte auf den ersten Blick, dass sie mit einem Cabriolet unterwegs war. Der Karmann-Ghia parkte direkt vor dem Präsidium.

Der Hauptkommissar begrüßte sie höflich und erkundigte sich, womit er ihr behilflich sein könne. Worauf sie ihre Brille abnahm und ihr ungeschminktes Gesicht, das jetzt erst richtig zur Geltung kam, ließ bei dem Kriminaler die Vermutung aufkommen, dass die junge Frau die vergangene Nacht über nicht viel geschlafen hatte. Als er sie genauer betrachtete, erkannte er ihre geröteten Augen. Was offensichtlich von langem Weinen herrührte. Warum sollte die junge Frau plötzlich so traurig sein?, dachte er. Der Tod ihres Vaters hatte sie bisher doch auch nicht aus der Fassung gebracht.

»Darf ich Ihnen eine Tasse starken Kaffee anbieten?«, erkundigte er sich bei ihr. »Der bewirkt manchmal wahre Wunder! Sowohl bei der Verarbeitung von schlechten Erfahrungen wie auch bei Übermüdung.«

»Woher wissen Sie, was mir gestern Nachmittag zugestoßen ist?«, fragte sie überrascht. »Hat sich denn der Kollege von der Schutzpolizei bereits bei Ihnen gemeldet? Das ging aber flott!«

»Weder hat sich irgendjemand bei mir gemeldet noch habe ich Kenntnis über das, was Ihnen widerfahren ist! Aber so, wie Sie aussehen, scheint es ja keine positive Erfahrung gewesen zu sein. Das ist eine reine Schlussfolgerung aus vorgegebenen Fakten, Das ist meine alltägliche Polizeiarbeit. Nichts, mit dem ich mich brüsten müsste.«

»Das ist vollkommen richtig!«, pflichtete sie Sauerhammer bei. »Auf mich wurde gestern Nachmittag nämlich ein hinterhältiger Mordanschlag verübt! Ich wurde mit voller Wucht überfahren und anschließend beging der Attentäter auch noch Fahrerflucht Stellen Sie sich das mal vor!«

»Verzeihen Sie mir bitte, dass ich Sie einfach so unterbreche. Dafür dass Sie an- oder sogar überfahren wurden, sehen Sie dann aber schon wieder sehr gut aus, Frau Brown!«

»Wie? Ach so … ! Ja, das muss sich nun wohl recht verwirrend für Sie anhören! Die Geschichte ist aber sehr schnell erzählt!«, begann die junge Frau und machte eine theatralische Handbewegung. Anschließend berichtete sie sehr ausführlich von den gestrigen Vorkommnissen im Hofgarten. Dabei ging sie ausgiebig auf ihre mutmaßliche Doppelgängerin ein.

»Wurde sie bei dieser Aktion verletzt?«, wollte der Kriminaler wissen.

»Aber natürlich! Sehr schwer sogar. Sie liegt leider noch immer völlig ohne Bewusstsein im Krankenhaus!« Frau Brown ließ einen tiefen Seufzer hören. »Das arme Mädchen! Eigentlich sollte ich in diesem Krankenbett liegen, und nicht sie. Ich hoffe sehr, dass sie diesen fürchterlichen Angriff auf sie ohne schwerwiegende Folgen übersteht!«

»Das hoffe ich natürlich auch für die arme Frau!«, antwortete Sauerhammer. »Wie kommen Sie eigentlich darauf, dass dieser böse Angriff eigentlich ihnen gegolten haben soll? Vielleicht hatte es der Täter doch auf genau diese Frau abgesehen? Wenn es nicht überhaupt nur ein ganz banaler Unfall war? So etwas soll es durchaus geben!«

»Erst wird mein Vater ermordet, dann wird eine junge Frau mit voller Absicht überfahren, die mir ähnelt wie ein Ei dem anderen! Ist es da denn tatsächlich so abwegig, wenn ich davon ausgehe, dass eigentlich ich das Opfer hätte sein sollen? Dass eigentlich ich hätte sterben sollen und nicht dieses bedauernswerte Mädchen! Sind das nicht ein bisschen viel Zufälle auf einmal? Diese Schuld, dass ein junger, unschuldiger Mensch nur wegen mir so etwas Schreckliches durchmachen muss, werde ich meinen Lebtag nicht mehr loswerden! Grausam ist das Leben manchmal!«

Sie schilderte den Hergang des Anschlags nochmals bis in die kleinste Kleinigkeit. Die Ähnlichkeit, die zwischen dem Opfer und ihr bestand, schmückte sie besonders aus.

»Haben Sie den Fahrer des Wagens sehen können?«, stellte Sauerhammer, der nun doch einen nachdenklichen Eindruck machte, eine Frage.

»Ja, das konnte ich tatsächlich. Es ging alles sehr schnell und in erster Linie kümmerte ich mich natürlich erst um die arme Frau. Aber ja, ich habe den Täter gesehen! Ganz genau sogar!«

»Ist der Ihnen bekannt vorgekommen? Haben Sie ihn in den vergangenen Tagen schon einmal gesehen?«

»Ich habe mir die ganze Nacht über den Kopf darüber zerbrochen. Aber mir ist keine Gelegenheit eingefallen, bei der ich ihn hätte sehen können! Er ist mir völlig unbekannt!«

»Ist Ihnen an dem Wagen etwas aufgefallen, das es uns ermöglicht den Fahrer zu ermitteln und dann eine Gegenüberstellung durchzuführen?«

»Es handelte sich hierbei um ein großes Fahrzeug mit einer sehr auffälligen Lackierung. Weiß und in der Mitte lindgrün. Ach ja, auf dem Heck des Wagens stand Ford.«

»Ein Ford Taunus?«, wollte Müller-Seefried wissen, der bisher, ohne etwas zu sagen, auf einer Schreibmaschine tippte.

»Das weiß ich nun wirklich nicht!«

»Warum fragst du das, Erhard?«

»Weil ich gestern vor dem Haus, in dem wir Federico Lombardi abholten, einen Ford Taunus 17 M, mit genau so einer Lackierung, habe stehen sehen. Der Wagen hatte vorne rechts eine ordentliche Delle! Bei dem könnte es sich durchaus um das Unfallauto handeln.«

»Besser gesagt, um die Tatwaffe!«, verbesserte Mrs. Brown leise in sich hineinschmunzelnd den Kommissar. »Schließlich handelte es sich um ein Attentat!«

***

Giuseppe Zamperoni saß auf seiner Pritsche in der Zelle des Gefängnisses in der Otto-Straße. Damit hatte er nun als Allerletztes gerechnet! Der Haftrichter, dem er am Morgen gleich als erster Kandidat vorgeführt wurde, hatte ihn nicht auf freien Fuß gesetzt. Ganz im Gegenteil. Wegen akuter Flucht- und Verdunklungsgefahr, verhängte er Untersuchungshaft und ließ ihn direkt in das Gefängnis verbringen. Er haderte nicht schlecht mit seinem Schicksal.

»Das habe ich nun davon, dass ich ausgerechnet auf Sie gehört habe. Das hätte ich mir auch gleich denken können, dass man einem Polizisten nicht über den Weg trauen kann!«, sagte er zu Sauerhammer, der auf dem einzigen Stuhl der Zelle saß.

»Sehen Sie es doch nicht ganz so negativ, Herr Zamperoni, immerhin ist die Zeit, die Sie hier verbringen müssen, überschaubar! Säßen Sie hier wegen des Verdachts, Herrn Reuter umgebracht zu haben, sähe das Ganze noch sehr viel schlimmer für Sie aus. Außerdem habe ich Ihnen nicht versprochen, das Sie der Richter heute sofort wieder nach Hause schicken würde! Bei Ihren vielen Vorstrafen die Sie haben, können Sie froh sein, dass er Sie nicht gleich wegen Mordes angeklagt hat!«

»Wie geht es jetzt weiter?«, wollte ein hoffnungsloser Sizilianer wissen.

»Das kommt ganz darauf an, wie Sie ab jetzt gedenken mit uns zusammenzuarbeiten. Es haben sich, im wahrsten Sinne des Wortes, über Nacht völlig neue Erkenntnisse ergeben. Deswegen haben sich mir auch jede Menge neue Fragen gestellt, die Sie mir leicht beantworten können, wenn Sie das denn wollten«, antwortete der Chefermittler.

»Da bin ich jetzt aber einmal gespannt wie ein Flitzebogen. Meinen Sie, dass zumindest dieses eine Mal auch etwas für mich herausspringt? Oder werde ich wieder nur verarscht, von Ihnen?«

»Wie gesagt, die Grundvoraussetzungen hätten wesentlich ungünstiger für Sie sein können, mein Lieber! Aber, ich denke, wenn Sie kooperieren und alles sagen, was Sie in diesem Fall wissen, wirkt sich das bestimmt positiv auf Ihr Strafmaß aus. Also los, Herr Zamperoni, kommen wir nun zu Herrn Lombardi. Was verbindet sie beide noch, außer dem Einbruch bei Reuter?«

»Wie gesagt, dazu habe ich mich von ihm überreden lassen, weil er allein das nicht hinbekommen hätte. Ein reiner Freundschaftsdienst sozusagen. Das war sehr dumm von mir, ich weiß, aber geschehen ist geschehen!«

»Was sagen Sie dazu, dass Ihr alter Freund gestern vorhatte, Frau Brown, die Tochter vom alten Reuter umzubringen? Er hat versucht, sie mit dem Auto zu überfahren, was ihm allerdings nur zur Hälfte gelang! Genau gesagt, hat es gar nicht geklappt, denn er hat das Opfer mit Frau Brown verwechselt und somit die falsche Frau überfahren!«

»Da sage ich nichts dazu«, erwiderte der Sizilianer. »Ich kenne die Frau ja nicht einmal! Ihren Vater, das sagte ich aber schon, kannte ich auch nicht. Mehr habe ich dazu nicht mehr zu sagen!«

»Jetzt zieren Sie sich nur nicht so!«, übernahm Müller-Seefried das Befragen. »Ihr Kumpel ist nicht gerade der Hellste unter der Sonne Frankens. Er ist auf keinen Fall in der Lage, so etwas wie ein Attentat, alleine durchzuführen. Dazu brauchte er mindestens einen Helfer. Oder besser, einen Auftraggeber, der ihm die Planung einer solchen komplexen Aktion abnimmt und ihm obendrein genaue Instruktionen erteilt, wie das Ganze vonstatten zu gehen hat. Sie haben ihm bei dem Einbruch geholfen, warum sollten Sie ihm nicht auch hierbei helfend unter beide Arme gegriffen haben?«

»Weil ich mich seit gestern in Ihrer Verwahrung befinde! Sie erinnern sich vielleicht vage daran? Ein besseres Alibi kann ich doch gar nicht haben«, gab der Beschuldigte zu bedenken.

»Wie ich eben sagte, reichte eine halbwegs intelligente Person aus, die ihm bis ins kleinste Detail erklärte, was er zu tun hatte. Sie scheinen mir kein Dummer zu sein, oder?«

»Sie brauchen sich gar nicht so anzustrengen, es bringt Ihnen auch nichts, mir Komplimente zu machen! Ich weiß nichts von einem Attentat und ich war weder als Planer noch als Ausführender daran beteiligt!«

»Ob Sie uns das glauben oder nicht, aber davon sind wir überzeugt. Und jetzt kommt die von mir erwähnte Intelligenz ins Spiel. Um Ihr Strafmaß nach unten zu korrigieren, müssen Sie uns nur alles sagen, was Sie über dieses Manöver wissen. Je nach Verwertbarkeit Ihrer Angaben, fällt oder steigt die Anzahl der Jahre, die sie hinter schwedischen Gardinen verbringen werden.«

Nach ausführlichen Überlegungen, die Zamperoni anstellte, und nach sorgfältigem Aufwiegen der positiven und der negativen Argumente, kam er zu dem endgültigen Entschluss, jetzt doch besser auszupacken.

»Gut, Herr Kommissar, was wollen Sie von mir wissen?«, gab er nach und wartete auf die erste Frage.

»Wer steckt hinter dem Auftrag, in Reuters Wohnung einzudringen und nach Dokumenten aus der Nazi-Diktatur zu suchen? Einen Namen, Herr Zamperoni und Sie sind Ihrem Ziel schon einen bedeutenden Schritt näher gekommen!« Sauerhammer, der das Fragenstellen wieder übernommen hatte, wartete. »Na, so schwer kann das doch nicht sein?«

»Das glauben jetzt aber auch nur Sie, Herr Hauptkommissar! Gerade diesen Namen preiszugeben, bereitet mir starkes Kopfzerbrechen. Ich habe sozusagen nur noch die Wahl zwischen Teufel oder Beelzebub! Da müssen Sie aber schon noch ordentlich was drauflegen, nur mit einer ›Verurteilung wegen Einbruchs und keine Anklage wegen Mord‹ kommen Sie mir da aber nicht davon! Schon allein, weil Sie mit einer Anklage wegen Mordes sowieso nicht durchkämen!«

»Dann machen wir es eben vollkommen anders!«, schlug Sauerhammer vor. »Ich gebe Ihnen jeweils ein Stichwort vor und Sie sagen nur noch ›Ja‹ oder ›Nein‹. Ist das in Ordnung?«

»Langsam! Langsam! Was bekomme ich dafür?«

»Ich werde mich nicht nur höchstpersönlich, sondern auch mit ganzer Kraft für eine Bewährungsstrafe für Sie einsetzen!«, versprach der Hauptkommissar. »Ist der Auftraggeber Mitglied der Würzburger Justiz?«, lautete die erste Frage.

»Wenn Sie damit diese Sesselfurzer in der Otto-Straße meinen, dann haben Sie voll ins Schwarze getroffen! Volltreffer sozusagen. Er ist tatsächlich einer von denen!«

»Handelt es sich bei der Person um einen Richter? Einen in herausragender Position vielleicht?« Die beiden Kriminaler konnten es kaum erwarten, dass der Untersuchungshäftling endlich antworten würde. Dieser ließ die beiden jedoch ein wenig warten.

»Ah, jetzt verstehe ich Sie! Sie meinen denjenigen, über den neulich erst so unvorteilhaft in den Zeitungen berichtet wurde. Stimmt doch, oder? Habe ich recht?«

»Ich sagte Ihnen doch, bei Ihnen handelt es sich um einen sehr intelligenten jungen Mann! Ja, genauso ist es!«

»Da muss ich Sie jetzt leider enttäuschen! Der hat so schon genug Dreck am Stecken! Dem reichen seine Probleme, die er sich aus dem ›Dritten Reich‹ mit in die Neuzeit gerettet hat! Der ist es definitiv nicht!«

»Ach!«, machten die beiden überraschten Kriminalkommissare gleichzeitig. »Der ist es demnach also nicht? Das wäre jetzt aber auch zu schön gewesen! Wer ist es dann?«

»Nein! Der wäre mir aber in der Tat sehr viel lieber als derjenige, der es in Wirklichkeit ist. Er heißt ...«

»Oh! So ist das also! Dann weiß ich schon Bescheid! Ich bedanke mich bei Ihnen, Herr Zamperoni! Sie haben uns wirklich ein beachtliches Stück weitergeholfen«, antwortete Sauerhammer wissend, während Müller-Seefried ein verdattertes Gesicht zur Schau stellte.

Selbst der kleine Italiener, der mächtig überrascht war, machte große Augen.

»Echt jetzt, commissario?«

***

Der Präsident des Oberlandesgerichts Bamberg war extra nach Würzburg geeilt, um wegen Oskar Neumann und dessen Affäre um seine Position im Nazi-Deutschland und die ihm vorgeworfene Rechtsbeugung vor der hiesigen Presse Stellung zu beziehen. Die eiligst einberufene Pressekonferenz in der Otto-Straße war übermäßig gut besucht. Die vielen Stuhlreihen, die vor dem leicht erhöhten Rednerpult aufgereiht standen, waren bis auf den letzten Platz besetzt. Die zahlreich erschienenen Pressefotografen, die sich erhofft hatten, ein Foto von Richter Neumann zu schießen, wurden enttäuscht. Der erschien erst gar nicht zu der Pressekonferenz, sondern hatte das Gericht über einen Seiteneingang bereits klammheimlich verlassen.

Der Präsident des Oberlandesgerichts verlas eine Verlautbarung Neumanns, der sich in erster Linie darauf berief, dass er weder für die Gesetzgebung des Deutschen Reiches noch für die Gesinnung der Repräsentanten dieses Staates verantwortlich war, noch habe er Gesetze missachtet oder gar gebeugt, noch sie zu seinen Gunsten ausgelegt. Was damals Recht war, könne heute auf keinen Fall Unrecht sein! Er könne sich nichts, aber schon überhaupt nichts vorstellen, wofür er sich entschuldigen müsste! Ganz im Gegenteil! Wenn sich alle so an die bestehenden Gesetze gehalten hätten, wie er, hätte es viel weniger Unrecht gegeben, das man heute beklagen könnte!

Nachdem einer der Reporter wissen wollte, warum ausgerechnet die Hauptperson fehlen würde, wegen der sie schließlich alle hier wären, erklärte der Präsident des Oberlandesgerichts Bamberg, dass sich Herr Neumann krankgemeldet habe. Die Erkrankung sei bereits so weit fortgeschritten, dass er seinen Dienst ab sofort wohl nicht mehr ausführen könne. Vor einer Stunde habe er demzufolge den offiziell eingereichten Rücktritt des Präsidenten des Landgerichts Würzburg entgegengenommen. Der Bamberger Präsident, dessen Hemd völlig durchgeschwitzt war, beantwortete noch eine ganze Reihe von Fragen der anwesenden Journalisten. Anschließend beendete er die Pressekonferenz. Schließlich wollte der am Ende seiner Kräfte angekommene Mann heute Abend wieder zu Hause in Bamberg sein.

Da meldete sich plötzlich ein Redakteur des Main-Journals zu Wort. »Ich habe eine Frage an den Leitenden Oberstaatsanwalt!«, rief er laut.

»Bitte sehr, Herr Riemann, aber bitte fassen Sie sich kurz!«, antwortete Karl Ferdinand Schellenberger höchstselbst, der vorne mit am Rednerpult saß. »Ob Sie es nun glauben oder nicht, aber sogar ich habe irgendwann ein mal ein Recht auf Feierabend!«

»Haben Sie auch vor, aus gesundheitlichen Gründen Ihren Stuhl zu räumen? Oder gehen Sie wirklich davon aus, auch dieses Mal wieder ungeschoren davonzukommen?«

»Was soll das denn werden? Was wollen Sie mir da unterstellen! Sehen Sie sich bloß vor, ansonsten …!«

» … schicke ich Sie ins Vernichtungslager? So wie all die anderen Opfer, die es, Ihrer Meinung nach, nicht wert waren, weiterzuleben?«, fragte Riemann, in dem er den angefangenen Satz Schellenbergers beendete.

Der Leitende Oberstaatsanwalt stürmte mit hochrotem Gesicht um die Tische herum und wollte sich schon den lästigen Fragesteller zur Brust nehmen, als ein wahres Blitzlichtgewitter über ihn hereinbrach, das ihn erst einmal innehalten ließ. In dem Moment aber, als sich seine Augen wieder erholt hatten, erblickte er eine Frau, die in ein elegantes Kostüm gewandet war. Er brauchte einen Moment, bis er sich von seinem Schrecken erholt hatte.

»Ich hatte Sie ja gewarnt! Aber anscheinend wollen Sie nicht hören! Das hier ist Ihre letzte Chance, versemmeln Sie sie nicht wieder, noch einmal lasse ich Ihnen diese Unverschämtheit nämlich nicht mehr durchgehen! Haben Sie mich verstanden? Morgen bekomme ich mein Geld, oder Sie sind der Nächste, der seine Geschichte in der Zeitung lesen kann! Ich hoffe sehr für Sie, dass Sie wissen, was ich meine! Noch eine Chance erhalten Sie wirklich nicht!«

***

Sauerhammer war im Begriff, das Büro seines Vorgesetzten aufzusuchen, als derselbe an seine offene Bürotür klopfte. Der Hauptkommissar hielt schon den ganzen Morgen über das Fenster und die Bürotür weit geöffnet. Da auch die Fenster im Flur offen standen, hoffte er, dass das bisschen frische Luft, das auf diese Weise hereinkam, wenigstens für ein klein wenig Abkühlung in dem aufgeheizten Büro sorgen würde. Ihm schmeckten mittlerweile noch nicht mal mehr seine heißgeliebten Peter Stuyvesant.

»Gerade eben wollte ich hoch zu Ihnen!«, begrüßte er den Kriminalrat.

»So, wolldn Se des grad, Sauerhammer?«, murmelte ›LaLü‹ leise vor sich hin. »Soll ii Ihne des jedzd dadsächlich gläb?« Langenlüdegge lächelte, was Sauerhammer aber nicht mitbekam.

»Ja, das wollte ich tatsächlich. Aber, jetzt wo Sie da sind, was verschafft mir die Ehre Ihres Besuchs, Herr Kriminalrat?«, fragte er etwas verschnupft. »Oder ist es wieder die alte Leier? Möchten Sie mich wieder einmal ermahnen, meine Arbeitskraft nicht mit dem Fall Reuter zu verplempern?«

»Nix voo dem! Ii hab bloß gedachd, ii schau emal, was Se'n ganzn Dach so dreibn. Weil, wenn Se grad nix Wichdichs zum dun ham, könndn mer ja emal in der Oddo-Schdrass vorbei guggng! Da soll irchnd so ä uffgeblusdeder Oberschdaadsanwald sei Unwesn dreib! Un, was meene Se dazu, Herr Sauerhammer? Wär des jedzd ned was für uns zwee?«

»Sie meinen, wir sollten uns den Schellenberger vornehmen?«, wollte es der Chefermittler ganz genau wissen, weil er glaubte, sich verhört zu haben. »Jetzt auf einmal? Ist das Ihr voller Ernst, Herr Kriminalrat?«

»Genau des hab ii Ihne doch grad gsachd! Da freu ii mi scho über ä Woche druff!« ›LaLü‹ strahlte über das ganze Gesicht. »Also, was is jedzd? Sinn Se dabei, Herr Haubdkommissar?«

»Da sollten wir jetzt nicht mehr lange überlegen, sondern uns sofort auf den Weg machen!«, schlug Sauerhammer vor und kurz darauf befanden sie sich auf dem Parkplatz hinter dem Polizeipräsidium, um mit dem Dienstwagen des Kriminalrats in die Otto-Straße zu fahren.

Auf den Weg dorthin unterhielten sie sich angeregt über den überraschend schnellen Abgang des inzwischen ehemaligen Landgerichtspräsidenten Oskar Neumann, über den auch heute wieder alle Zeitungen berichtet hatten. ›LaLü‹ hatte längst versucht ihn zu erreichen, allerdings ohne Erfolg!

Es fanden sich aber auch in den Cafés und Gasthäusern viele Menschen, die den Fall ›Oskar Neumann – Ein Leben als Nazi-Richter!‹, wie es Riemann so schön als Schlagzeile in dem Main-Journal formuliert hatte, sehr kontrovers diskutierten. Die absolute Mehrheit wusste schon immer, dass mit dem allzu glatten Herrn Neumann etwas nicht stimmte. Der Rest war der Meinung, dass es nun aber auch mal Schluss sein müsse mit den ewigen Vorhaltungen. Über die vielen unschuldigen Opfer dieser skrupellosen Männer, sprachen im Gegensatz dazu nur sehr wenige Leute!

Am Gericht angekommen, parkte der Kriminalrat seinen Wagen unmittelbar neben der ›Justitia‹, einem Kiosk, der sich zwischen der Universitätsbücherei und dem Gerichtsgebäude befand. Dort lud ›LaLü‹ seinen Mitarbeiter auf eine gute Würzburger Bratwurst ein.

»Mer solldn uns abba ersd noo emal richdich schdärgn, bevor mer uns nei die Löwngrube schdürzn!«, waren seine Worte. Nachdem sie sich die Würzburger Spezialität hatten schmecken lassen, kaufte Langenlüdegge noch eine aktuelle Ausgabe des Main-Journals. Dann machten sich die beiden auf den Weg hinüber in die Staatsanwaltschaft.

Im Vorzimmer des Leitenden Oberstaatsanwalts wurden sie zunächst von dessen resoluter Sekretärin aufgehalten. ›Die hätte die letzten Jahre aber auch sehr gut als Aufseherin in einem …‹, dachte Sauerhammer und schalt sich sofort wegen seines Vorurteils, dessen er sich eben bewusst wurde, einen törichten Kleingeist. Wenn er so dachte, unterschied er sich ja nicht im Geringsten von der breiten Masse!

»Ja«, sagte ihnen die Frau, »Herr Schellenberger ist zwar in seinem Büro, er hat aber im Moment so gar keine Zeit! Weder für Sie, noch für sonst irgendjemanden!«

Die Zeit würde er sich wohl oder übel nehmen müssen, für den Fall, dass er nicht in Polizeibegleitung das Gebäude verlassen wolle, bekam sie darauf von Sauerhammer als Antwort. Es stünde ihm nicht besonders gut zu Gesicht, vor dem Gerichtsgebäude mit einer »grünen Minna« abgeholt zu werden, setzte der Kriminaler noch nach. Gerade jetzt würde er damit kein gutes Signal aussenden.

Die Sekretärin zeigte sich plötzlich von einer ganz anderen Seite. Sie habe mit den Machenschaften ihres Chefs nichts zu tun. Außerdem beginne jeden Moment ihre verdiente Mittagspause, die sie bei dem herrschenden Wetter im Freien verbringen werde. Sie nahm ihre Handtasche und war Sekunden später verschwunden.

Kriminalrat Langenlüdegge klopfte an die Tür von Schellenbergers Büro.

»Nein!«, hörten sie seine markige Stimme sogar durch die dick gepolsterte Tür hindurch. »Ich hatte Ihnen doch klar und deutlich mitgeteilt, dass ich nicht gestört werden will! Egal was passiert!«

»Dadruff könne mer jedzd kee Rüggsichd mehr nemm«, erwiderte ›LaLü‹ beim Betreten des Raums. »Herr Oberschdaadsanwald, oder soll ich lieber Herr Oberschdaadsanwald außer Diensd zu Ihne sach? Egal. Mir häddn da die enne odder annere Frach an Sie. Wolln Se's hier odder lieber im Bräsidium hinner sich bring?«

»Was fällt Ihnen ein, so mit mir zu reden, Langenlüdegge? Ich werde mich bei Ihrem obersten Dienstherrn über Sie beschweren! Darauf können Sie sich verlassen! Und jetzt raus aus meinem Büro!«

»Nix für ungud, mei lieber Schellnbercher, abba da machn Se grad en grossn Dengfehler!«, gab der Kriminalrat zurück und legte dem Oberstaatsanwalt das mitgebrachte Main-Journal so auf dessen Schreibtisch, dass dem sein eigenes Konterfei entgegenblickte.

»Sie ham die Wahl, Sie könne sich freilich weichern, mid uns zu kommn, dann müssn Se abba davo ausgeh, dass Se in Handschelln un uff jederer Seidn voo em Uniformierde eskodierd des Gerich verlassn wern. Da der Riemann eh scho unne uff der

Schdraß schdehd, wird's wahrscheinlich aa des enne odder des annere schönne Foddo voo Ihne gäb! Also, wie sichds denn jedzd aus, ham Se Zeid für uns, odder immer no ned?«

Der Jurist grinste selbstgefällig und sagte: »Das werden Sie bitter bereuen, Langenlüdegge! Und zwar ganz schnell! Glauben Sie mir!«

»Falls Sie sich hierbei auf ihre beiden, sagen wir einmal, Helfer für die grobe Arbeit, verlassen sollten, muss ich Sie enttäuschen, Herr Oberstaatsanwalt. Die Herren sind zur Zeit auch Gäste unseres Hauses! Ich muss mit Sicherheit kein Hellseher sein, um Ihnen verlässlich mitteilen zu können, dass Sie auf diese beiden Mitarbeiter die nächsten Jahre nicht mehr zählen sollten!«

***

Im kleinen Verhörraum saß Federico Lombardi mit hängenden Schultern und jeder Menge Schweißperlen auf der Stirn an dem schmalen Tisch, der in der Mitte des Zimmers stand. Ihm gegenüber hatten Müller-Seefried und Hohner Platz genommen. An einem Pult neben dem vergitterten Fenster saß eine der Schreibkräfte und stenographierte jedes einzelne Wort mit, das in dem Raum gesprochen wurde.

»Es nützt Ihnen doch absolut nichts mehr, uns weiterhin den Ahnungslosen vorzuspielen. An Ihrem Ford Taunus haben wir deutliche Spuren festgestellt, die eindeutig von dem Aufprall des armen Fräuleins stammen, das Sie in voller Absicht, es zu töten, mit Ihrem Wagen überfahren haben! Dafür gibt es eine höchst glaubwürdige Zeugin, die Sie unzweifelhaft erkannt hat. Dazu kommt noch die Aussage Ihres guten Freundes, Federico Zamperoni. Der hat uns, als absolute Krönung sozusagen, sogar Ihren Auftraggeber genannt. Zu guter Letzt wird der gerade von seinem Arbeitsplatz im Gericht abgeholt und hierher ins Präsidium gebracht. Was glauben Sie, welche Geschichte wird der meinem Chef erzählen? Ich kann Ihnen das jetzt schon ganz genau sagen, Lombardi! Er wird alles Ihnen alleine in die Schuhe schieben! Das können diese studierten Sesselfurzer am aller besten! Sie werden dafür bezahlen und der geht, wie immer in seinem Leben, einfach so, ohne für seine Untaten einzustehen, nach Hause.

Willst du das, Federico? Willst du das wirklich? Ich könnte das nicht ertragen!«

»Was soll ich denn bloß machen? Wenn ich seinen Namen auch nur am Rand erwähne, lässt der mich einfahren bis ans Ende meiner Tage! Da habe ich jetzt auch keine Lust drauf, wenn ich ehrlich bin! So einer wie der sitzt doch immer am längeren Hebel! Da kann man machen, was man will! Der lässt mich doch glatt an seinem ausgestreckten Arm verhungern!«

»Der kann niemanden mehr einfahren lassen! Auch Sie nicht! Wissen Sie das denn noch gar nicht? Seine Zeit als Leitender Oberstaatsanwalt ist für immer abgelaufen. Genau wie der Herr Landgerichtspräsident Neumann seinen Sessel nie wieder benutzen wird. Er ist seit gestern kein Präsident mehr.«

»Was sagen Sie da, Herr Kommissar?«

***

Ronald Klüpfel betrat gemeinsam mit seinem Vater Sauerhammers Büro. Der schäumte nur so vor Wut. Er wollte von Sauerhammer wissen, wer hinter dieser Intrige stecken würde. Wer solche Unwahrheiten über seinen Sohn verbreiten würde? Diese Attacken zielten doch einzig und allein auf seine Person! Sein Sohn wäre nur ein Mittel zum Zweck. Man wolle ihn aus seinem Amt drängen und ihn politisch gesehen kaltstellen. Das würde er sich jedoch nicht gefallen lassen!

Der Hauptkommissar forderte ihn auf, sich nun erst einmal zu beruhigen. Es ginge hier nicht um ihn, sondern nur um den Mord an Ottmar Reuter. Ronald habe Kenntnis über Ereignisse, die zur Klärung der Tat beitragen würden. Und allein darum ginge es jetzt in diesem Moment.

Sein Sohn wisse nichts über den Mord, was er nicht schon zu Protokoll gegeben habe. Aus diesem Grund würde er ab sofort auch nichts mehr den Fall betreffend sagen. Er verweigere, was sein gutes Recht sei, die Aussage!

Sauerhammer entschuldigte sich daraufhin bei Ronald im Voraus dafür, was jetzt kommen würde, aber sein Vater lasse ihm leider keine andere Wahl. Dann ließ er die beiden in den Verhörraum bringen.

»Wir haben Zeugen dafür, dass du es warst, der mit dem Mann gesprochen hat, der euch mit einem großzügigen Trinkgeld dafür belohnte, dass du ihm Informationen über Ottmar Reuter, beziehungsweise über das, was in seiner Wohnung passierte, zukommen hast lassen. Es geht uns in erster Linie nicht um das, was du ihm im Einzelnen erzählt hast, sondern wir möchten von dir erfahren, wer diese Person ist«, erklärte Sauerhammer ein paar Minuten später dem Knaben.

»Ronald weiß nichts, was Ihnen weiterhelfen könnte, und aus diesem Grund wird er sich auch nicht mehr äußern«, wiederholte Doktor Klüpfel. »Warum sollte er das auch?«

»Weil Sie genau wissen, dass, wenn die offiziellen Ermittlungen erst einmal begonnen haben, immer etwas Negatives zurückbleibt! Wenn Sie sich schaden, ist das Ihre persönliche Angelegenheit. Wenn Sie aber Ronald in irgendetwas mit hineinziehen, was ihm seine Zukunft verbauen wird, ist das auch sein Problem. Ich schlage also vor, dass Sie Ihrem Sohn raten, uns alles zu sagen, was er weiß, und im Gegenzug tun wir, was wir können, um ihn aus der öffentlichen Berichterstattung herauszuhalten.«

Nach einer kurzen Unterbrechung der Zeugenbefragung, die der Vater dazu nutzte, seinem Sohn Instruktionen, seine Aussage betreffend, zu erteilen, kam Sauerhammer in den Verhörraum zurück.

Ronald berichtete in den nächsten Minuten ausführlich über den Ablauf der Aufträge, die er von diesem spendablen Mann erhalten habe. Dabei bestätigte er die Aussage des Knaben, den der Fischers Schorsch aufgetrieben hatte und der zu den dreien gehörte, die Frau Gebhard am Tag von Reuters Ableben im Treppenhaus hörte.

Bei der danach folgenden Personenbeschreibung, erkannte Sauerhammer, um wen es sich hierbei handelte. Er fuhr mit Müller-Seefried in die Otto-Straße, wo Giuseppe Zamperoni in Untersuchungshaft saß. Mit ihm führten die Kriminaler ein sehr intensives Gespräch.

***

Zwei Jahre zuvor (Juni 1957)

In den Eisenbahnwaggons am Südbahnhof herrschte große Aufregung. Hinten im Wagen der Steigers soll irgendetwas ganz Schlimmes passiert sein. Diese Nachricht verbreitete sich im Moment wie ein Lauffeuer auf dem Platz. Man wisse jedoch noch nichts Genaues. Mit den Mädchen solle angeblich etwas nicht stimmen. Aber bei den beiden war ja immer irgendetwas nicht ganz in Ordnung. So oder so ähnlich tuschelten die Bewohner, die sich zu dieser Zeit nicht an ihrem Arbeitsplatz befanden. Die kleine Gruppe Neugieriger drängte zielstrebig zu den hinteren Bahnwaggons! Obwohl es sich bei ihnen um eine überschaubare Meute handelte, brachten sie es fertig, mehr aus Neugierde als aus bösartiger Absicht, dem zügig heraneilenden Sanitätswagen die Zufahrt zu den am hinteren Ende stehenden Waggons zu versperren. Sie ergingen sich unterdessen in den wildesten Spekulationen darüber, was bei den Steigers wohl passiert sein könnte.

Erst hieß es noch, eines der Mädchen habe sich aus Versehen mit kochendem Wasser übergossen und großflächige Verbrennungen davongetragen. Andere behaupteten, dass der Steiger auf einer Baustelle, auf der er beim Polier nach Arbeit fragen wollte, vom Baugerüst gefallen sei. Hierbei habe er sich schwerste Verletzungen zugezogen, die er nicht überleben würde. Wieder andere vertraten nun die These, dass Frau Steiger, als man sie über den Unfall ihres Gatten informieren wollte, plötzlich zusammengebrochen sei.

Der Fahrer des Sanitätswagens betätigte ununterbrochen die Hupe, um die Leute dazu zu bewegen, ihn durchzulassen! So bewegte er sich ganz langsam, beinahe im Zeitlupentempo, durch die Menschenmenge. Erst als Luitgard aus dem Waggon gesprungen kam und wild gestikulierend die Leute anschrie, doch endlich das Sanitätsauto durchzulassen, machten sie widerwillig den Weg frei.

Die Männer vom Malteser Hilfsdienst fanden kurz darauf Frau Steiger vor dem Ehebett auf dem Fußboden liegend vor. Um ihren Hals schmiegte sich eine Schlinge, deren Ende ungefähr zwanzig Zentimeter oberhalb ihres Kopfes durchtrennt war. Das Gegenstück dazu baumelte immer noch von einem Haken von der Decke.

Direkt neben ihr lag ein auf die Seite gefallener Küchenstuhl. Irgendjemand hatte ihr die Hände auf der Brust gefaltet und ihr die Augenlider geschlossen. Sie machte auf die Männer den Eindruck, als ob sie friedlich schlafen würde.

Den Rettungssanitätern gelang es trotz intensivster Bemühungen nicht mehr, die schwerverletzte Frau zu reanimieren.

Da drangen plötzlich laute Geräusche zu ihnen herein. Ein Mann, der nicht mehr ganz nüchtern zu sein schien, schrie laut und vulgär die Leuten vor dem Waggon an. Eine der Nachbarinnen hatte Albert Steiger, der wie immer in seiner Stammkneipe herumlungerte und sich volllaufen ließ, darüber informiert, dass sich seine Ehefrau das Leben nehmen wollte. Da er gerade erst ein frisch gezapftes Bier bekommen hatte, hatte die Rettung seiner Frau aber noch eine Weile warten müssen.

Marianne lag in eine Wolldecke gekuschelt auf dem Sofa und besah sich mit großem Interesse, was um sie herum passierte. Zuerst war sie noch zutiefst beleidigt gewesen, da Luitgard mit ihr geschimpft hatte, weil sie nicht mithalf, ihre Mutter wiederzubeleben. Momentan interessierte sie sich sehr für alles, was um sie herum passierte. Als sie ihren Vater erkannte, der den Waggon betrat, fing sie an laut zu lachen. Sie konnte sich gar nicht mehr beruhigen, so heftig musste sie lachen.

Ihr Vater, der im ersten Moment gestutzt hatte und sich das Benehmen seiner Tochter nicht erklären konnte, lief mit ein paar Schritten zu seinem jüngeren Kind und verpasste ihr zwei schallende Ohrfeigen. Daraufhin lachte sie nur noch mehr. Plötzlich holte sie mit ihrer rechten Hand aus und schlug ihrem Vater zwei mal kurz hintereinander unvermittelt mitten ins Gesicht. Er blutete stark aus seine Nase.

Einer der Sanitäter, die damit beschäftigt waren, ihre Ausrüstung einzupacken, wollte sich die lädierte Nase ansehen, wurden aber von Steiger aufbrausend und unsanft zur Seite gestoßen. Hierbei prallte er mit Marianne zusammen, die nun wiederum ins Straucheln geriet und bei dem Versuch, wieder festen Halt unter den Füßen zu bekommen, über ihre tote Mutter stolperte.

***

11. Kapitel

Mrs. Brown bewohnte in dem nicht ganz billigen Würzburger Hotel eine sehr komfortable Suite. Sauerhammer, dem ein Hausmädchen in klassischem Outfit die Tür geöffnet hatte, war bass erstaunt darüber. Er fragte sich, wie sich das eine Tochter Reuters leisten konnte.

Veronika Brown saß vor dem feudalen Sekretär, der sich vor den beiden großen Fenster des Salons befand. Sie schien ein Dokument, das sie in ihren Händen hielt, zu lesen. Ihr gegenüber saß ein elegant gekleideter Mann, der etwa vierzig Jahre alt war. Er schien darauf zu warten, dass Frau Brown das Schriftstück zurück auf den Sekretär legen würde, wo sich weitere Papiere befanden.

Das Mädchen, das Sauerhammer ihrer Arbeitgeberin gemeldet hatte, verließ, nachdem sie artig geknickst hatte, wieder den Raum.

Der Hauptkommissar, der sich erst höflich für seine überraschende Störung bei Frau Brown entschuldigte, erklärte dann sein Erscheinen mit sehr wichtigen Fragen, die er an sie habe und deren Beantwortung leider keinen Aufschub dulden würden.

Das träfe sich sehr gut, erwiderte sie dem Kriminaler, da Doktor Höhn, der distinguierte Herr, der ihr gegenüber saß, ihr Rechtsbeistand sei. Es könne wohl nicht schaden, wenn er bei dem Gespräch anwesend sei und ihr, falls nötig, zur Seite stehen würde.

Ob sie denn davon ausgehe, wollte Sauerhammer von ihr wissen, dass sie, die sicherlich hervorragenden, wie aller Wahrscheinlichkeit nach jedoch auch sehr kostenintensiven Dienste des ehrenwerten Doktor Höhns in Anspruch nehmen müsse? Worauf er seinen Blick betont in dem außerordentlich geschmackvoll eingerichteten Raum umherschweifen ließ. Worauf sie ihm nur ein anmutiges Lächeln schenkte.

»Was mich zu meiner ersten Frage führt, Frau Brown«, eröffnete der Kripo-Beamte seine Befragung. »Wie können Sie sich das eigentlich nur alles leisten? Ihre extravagante Garderobe, die noble Suite, diesen Rechtsbeistand und nicht zu vergessen die aufwendige Behandlung, noch dazu als Privatpatientin, Ihrer Schwester?«

»Mein Ehemann hat mir einiges hinterlassen, als er kurz nachdem wir nach Amerika gegangen waren, so plötzlich verstarb. Außerdem habe ich eine äußerst glückliches Händchen darin bewiesen, seine Geschäfte in seinem Sinn und vor allem zu meinem Besten fortzuführen«, antwortete Frau Brown in ruhigem Ton. »Mir blieb aber auch gar nichts anderes übrig, als damit erfolgreich zu sein. Schließlich habe ich drei prachtvolle Kinder, die gut versorgt sein wollen«, versuchte sie trotz allem ein wenig Bescheidenheit an den Tag zu legen.

»Da weiß ich jetzt überhaupt nicht, was angebrachter wäre, ›Mein Beileid‹ oder ›Herzlichen Glückwunsch‹! Es wundert mich aber dann schon sehr, dass es einem einfachen GI der amerikanischen Streitkräfte möglich ist, Ihnen ein offensichtlich so beträchtliches Vermögen zu hinterlassen.«

»Danke, Herr Hauptkommissar. Für beide Varianten«, antwortete sie darauf mit einem charmanten Lächeln. »Er stammte aus einer gut betuchten Familie, müssen Sie wissen, deren letzter Nachkomme er war. Reicht Ihnen das aus als Erklärung?«

»Mich beschäftigt da allerdings noch eine weitere Frage«, fuhr Sauerhammer fort. »Warum geben Sie dermaßen viel Geld aus für eine kranke Frau, die Sie seit Ihrem Fortgang ins ›gelobte Land‹ eigentlich nicht mehr gesehen haben wollen!«

»Das erschien Mrs. Brown für nicht relevant genug. Warum sollte Sie sich Ihnen gegenüber mit ihren guten Taten brüsten? Sie tut das ganze Jahr über so viel Gutes und spricht nicht darüber, warum sollte sie bei Ihrer Schwester eine Ausnahme machen?«, übernahm Doktor Höhn das Antworten.

»Weil ich sie speziell nach ihrer Schwester und deren Verbleib gefragt hatte. Ich hätte nämlich gerne persönlich mit ihr gesprochen«, konterte Sauerhammer und sah im Anschluss Frau Brown tief in die Augen. »Was wäre so schlimm für Sie gewesen, wenn Sie mir mitgeteilt hätten, dass sich Ihre Schwester in der Obhut der Ärzte der Universitätsklinik befindet?«

»Bei ihrer Erkrankung handelt es sich um nichts, das man gerne mit einem Fremden besprechen möchte. Wie gesagt, ich hielt es einfach nicht für wichtig genug. Falls das ein Fehler meinerseits war, entschuldige ich mich hierfür!«

»Darf ich vielleicht auch erfahren, warum Sie mir Ihre Besuche bei Ihrem Vater vorenthalten haben? Erachteten Sie die auch als irrelevant? Oder litt auch er an einer Krankheit, über die Sie nicht gerne mit einem Fremden gesprochen hätten?«

»Ich war nicht bei meinem ...«, unternahm die junge Frau einen Versuch den versteckten Vorwurf abzustreiten.

»Es gibt Zeugen, Frau Brown! Verstricken Sie sich jetzt nicht in irgendein Lügengebilde! Das macht alles bloß noch schlimmer!«

»Mrs. Brown sieht dieses Gespräch ab sofort als beendet an. Ich wünsche Ihnen noch einen schönen Tag, Herr Hauptkommissar!«, wollte Rechtsanwalt Höhn die Unterredung beenden und erhob sich, um Sauerhammer zur Tür zu geleiten.

»Das wäre zum einen sehr schade, weil wir bisher eigentlich gut miteinander zurechtgekommen sind, zum anderen wird Ihnen das nichts nützen, weil wir in diesem Falle das Gespräch auf dem Polizeipräsidium weiterführen würden«, gab Sauerhammer zu bedenken.

»Als was gedenken Sie meine Mandantin vorzuladen, als Zeugin oder gar als Beschuldigte? Das wird das amerikanische Generalkonsulat mit Sicherheit auch interessieren, immerhin ist Mrs. Brown amerikanische Staatsbürgerin. Außerdem ist ihr Besuch in Deutschland durchaus nicht nur privater Natur. Sie weilt auch im Auftrag des amerikanischen Handelsministeriums in unserer schönen Bundesrepublik. Was Sie vielleicht auch noch interessieren sollte, ist letztendlich die Tatsache, dass Frau Brown im Besitz eines Diplomatenpasses ist.«

»Immer wieder diese Schwierigkeiten mit den Amerikanern!«, rutschte es Sauerhammer, der sich an die anfänglichen Komplikationen mit dem Colonel erinnerte, heraus.

»Wie bitte? Was meinen Sie für Schwierigkeiten?«

»Ist schon gut!«, wiegelte Sauerhammer ab. »Wir sehen uns wieder, verehrte Frau Brown. Darauf können Sie sich verlassen!«, fügte er aber dann doch noch an.

***

Oberstaatsanwalt Schellenberger saß mit eingezogenem Genick, was überhaupt nicht zu seiner vierschrötigen Figur und seinem ansonsten vor Selbstvertrauen nur so strotzenden Auftreten, passte, am Tisch im Vernehmungsraum Nummer 1 des Polizeipräsidiums. Sauerhammer, der neben der Tür mit dem Rücken an der Wand lehnte, schaute mit ernstem Gesichtsausdruck abwartend zu dem Juristen hinüber.

»Ihnen brauche ich doch nicht lang und breit zu erklären, wie das Prozedere nun vonstattengehen wird. Das wissen Sie selbst doch mindestens so gut wie ich.«

Der Angesprochene nickte müde, äußerte sich aber weiterhin mit keinem einzigen Wort zu den ihm zur Last gelegten Vorwürfen. Er hielt dem Blick des Kommissars stand.

»Sie verschwenden sinnloserweise Ihre Kraft und Ihre Zeit, die Sie momentan besser in die Abwehr der Vorwürfe, die Ihnen in erster Linie einmal die hiesige Presse, dann naturgemäß Ihre vorgesetzten Dienststellen und dann zu guter Letzt sicher auch die Bayerische Anwaltskammer machen werden, investieren sollten. Meinen Sie nicht auch, dass es wesentlich besser für Sie wäre, jetzt im Fall Reuter, reinen Tisch zu machen und sich dann den anderen ihrer Probleme zu widmen?«

»Zum Fall Reuter habe ich nichts zu sagen, da ich mit diesem Herrn nichts zu schaffen habe. Mit solchen Leuten verkehre ich in der Regel nicht. Schluss! Aus! Feierabend!«

»Sie machn sich doch bloß es Lebn selber noo schwerer, mei lieber Herr Schellnbercher!«, meldete sich jetzt ›LaLü‹ zu Wort, der bisher dem Geschehen schweigend gefolgt war. »Der Sauerhammer had völlich rechd. Sie brauchn jedzd alle Grafd für Ihre annern Brobleme. Warum ham Se denn die zwee Idaliener zum Reuder gschiggd? Was ham die fürn Uffdrach ghabd? Die Herrn Lombardi und Zamberoni ham jeweils ä Gschdändnis abglechd und Sie nebnbei noo schwer belasded. Also, Schellnbercher, was is? Wirds heud noch?«

»Ja, die beiden haben für mich gearbeitet. Sie haben auf meinen Wunsch hin nach den mysteriösen Unterlagen, die mich angeblich belasten würden, bei dem alten Spinner gesucht. Sie haben aber nichts gefunden, weil es gar kein solches Material gibt!«, gab der Jurist zu.

»Und der unerfreuliche Besuch der beiden bei dem Opfer ist nicht auf Ihrem Mist gewachsen?«, wollte Sauerhammer wissen.

»Die haben den alten Mann also ohne ihr Wissen zusammengeschlagen und ihm noch weitaus schlimmere Sanktionen angedroht?«

»Was weiß denn ich?«, erwiderte der Oberstaatsanwalt brüsk. »Warum hadn der Zambaroni eichndlich die Reuders Dochder umbring soll?«

»Was soll das denn jetzt heißen?«, schrie der Beschuldigte die Kriminaler an. »Das wird ja immer besser bei euch! Wollen Sie mir etwa unterstellen, dass ich damit etwas zu tun haben könnte? Er sollte ihr doch nur eine Abreibung zuteil werden lassen, damit sie endlich ihr großes Maul halten würde. Das hätte schon gereicht! Von Totfahren hat niemand etwas zu dem gesagt!«

»Das sollen wir Ihnen glauben?«

»Das müssen Sie mir glauben, weil das die Wahrheit ist! Meine Karriere ist so oder so beendet, aus welchem Grund sollte ich Sie also anlügen? Mir geht es jetzt lediglich um Schadensbegrenzung! Einigermaßen sauber und unbeschadet aus der Sache herauskommen, das ist es, was jetzt zählt. Vielleicht sollte ich es auch so machen wie der Neumann? Was meinen Sie? Vorzeitige Pensionierung aus gesundheitlichen Gründen! Klingt doch gar nicht mal so schlecht!«

»Er hat Sie erpresst! Geben Sie es doch einfach zu!«

»Erst er und dann seine Tochter! Ja, das gebe ich zu und ja, ich habe beiden eine eindeutige Warnung zukommen lassen! Ich habe aber trotzdem weder mit dem Mord an Reuter noch an dem versuchten Mord an seiner Tochter etwas zu tun. Ich hätte diesem Mistkerl liebend gern selbst den Hals umgedreht, aber da ist mir leider einer zuvorgekommen. Außerdem habe ich für die Tatzeit ein wasserfestes Alibi!«

»Wenn Sie's wirglich ned warn, verehrder Schellenbercher, wer sollsn dann gwesn sei? Könne Se mer des emal verrad? Und Ihr Alibi wird übrichns grad noo überbrüfd! Bloß, dass mer uns verschdehn, gell!«

»Für Sie immer noch Herr Schellenberger, verehrter Herr Kriminalrat! So viel Zeit muss sein! Auf Ihre Frage kann ich nur antworten, wenn Sie keine Ahnung haben, wer der Mörder ist, woher soll es dann ausgerechnet ich wissen? Was mein Alibi angeht, verwette ich Haus und Hof, dass Ihnen das ganz schnell den Wind aus den Segeln nehmen wird!«

***

»Giuseppe Zamperoni und sein Spezi Federico Lombardi befanden sich in der Tatnacht tatsächlich in der Bar *Zur roten Laterne*. Genau wie sie es angegeben haben«, berichtete Müller-Seefried, der auf Sauerhammers Stuhl hinter dessen Schreibtisch saß. »Die beiden kommen leider für den Mord am alten Reuter nicht mehr in Frage.«

Der Hauptkommissar lehnte wie so oft mit dem Rücken am Fenstersims und blies den Rauch seiner Zigarette zum weit geöffneten Fenster hinaus. »Irrtum ausgeschlossen?«, fragte er mit einem leichten Hauch von Hoffnung in der Stimme, dass man die Aussagen der Zeugen vielleicht doch noch widerlegen könne.

»Absolut!«, antwortete ihm der junge Kommissar. »Die hätten schließlich an jenem Abend eine Runde nach der anderen ausgegeben. An die beiden haben sich da natürlich alle sofort erinnert, die ich befragt habe. Zur fortgeschrittenen Stunde wären sie dann mit vier Mädchen und eben so vielen Sektflaschen im Séparée des Etablissements verschwunden, wo sie mit allen vieren gemeinsam die ganze Nacht verbrachten hätten. Was die jungen Dinger mir gegenüber auch mit glänzenden Augen bestätigt haben. Eine Nacht, die sie nicht so schnell vergessen würden! Das seien eben echte Italiener, die zwei! Liebhaber, wie man sie sich nicht besser wünschen könne, schwärmten die Mädchen.«

»Was issn mid em Schellenbercher seim Alibi?«, wollte ›LaLü‹ wissen, der in angespannter Haltung auf dem unbequemen Stuhl vor dem Schreibtisch saß. »Hoffndlich is des wenichsdns gebladzd!«

»Da muss ich Sie leider enttäuschen, Herr Kriminalrat. Aber die Dame aus sehr gutem Hause, die mich im Übrigen eindringlich bat, die Sache äußerst diskret zu behandeln, hat tatsächlich bestätigt, mit dem Oberstaatsanwalt die in Frage kommende Zeit gemeinsam verbracht zu haben. Sie lege allerdings sehr großen Wert darauf, klarzustellen, dass nichts geschehen sei, dessen sie sich schämen müssten. Ihre Beziehung zu Herrn Schellenberger sei rein platonisch. Der steht uns, zumindest was den brutalen Mord an Reuter angeht, als Täter leider auch nicht mehr zur Verfügung.«

»Scheibngleisder!«, entfuhr es ›LaLü‹. »Immer desselbe! Wenn du dengsd, du hasd des Glügg, ...«

»... dann ziehd des Mensch den Arsch zurügg!«, vervollständigte Fischer ›LaLüs‹ angefangenen Satz mit einem breiten Grinsen.

»So langsam scheinen uns die Verdächtigen auszugehen!«, merkte Müller-Seefried nachdenklich an. »Was ist eigentlich mit Reuters Tochter? Hätte die eventuell ein plausibles Motiv?«

»Mrs. Benjamin J. Brown? Die Frau, die den Oberstaatsanwalt um seine schwer verdienten Ersparnisse bringen wollte?«, hakte Sauerhammer nach.

»Zum Beispiel«, antwortete der Jüngere. »Oder vielleicht deren Schwester. Was ist eigentlich mit der? Könnte es nicht auch sie gewesen sein? Wäre ja nicht das erste Mal, dass eine Tochter ihren Vater umbringt! Was bei so einem gewaltbereiten Mann wie dem Reuter, nachvollziehbar wäre!«

»Die befind sich doch in ärzdlicher Obhud im Luidbold Granggnhaus«, gab der Kriminalrat zu bedenken.

»Zumindest die meiste Zeit über«, rief Hohner, der eben aus der Uni-Klinik, wo er den richterlichen Beschluss zwecks Aufhebung der Schweigepflicht des behandelnden Arztes abgab, zurückgekommen war. Bei der Gelegenheit habe er dann auch gleich die Möglichkeit beim Schopf gepackt und mit dem Stationsarzt ein ausgiebiges und durchaus auch aufschlussreiches Gespräch geführt.

Als alle, außer Hohner, Sauerhammers Büro verlassen hatten, fragte der seinen Vorgesetzten, ob er noch einen kleinen Moment Zeit für ihn habe. Er würde gerne ein paar Worte über Frau Koch, seine Verlobte, mit ihm sprechen. Sie kenne nämlich Ottmar Reuter noch von früher. Sie habe leider keine guten Erfahrungen mit ihm gemacht.

***

Professor Jüttner war mit zwei jungen Assistenzärzten, die ihm vom Speisesaal bis zu seinem Behandlungszimmer begleitet hatten, in ein Gespräch vertieft. Es schien um eine neuartige Behandlungsform zu gehen, die die beiden jüngeren Mediziner gerne einer ihrer Patientinnen angedeihen lassen wollten. Der Herr Professor schien allerdings extrem anderer Meinung zu sein.

Als Sauerhammer und Müller-Seefried sich der kleinen Gruppe näherten, beendete der Chefarzt die Diskussion. Er wandte sich mit einem gezwungenen Lächeln seinen Besuchern zu, um im selben Moment ihres Aufeinandertreffens festzustellen, dass er eigentlich gar keine Zeit für sie habe.

Das sei weiter nicht tragisch, da sie genau genommen auch keine Zeit hätten, erwiderte Sauerhammer auf die ›herzliche‹ Begrüßung durch den Mediziner.

Dementsprechend sachlich verlief das anschließende Gespräch. Auf eine kurze, präzise Frage kam eine ebenso kurze, prägnante Antwort. Die beiden Kriminaler erfuhren hierbei, dass Frau Lydia Reuter an einer schizoaffektiven Psychose leide, die sie nun bereits zum wiederholten Mal zu einer stationären Behandlung in der geschlossenen Abteilung der Psychiatrie zwang. Leider wären die zeitlichen Abstände zwischen den jeweiligen Aufenthalten immer kürzer geworden. Eine rein medikamentöse Behandlung sei seit geraumer Zeit nicht mehr ausreichend, erklärte der Professor. Es gäbe ein vielversprechendes Medikament, das sei allerdings in Deutschland noch nicht zugelassen, sodass er dazu übergegangen sei, Frau Reuter zusätzlich mit einer Elektrokrampftherapie zu behandeln. Diese Art der Behandlung zwinge die Patientin zu jeweils einem längeren Aufenthalt in der geschlossenen Abteilung. In absehbarer Zeit solle, wie er anfangs schon erwähnte, ein neues Medikament auf den Markt kommen, es gehöre zu der Gruppe der Butyrophenone, von dem er sich momentan sehr viel versprechen würde. Auch oder gerade für Frau Reuter.«

Auf die Frage, wo sich Frau Reuter zu den Zeiten aufhalten würde, in denen sie nicht in der geschlossenen Station untergebracht sei, antwortete der Psychiater, dass man sie dann in der offenen Abteilung der Psychiatrie finden würde. Von Zeit zu Zeit, wenn sich ihr Zustand stabilisiert habe, wohne sie aber bei sich zu Hause. Sie lebe bei einer Freundin in der Virchow Straße. Professor Jüttner sah auf seine Taschenuhr, die er an einer goldenen Kette an seiner Weste befestigt hatte. »Gibt es sonst noch Fragen Ihrerseits?«

»Wie muss ich mir die Symptome der Krankheit vorstellen,

unter der die Frau leidet?«, wollte Sauerhammer vom Professor Genaueres über eine schizoaffektive Psychose erfahren.

Der Professor schien plötzlich vergessen zu haben, dass er gar keine Zeit hatte, sich lang und breit mit den Polizeibeamten zu unterhalten. Er hielt einen brillanten Fachvortrag, den er genauso gut auch vor seinen Studenten hätte halten können. Als ihm allerdings klar wurde, dass ihn die beiden seit geraumer Zeit ansahen, ohne dass sie auch nur im Ansatz zu verstehen schienen, über welches Thema er referierte, fasste er in leicht verständlichen Worten das Wichtigste noch einmal zusammen.

»Also, noch einmal zum Mitschreiben. Die Patientin Reuter leidet unter einer ausgeprägten psychischen Störung, der sogenannten schizoaffektiven Psychose. Diese Erkrankung vereint in sich sowohl Symptome der Schizophrenie wie auch einer affektiven Störung, wie Manie oder Depression. Im Fall von Frau Reuter handelt es sich eher um eine schizodepressive Form. Zusätzlich treten bei der Patientin Symptome wie Wahn und Halluzinationen auf, die aus dem schizophrenen Formenkreis herrühren! Bei ihrem Wahn handelt es sich um einen Schuldwahn. Sie bildet sich ein, eine sehr große, um nicht zu sagen eine übergroße Schuld, auf sich geladen zu haben, die sie, wie sie befürchtet, nicht mehr wird tilgen können.«

»Seit wann befindet sich Frau Reuter nun genau zu ihrer jetzigen Behandlung in der Geschlossenen?«, hakte Sauerhammer noch einmal nach. Nachdem er die Antwort erhalten hatte, rechnete er zurück. »Seit genau einem Tag nach dem Mord also«, stellte er überrascht fest. »Wo hielt sie sich in der Zeit davor auf, Herr Professor? Gibt es hierüber Erkenntnisse?«

»Sie kam von zu Hause aus zu uns«, berichtete der Mediziner. »Wenn ich mich recht erinnere. Doch ja, ich erinnere mich. Ihre Freundin begleitete sie, wie immer, wenn sie eingewiesen wurde. Sie half ihr dann immer beim Tragen der Koffer.«

»Würden Sie ihr eine solche brutale Tat wie den grausamen Mord an ihrem Vater aus der Sicht des behandelnden Arztes, zutrauen? Wäre die Frau, ihrer Meinung nach, zu so einer schwerwiegenden Straftat überhaupt in der Lage?«

»Wenn sie sich in einer bestimmten Gemütsverfassung befindet, traue ich ihr fast alles zu! Wenn man dann auch noch die schlimmen Erlebnisse bedenkt, die sie in ihrer Kindheit machen musste, könnte ich es mir tatsächlich vorstellen.« Der Professor nickte, um seinen Worten noch mehr Gewicht zu verleihen, mit dem Kopf.

»Könnte ich jetzt noch ein paar Worte mit Frau Reuter sprechen? Wäre das vielleicht möglich?«

»Leider nein! Sie hatte vor etwa einer Stunde eine Elektrokrampfbehandlung erhalten. Sie schläft noch eine ganze Weile. Versuchen Sie es bitte am späten Nachmittag noch einmal.«

***

»Es ist extrem wichtig, dass du uns alles sagst, was du darüber weißt, Franz. Nur so können wir den Fall aufklären und der kleinen Marianne wirklich helfen, ihre schmerzlichen Erlebnisse zu verarbeiten. Das verstehst du doch, oder?« Hohner wartete auf eine Antwort. Als keine kam, fragte er: »Du willst ihr doch auch helfen, oder nicht?«

Der Junge nickte stumm und starrte weiterhin reglos auf die Tischplatte.

»Also, Franz, ich muss dich das jetzt fragen. Und wie gesagt, ich brauche eine ehrliche Antwort von dir. Du brauchst keine Angst zu haben! Dir passiert nichts! Hattet ihr, also du und die Marianne, eine intime Beziehung? Habt ihr miteinander geschlafen?«

Im Gesicht des Jungen rührte sich keine einzige Muskelfaser. Sein Blick bohrte sich regelrecht in die Tischplatte.

»Ich verstehe natürlich, dass dir die Fragen sehr peinlich sind. Aber, wenn dir irgendetwas an der Marianne liegt, dann beantworte jetzt bitte meine Frage! Hattet ihr Geschlechtsverkehr? Ja oder nein?«

Ein leises Ja kam von Franz, der weiter wie zur Salzsäule erstarrt auf seinem Stuhl saß und sich nicht rührte.

»Hat sie es auch gewollt, oder hast du Gewalt angewendet? Antworte mir bitte wahrheitsgemäß! War es von Mariannes Seite aus wirklich freiwillig?«

»Was halten Sie eigentlich von mir? Natürlich habe ich keine Gewalt gegen Annerl angewendet! Ich könnte ihr niemals weh tun! Dem Annerl doch nicht!«

»Seit wann geht das mit euch beiden?«
»Seit einem halben Jahr etwa. Ich wollte das erst gar nicht, Herr Kommissar, wirklich nicht! Ich dachte, sie sei noch viel zu jung für so etwas. Aber Marianne wollte es unbedingt! Wir lieben uns nämlich sehr. Wenn man sich liebt, so sagte sie immer zu mir, dann schläft man auch miteinander, egal wie alt man ist. Also habe ich halt nachgegeben und wir haben es getan. Es war sehr schön! Da war nichts schmerzhaft oder gar gewalttätig. Ich habe ihr nicht ein einziges Mal wehgetan. Das könnte ich gar nicht. Das müssen Sie mir glauben!«

»Warst du der Erste, mit dem sie es ... getan hat? Ich meine, war sie bei eurem ersten Mal noch Jungfrau?«, Hohner tat sich schwer damit, dem Knaben solch intime Fragen zu stellen. »Weißt du überhaupt, was ich damit meine?«

»Ja, natürlich weiß ich Bescheid. Ich bin kein Kind mehr! In einem gewissen Maße war sie das schon«, antwortete Franz zaghaft. »Wir haben es aus Liebe getan, wie ich Ihnen schon sagte, Herr Kommissar. Ich weiß, wir hätten noch warten sollen. Wenn ich ihr dadurch ein Leid zugefügt haben sollte, dann tut mir das unheimlich leid. Wirklich!« Nach einem Augenblick der Besinnung, fügte er an: »Es gab früher jemanden, der ihr gegenüber sehr gewalttätig war. Vor ihm, beziehungsweise vor dem, was der mit ihr machte, hatte sie panische Angst.«

***

Friedrich Sauerhammer, für den der Fall Ottmar Reuter in diesem Moment so gut wie abgeschlossen war, brauchte noch eine allerletzte Aussage. Aus diesem Grund stand er nun erneut vor Frau Lydia Reuters Krankenbett. Er betrachtete die etwa fünfundzwanzigjährige Frau genau. Man sah ihr die Strapazen, die sie während ihrer Behandlung auf sich nehmen musste, mehr als deutlich an. Ihr Blick schweifte rastlos im Krankenzimmer umher. Von Zeit zu Zeit blieb er einen Moment an dem Kruzifix hängen, das an der Wand gegenüber angebracht war. Ihre halblangen, dunkelbraunen Haare klebten wirr an ihrer schweißnassen Stirn. Ihr Gesicht wirkte eingefallen.

Der Stationsarzt, der den Kriminaler begleitete, stellte ihn der

Patientin vor und erklärte ihr, dass der einige Fragen an sie hätte. Nachdem sie auf seine Frage, ob sie sich dazu in der Lage fühle, mit dem Kopf genickt hatte, bat er Sauerhammer, er möge seine Befragung behutsam durchführen und bedenken, dass die Patientin noch nicht bei vollen Kräften sei.

Der bemühte sich um eine ruhige, nicht zu schnelle Sprachweise, um Frau Reuter nicht zu verunsichern. Zu Beginn des Gesprächs hatte er ein paar eher belanglose Fragen zu ihrem Lebenslauf. Dann ging er dazu über, mit ihr über ihre Verhältnisse zu ihrer Schwester und ihren Vater zu sprechen. Mit ihrer Schwester sei sie immer sehr gut zurechtgekommen. Der Kontakt sei allerdings abgebrochen, als sie nach Amerika gegangen sei. Zu ihrem Vater unterhielt sie bereits seit vielen Jahren keine Beziehung mehr. Über den Grund, warum es zu dem Bruch mit ihm gekommen sei, wollte sie sich jedoch nicht näher äußern.

Frau Reuter bat nun um eine kurze Unterbrechung, da sie das Gespräch doch mehr Kraft kosten würde, als sie anfänglich befürchtet hatte. Diese kurze Pause nutzte der Kriminaler, um vor dem Gebäude eine seiner geliebten Zigaretten zu rauchen und dabei sein weiteres Vorgehen zu überdenken.

»Ich möchte nun auf ihren kürzlich stattgefundenen Besuch bei ihrem Vater zu sprechen kommen«, leitete Sauerhammer den zweiten Teil seiner Befragung ein.

»Ich habe meinen Vater nicht kontaktiert!«, bestritt Frau Reuter die Tatsache vehement, was sie sofort in einen unruhigen Zustand versetzte. »Das ist nicht wahr! Das ist eine haltlose Unterstellung!«

»Bevor Sie sich jetzt völlig umsonst verausgaben, möchte ich anmerken, dass Sie dabei beobachtet wurden. Leugnen ist in dem Fall reine Zeitvergeudung!«

»Mich kann niemand gesehen haben, weil ich ihn gar nicht …!«

»Frau Reuter, lassen Sie es gut sein! Wie gesagt, da die Zeugen bereit sind, ihre Aussagen unter Eid zu wiederholen, macht es keinen Sinn, dass Sie diese Tatsache weiterhin abstreiten. Berichten Sie mir lieber von dem Besuch. Was erhofften Sie sich von Ihrer Visite? Was wollten Sie an jenem Abend bei Ihrem Vater? Oder besser gesagt, Was wollten Sie von ihm?«

»Nichts! Wie gesagt, ich habe seit Jahren die Wohnung meines Vaters nicht mehr betreten. Mir ist wirklich schleierhaft, wie Sie nur darauf kommen, ich hätte ihn aufgesucht! Wie können Sie so etwas nur behaupten?«

»Es bringt nichts, wenn Sie mich weiterhin belügen, Frau Reuter! Es gibt, wie ich Ihnen bereits mehrfach gesagt habe, Zeugen dafür. Also, noch einmal! Was wollten Sie von Ihrem Vater, so kurz vor seinem gewaltsamen Tod? Als Sie die Räumlichkeiten betreten hatten, war er noch am Leben!«

»Meine Schuld begleichen«, antwortete sie mit einem nach innen gerichteten Blick. Bevor Sauerhammer eine weitere Frage an sie richten konnte, fuhr sie fort: »Ich habe endlich meine große Schuld beglichen! Mea culpa, mea culpa, mea maxima culpa!« Während sie das sagte, bekreuzigte sie sich. Dann verließ sie das Bett und kniete sich barfuß und nur mit einem Nachthemd bekleidet vor das große Kruzifix und begann laut und deutlich zu beten.

»Pater noster, qui est in caelis: sanctificetur nomen tuum. Adveniat regnum tuum. Fiat voluntas ...«

***

Epilog

Sonja hatte gerötete Wangen, teils wegen der schon wieder extrem hohen Temperatur, aber auch, weil sie einmal mehr doppelt so viele Hände hätte brauchen können, als ihr tatsächlich zur Verfügung standen. Zur Feier des Tages waren die Herren Kriminalkommissare nämlich vollzählig zu ihrer Mittagspause im Julius-Spital-Bäck eingerückt. Die sorgten vor Ort wieder einmal für reichlich Aufruhr und natürlich auch für jede Menge Arbeit, schließlich wollten sie alle zur gleichen Zeit bedient werden. Nach wenigen Minuten waren sie aber versorgt und Sonja hatte wieder alles fest im Griff.

»Stimmt es wirklich, was man so hört? Dass nämlich im Mordfall Reuter die eigene Tochter ihren Vater erstochen haben soll?«, erkundigte sich eine Kundin, die mitbekommen hatte, dass die Männer, die sich um den kleinen Tisch herum versammelt hatten, von der Polizei waren.

»Wer behauptet denn so etwas?«, antwortete ihr Hohner mit einer Gegenfrage und lächelte sie freundlich an.

»Na, alle versicherten mir das!«, beteuerte die ältere Frau. »Jeder sagt, dass es die jüngere Tochter war.«

»Dann muss es ja wohl stimmen«, verriet er ihr und nickte ihr zu. Die Kundin konnte gar nicht schnell genug die Bäckerei verlassen, um diese Neuigkeit in ihrer Nachbarschaft zu verbreiten.

»Dann ham mer den Fall Reuder also aa uffgeklärd«, stellte ›LaLü‹ fest und trank, zufrieden mit sich und dem Rest der Welt, einen Schluck Bohnenkaffee.

»Eigentlich war es unser junger Kollege hier, der uns mit seiner Vermutung, dass auch Reuters jüngere Tochter ein Motiv haben könnte, am Ende auf die richtige Spur brachte«, stellte Sauerhammer den Sachverhalt richtig. Worauf im Gesicht des Kriminalassistenten ein strahlendes Lächeln entstand.

»Abba, wer häddn des aa bloß gedachd, als der verehrde Herr Schellnbercher, Leidnder Oberschdaadsanwald, allerdings seid Kurzm außer Diensd, zusammn mit em noo achtbareren Neumann, Landgerichtspräsidend seines Zeichens un aa a. D., den Mord dem Schdeicher in die Schuh ham schieb woll, dass mer den wahrn Mörder noo überführn?« Er biss genüsslich in sein Franzosenbrötchen und fügte mit vollem Mund an: »Kee enzicher häd des gegläbbd!«

»Wie auch, Herr Kriminalrat, schließlich mussten wir, zumindest kurzfristig, annehmen, dass Sie mit den bereits erwähnten Herren aus der Otto-Straße und dem Oberbürgermeister gemeinsame Sache machen würden.«

»Ii hab ja ersd rausfind müss, ob der OB da aa mid drinn schdeggd! Der had abba damid nix zu dun! Der had nur seine Vereinskolechn helf woll! Ii hab da so mei Zweifl ghabd, verschdehn Se, Müller-Seefried? Alles brauchd sei Zeid!«

»Da sagen Sie was, Herr Kriminalrat«, pflichtete Hohner, der mit einer Tasse Kaffee von der Ladentheke zurückkehrte, seinem Vorgesetzten bei. »Die haben unsere Ermittlungen ganz schön erschwert. Es hat Ihnen aber nichts gebracht, dass sie die Tat unbedingt dem Steiger anhängen wollten, um ihr Verbrechen an Reuter aus der Nazizeit weiterhin geheimzuhalten. Letzten Endes sind sie doch beide über ihre unrühmliche Vergangenheit gestolpert.«

»Dass die beiden aus gesundheitlichen Gründen, wie es so schön heißt, in den vorzeitigen Ruhestand versetzt wurden, hat aber dann schon einen sehr faden Beigeschmack!«, tat Sauerhammer seinen Unmut darüber kund.

»Die falln mid ihrn diggn Bangsionen abba immer noo ä ganze Egge weicher in ihrn vorzeidichn Ruheschdand, als ii, wenn ii dereinsd ganz regulär geh«, merkte der Fischers Schorsch ein wenig angesäuert an.

Da ›LaLü‹, der Fischer gerne damit getröstet hätte, dass er schließlich seinen Teil dazu beigetragen habe, dass die beiden Juristen zu Fall gebracht wurden, nicht antworten konnte, da er sich den Rest seines Brötchens in den Mund gesteckt hatte und heftig am Kauen war, nickte er nur bestätigend.

Sonja, die Sauerhammer eine weitere Dampfnudel an das kleine Tischchen mit den zwei Stühlen gebracht hatte, wollte von ihm wissen, ob es stimme, dass Schellenberger wirklich Frau Browns Tod in Auftrag gegeben habe. Nachdem er dies bejaht hatte, interessierte sie die Frage, ob Reuter wahrhaftig wehrlose Kinder in der Nachbarwohnung fremden Männern angeboten habe.

Als ihr der Hauptkommissar dargelegt hatte, dass auch dieser Umstand leider zuträfe, ging sie kopfschüttelnd zu ihrer Theke zurück. »Nix wie Verbrecher, wohin man auch schaut!«, murmelte sie tief erschüttert.

Riemann, der bei diesem Treffen natürlich auch nicht fehlen durfte, machte ein paar schnelle Notizen auf dem Text seines morgen erscheinenden Artikels.

»Ich muss zugeben, dass mein Interesse hauptsächlich auf den Skandal, der im Moment die hiesige Gerichtsbarkeit erschüttert, fokussiert war. Der Mord an Reuter hatte für mich nur einen zweitrangigen Stellenwert. Es erschließt sich mir nicht, welches Motiv Lydia Reuter dazu trieb, ihren eigenen Vater auf solch brutale Weise zu töten. Oder habe ich nur etwas nicht mitbekommen?«

»Das ist relativ einfach erklärt«, bot sich Sauerhammer an ihn aufzuklären. »Lydia wurde als Kind bereits von ihrem Vater missbraucht und später sogar perversen Freiern angeboten. Sie diente ihm unter anderem auch als Lockvogel, wenn es darum ging, neue Mädchen für zahlungsfähige Kunden zu rekrutieren. Als Lydia aber bemerkte, dass einige der Mädchen sehr schwere Verletzungen davontrugen und eines sogar ihr Leben verlor, überkamen sie erhebliche Schuldgefühle. Sie leidet seit der Zeit unter einer schizoaffektiven Psychose. Als sie nun davon hörte, dass in der Wohnung ihres Vaters jede Menge Kinder und Jugendliche ein- und ausgehen würden, wollte sie ihn unbedingt dazu bewegen, die Treffen einzustellen. Als sie ihn zu diesem Zweck aufsuchte, traf sie dort auf Marianne.

Für Lydia war das Mädchen ein weiteres potentielles Opfer ihres Vaters. Sie kämpfte ein paar Tage mit sich selbst und mit einer schweren Depression. Am Ende suchte sie Ottmar Reuter erneut auf. Ihre Krankheit trieb sie letztendlich dazu, mit dem Messer, das zufällig auf dem Tisch lag, wieder und wieder auf ihren schlafenden Vater einzustechen. Sie musste das tun, um nicht noch mehr Schuld auf sich zu laden. Als sie hörte, dass die Wohnungstür geöffnet wurde, und Marianne mit den frischen Brötchen die Wohnung betrat, verließ sie lautlos durch die Geheimtür die Räumlichkeiten. Am nächsten Morgen begab sie sich in die Uni-Klinik, um sich ihrer seit Wochen geplanten Behandlung zu unterziehen.«

Mitten in die lautstark geführten Gespräche platzte ein junger uniformierter Polizeioberwachtmeister in die Bäckerei. Er nahm die Dienstmütze vom Kopf und wischte sich mit einem Taschentuch den Schweiß aus dem Gesicht.

»Als ich Sie alle gemeinsam das Präsidium in Richtung Innenstadt verlassen sah, dachte ich mir gleich, dass Sie zum Julius-Spital-Bäck gehen würden, um hier Mittag zu machen!«

»Du bisd scho unner Besder, Karl! Abba was issn bloß bassierd, dass du uns hinnerherrennsd wie ä klenns Büble? Had des kee Zeid bis nach der Bause?«, lobte und schalt Fischer seinen jungen Kollegen gleichzeitig.

»Was wird schon passiert sein, wenn mich der Diensthabende euch hinterherhetzt? Ein Mord natürlich!«

»Und jedzd dengsd du, dass mer alles liech und stehn lassn und uns uff die Mörderjachd machn?«

»Na ja, vielleicht nicht alle, aber Sie auf jeden Fall und vielleicht einer der jungen Kommissare? Wenn es nicht zu viel verlangt ist?«, versuchte der Ärmste sich einigermaßen unverbindlich auszudrücken. Man sah ihm an, dass er sich momentan in seiner Haut nicht sehr wohlfühlte, konnte er ja schlecht einem Kommissar, und sei er noch so jung, anweisen, seine Mittagspause zu beenden. Dem Fischers Schorsch schon zweimal nicht!

Da kam ihm Sauerhammer zu Hilfe, indem er kurzerhand die Mittagspause für alle, außer dem Kriminalrat natürlich, für beendet erklärte. Der schloss sich ihnen auf ihren Weg zurück ins Präsidium freiwillig an.

Ebenfalls bei TRIGA – Der Verlag erschienen

Uwe Reiner Röber
memento mori
Würzburg-Krimi

Würzburg, 1959: An einem kalten Wintertag entdecken drei Jungen auf ihrem Schulweg die Leiche eines alten Mannes. Adolf Feser wurde erschossen.

Wer hatte ein Motiv, den verkrüppelten Kauz zu ermorden? Hauptkommissar Sauerhammer fördert bei seinen Ermittlungen Erstaunliches aus der Vergangenheit des Opfers zutage.

Ganz allmählich ergibt sich ein Mosaik aus Hinweisen, das den Täter zu entlarven scheint. Doch dann nimmt das Geschehen eine überraschende Wendung ...

Ein spannender Krimi, der seinen regionalen Bezug durch Dialekt sprechende Figuren unterstreicht.

198 Seiten. Paperback. 14,50 Euro. ISBN 978-3-95828-028-1
eBook. 7,99 Euro. ISBN 978-3-95828-029-8

Uwe Reiner Röber
Der Gorkipark-Mörder
Ein Tauberfrankenkrimi

Hauptkommissar von Rhoden und sein Team der Sonderkommission »Kirschengarten« stoßen auf dunkle Geschäfte und decken erstaunliche Verbindungen auf, die sie schließlich auf die Spur des Mörders führen.

Ein spannender Krimi mit Schauplätzen in und um Tauberbischofheim.

202 Seiten. Paperback. 14,50 Euro. ISBN 978-3-95828-064-9
eBook. 7,99 Euro. ISBN 978-3-95828-066-3

Uwe Reiner Röber
Tot auf dem Schlossplatz
Ein Tauberfrankenkrimi
2. Auflage

»König Ludwig« ist tot! Auf dem Schlossplatz von Tauberbischofsheim wird die kostümierte Leiche des Metzgereibesitzers Ludwig Kuhn aufgefunden.

Rudolf von Rhoden, der stets elegant gekleidete Hauptkommissar, und sein jüngerer Kollege Kommissar Schmidt nehmen mit dem Team der Sonderkommission Ermittlungen auf, die Kreise vom Weinstuben-Stammtisch und dem Würzburger Theaterfundus bis in die Rhön und nach Bad Kissingen ziehen. Dabei kommt allmählich Licht in ein kompliziertes Beziehungsgeflecht von Verdächtigen. Immobilienschwindel, eine Vergewaltigung und weitere Verbrechen werden aufgedeckt, bis endlich der Täter entlarvt ist.

Spannende Lektüre mit Lokalkolorit.

326 Seiten. Paperback. 15,80 Euro. ISBN 978-3-89774-839-2
eBook. 9,99 Euro. ISBN 978-3-89774-904-7

Uwe Reiner Röber
Mord im lieblichen Taubertal
Ein Tauberfrankenkrimi
2. Auflage

In einem beschaulichen Städtchen an der Tauber werden zwei Morde verübt.

Die Ermittler der Sonderkommission »Liebliches Taubertal« finden in den Biografien der beiden Opfer Verbindungen, die weit zurück in der Vergangenheit in Afrika ihren Anfang nehmen.

Da geschieht ein dritter Mord ...

Ein Regional-Krimi.

Spannend von der ersten bis zur letzten Seite

290 Seiten. Paperback. 15,80 Euro. ISBN 978-3-95828-063-2

TRIGA – Der Verlag
Leipziger Straße 2 · 63571 Gelnhausen-Roth · Tel.: 06051/53000 · Fax: 06051/53037
E-Mail: triga@triga-der-verlag.de · www.triga-der-verlag.de